Ditmar D

Reptilienmord am Nachtigallental

Ditmar Doerner lebt in Bornheim und schreibt dort seit rund zehn Jahren Kriminalromane. Zumindest, wenn er nicht als Autor für das WDR-Studio Bonn unterwegs ist. Die Hauptfigur seiner Krimis, Margot Lukas, arbeitet als Zugezogene in Bonn. Sie respektiert die Eigenarten der Rheinländer, ohne sie zugegebenermaßen zu verstehen. Wie der Autor mag sie Mettbrötchen. Allerdings nur, solange sie nicht gegessen werden müssen.

Ditmar Doerner

Reptilienmord am Nachtigallental

LEMPERTZ

Impressum

Math. Lempertz GmbH
Hauptstraße 354
53639 Königswinter
Tel.: 02223 / 90 00 36
Fax: 02223 / 90 00 38
info@edition-lempertz.de
www.edition-lempertz.de

1. Auflage – Oktober 2020

Text: Ditmar Doerner

Umschlaggestaltung: Kerstin Pfeiffer
Satz: Hilga Pauli
Lektorat: Philipp Gierenstein, Laura Liebeskind
Titelbild: Adobe Stock

Druck: Alfred Nordmann
Printed and bound in Israel

ISBN: 978-3-96058-354-7

„Manchmal denke ich, der beste Beweis dafür, dass es anderswo im Universum intelligentes Leben gibt, ist der, dass noch keiner versucht hat, Kontakt mit uns aufzunehmen."

(Bill Watterson: Calvin und Hobbes, Das 10. Album „Jetzt erst Recht")

Vorbemerkung

Auch bei ihrem vierten Fall gab es viele Helfer rund um Margot und Fabian. Besonders dankbar bin ich wieder einmal Elisabeth Schneider, Thomas Schwarz und den vielen tollen Mitarbeitern des Verlags.

Dann noch eine kurze Bemerkung zum „Echsengarten", der in diesem Buch eine Rolle spielt: Der „Echsengarten" steht zwar an derselben Stelle auf dem Weg zum Drachenfels wie der tatsächlich seit Jahrzehnten existierende „Reptilienzoo", hat aber ansonsten nichts mit diesem gemein. Jede Ähnlichkeit, sollte es sie dennoch geben, ist nicht beabsichtigt und wäre rein zufällig. Das gilt auch für alle übrigen im Buch vorkommenden Personen. Auch wenn manch einer wahrscheinlich anderer Meinung sein wird.

Auftakt

Kapitel 1

Vorsichtig öffnete er die alte Eingangstüre. Seine Hände waren kalt und schweißnass, und der metallene Türgriff fühlte sich unangenehm an – fast so, als sei er mit Fischinnereien eingerieben. Kurz hielt er den Atem an, machte einen hastigen Schritt nach vorne, um nicht unnötig lange vom Schein der Innenbeleuchtung erfasst zu werden, und trat ein. Sofort umfing ihn die feuchtheiße Luft, die nur mit der im tropischen Regenwald zu vergleichen war. Kurz verstummten alle Geräusche, das Zirpen, Wispern und Klopfen der kleinen Beutetiere, dann setzten sie wieder ein. Vorsichtig und abwartend erst, dann lauter werdend, lockend und durchdringend. Er schloss die Türe hinter sich, begleitet von einem leisen Quietschen, dann atmete er tief durch. Die milchige Dunkelheit des Raumes ließ Schemen erkennen, aber keine Konturen. Hinter den Glasscheiben der Aquarien, Terrarien und offenen Becken waren winzige Glühbirnchen befestigt, die den kleinen Zoo mit ihrer Wärme in eine friedliche, angenehme Atmosphäre tauchen. Zusätzlich schimmerte lilafarbenes Wärmelicht in fast sämtlichen Terrarien und verlieh dem Raum eine geheimnisvolle Note. Wasser plätscherte aus alten Pumpen in Becken unterschiedlichster Größe. Es sprudelte, tropfte und floss, während die Pumpen den Sauerstoffgehalt in den jeweiligen Bassins regelten.

Kurz blieb er stehen und lauschte, aber außer dem beruhigenden Plätschern des Wassers und dem Zirpen der Grillen vernahm er kein weiteres Geräusch. Üblicherweise liebte er es, zu dieser frühen Stunde herzukommen, die Ruhe der endenden Nacht zu beobachten, das Erwachen der Tiere zu beobachten, aber heute fühlte er sich unwohl hier. Irgendetwas war anders, irgendetwas störte ihn. Aber er konnte noch nicht sagen, was es war.

Ein Geräusch ließ ihn zusammenzucken – ein kurzes, trockenes Rascheln, als würde ein Sack Zement vorsichtig über den Boden gezogen. Er stutzte kurz und lauschte.

„Hallo?" Sein gehauchtes Rufen hörte sich ängstlich an, und das ärgerte ihn. „Hallo? Ist da jemand?" Seine Stimme wurde kräftiger.

Das Zirpen der Grillen verstummte erneut, nur das Wasser plätscherte weiter beruhigend in die verschiedenen Becken herab, wie ein chinesisches Wasserspiel, das niemals endete.

Fast unmerklich schüttelte er den Kopf. Nein, hier war niemand, er war allein. Auch hinter den duftenden Grünpflanzen, Stauden und Gräsern, die an und in den Becken und Bassins wuchsen, konnte sich niemand verstecken.

Plötzlich vernahm er wieder dieses raschelnde Geräusch, und jetzt wusste er auch, warum er es so beunruhigend fand: Es drang nicht hinter einer der Glasscheiben hervor, es kam aus keinem Becken oder Bassin. Das Rascheln schien tatsächlich vom Boden einer der Gänge zu kommen.

Eine Bewegung links von ihm ließ ihn zusammenzucken. Sein Kopf fuhr herum. Nur zwanzig Zentimeter entfernt starrte ihn eine riesige Tarantel an. Pelzig, groß, abstoßend! Ihre dunklen Knopfaugen starrten neugierig und furchtlos hinter der Glasscheibe in seine Richtung. Das haarige Tier stand auf seinen sechs Beinen, die sich in den Rindenmulch gegraben hatten, mit dem das kleine Terrarium zum größten Teil ausgelegt war. Der Spinnenkörper hing fett in der Luft.

Mit der flachen Hand schlug er gegen die Scheibe. Das Tier flüchtete zwischen zwei Steine in den hinteren Bereich des Terrariums.

Er machte einen Schritt nach vorne, dann zwei, hatte den Quergang zu den Krokodilbassins fast erreicht, da vernahm er erneut dieses Rascheln, jetzt so laut, dass es das Plätschern des Wassers fast ganz verdrängte. Die Grillen waren weiterhin verstummt, als würden sie abschätzen, was die Bewegungen und Geräusche in der Nacht bedeuteten und ob ihnen durch sie Gefahr drohte.

Irgendetwas hatte sich dort auf dem Betonboden bewegt. Schuhe? Ein Mensch, der vorsichtig sein Gewicht verlagerte, weil er sein Gegenüber überraschen wollte?

Wieder verharrte er kurz und lauschte, aber das Geräusch wiederholte sich nicht. Da war niemand! Und doch …

Eine Schweißperle rann seine linke Schläfe hinab. Die schwere, heiße Luft machte ihm zu schaffen, obwohl er sie doch gewöhnt war. Er war einfach zu dick angezogen mit seinem Baumwollhemd, der Jeans und den Halbschuhen. Aber die Nachtluft war frisch, fast kühl im Vergleich zur Hitze des vergangenen Tages.

Die Tarantel beobachtete ihn nun vom hinteren Teil ihres Terrariums, er konnte ihren rundlichen Körper erahnen. Er glaubte sogar, ihre matt glänzenden Augen zu sehen. Winzige Knöpfe, die sich vielleicht wünschten, wie der Rest des Körpers sehr viel größer zu sein, um anzugreifen …

Wieder dieses Rascheln … jetzt näher … nur wenige Meter entfernt. Oder … war es ein Rutschen oder Ziehen? Die Grillen begannen erneut mit ihrem Spiel, und fast gleichzeitig bewegte sich einer der Farne, die in den Gang hineinragten, unheimlich und Angst einflößend, denn konnte das Geräusch noch seiner Einbildung entstammen, die Bewegung der Pflanze vermochte das nicht.

Er spürte sein Herz, das gegen seine Brust schlug, klopfend, warnend, schmerzend fast. Er blieb stehen und wartete, atmete langsam aus. Sein Instinkt riet seinem Körper, nicht länger zu bleiben, weil Gefahr drohte. Seine Sinne hatten die Gefahr längst erkannt, er aber ignorierte sie. Zwar hatte auch sein Bewusstsein den Wunsch, kehrtzumachen, diese entsetzlich stickige Luft zu verlassen, die alte Tür hinter sich zuzuknallen, sich in seinen Wagen zu setzen und zurück nach Hause zu fahren … doch sein Stolz hinderte ihn. Und statt umzudrehen und seinem Instinkt zu vertrauen, machte er einen weiteren Schritt nach vorne und erreichte damit den rund zwei Meter breiten Hauptgang des kleinen Zoos, den Gang, durch den tagsüber die Besucher strömten, staunend und atemlos, weil die Krokodile links und rechts in ihren Bassins so unglaublich nah waren.

Durch die Glasscheiben bemerkte er die Tiere, die platt, fast wie angesaugt, auf den dunklen Steinen am Wasser lagen, unbeweglich, vielleicht schlafend, dösend oder träumend.

Fast im gleichen Moment bemerkte er noch etwas anderes, etwas, das nicht hierher gehörte, zumindest nicht auf den Betonboden nur zwei Meter von ihm entfernt. Etwas, bei dessen Anblick sich ihm die Nackenhaare aufstellten: Einen riesigen Kopf erkannte er dort, kalte Augen, die ihn anstarrten, fixierten, prüften. Eine gespaltene Zunge, die Sekundenbruchteile sichtbar war und ebenso schnell wieder verschwand.

Das Rascheln, als sich das meterlange Tier langsam nach vorne schob, um zu prüfen, welche Quelle diese plötzliche Wärme hatte, ließ ihn erstarren. Kurz vor dem Angriff schob sich ein Teil des riesigen muskulösen Körpers nach hinten, dann katapultierte sich das Tier so schnell nach vorne, dass es für das menschliche Auge praktisch nicht verfolgbar war.

Ehe sein Gehirn seinen Beinen befehlen konnte, zu fliehen, teilte sich der riesige Kopf, schnellte auf ihn los und verbiss sich in seinem Oberschenkel. Ein Schmerz, als würden ihm fingerdicke Nägel ins Fleisch getrieben, ließ ihn aufschreien.

Mühelos, wie eine Puppe, wurde er hinab auf den Betonboden gezogen und in Sekundenschnelle umwickelt. Eine ungeheure Kraft drückte seine Beine zusammen, umschloss seine Hüften, quetschte seine Taille, drohte seinen Brustkorb zu sprengen und versuchte, alles Leben aus ihm herauszupressen.

Er schrie weiter, verzweifelt und voller Entsetzen, aber die Laute blieben ein kehliges Wimmern. Als der letzte Atem aus seiner Lunge wich, presste sich das Tier noch enger um seinen Rumpf. Seine Rippen brachen, sein Mund formte ein ungläubiges O, dann verlor er gnädigerweise das Bewusstsein.

Zwischentakt:

Adam? … Adam!!! Erschreckt fährt sie hoch und starrt in die Dunkelheit. Ihr Gesicht ist schweißbedeckt, und noch immer weiß sie nicht, wo sie ist. Das passiert ihr häufig, wenn sie aus diesem Traum erwacht. *Adam!* In den nächsten Sekunden kehrt die Gegenwart langsam zurück, sickert ein in ihr Bewusstsein, vermittelt ihr, was geschehen ist. Mit dem Handrücken fährt sie sich über die feuchte Stirn, erschöpft, als sei sie kilometerweit ohne Pause geschwommen. Sie schließt die Augen und lässt sich langsam wieder zurück auf die alte, durchgelegene Matratze sinken. Auch ihr Kopfkissen fühlt sich nass und klamm an.

Mit der Hand tastet sie vorsichtig nach dem Schalter der kleinen Lampe neben ihrem Bett. Sie knipst das Licht an und öffnet vorsichtig die Augen. Von draußen dringen leise Stimmen zu ihr. Es ist fast Morgen. *Ach, Adam!*

Wenn sie es zulässt, wird sie wieder beginnen zu weinen, aber heute will sie das nicht, heute nicht! Sie wischt sich mit dem Handrücken über die Stirn und atmet tief durch.

Kapitel 2

Margot:

Mein Blick wandert vom Zollamt hinüber zu der neuen Bäckerei direkt an der Königswinterer Straße. Eine blonde Frau in einem weißen T-Shirt und einem kurzen Rock verlässt lachend den Laden. Sie ruft der Verkäuferin, die ein Käppi in den rot-weißen Farben der Bäckereikette trägt, etwas zu, aber ich kann auf die Entfernung nicht verstehen, um was es geht. Auf ihren Armen balanciert die Kundin eine Kuchenplatte mit den Ausmaßen eines halben Weizenfeldes. Ich vermute zumindest, dass es eine Kuchenplatte ist, auch wenn ich das durch das Papier mit dem Schriftzug der Bäckerei nicht sehen kann.

Mir kommt die kleine Bäckerei auf Ios in den Sinn, dort, wo Daniel und ich noch vor drei Tagen die besten Donuts der Welt gegessen haben. Genau mit der richtigen Konsistenz, nicht zu pappig, nicht zu fladerig, wunderbar fettig und über und über mit Zucker bestreut. Ich rechne kurz in Gedanken nach: Es war tatsächlich nach drei Jahren die erste Woche, die ich durchgehend mit Daniel verbracht habe. Daniel! Jetzt kann ich ohne Einschränkungen sagen, dass wir zusammen sind. Vor unserem Urlaub war er eine Bekanntschaft, bestenfalls ein Liebhaber, ein Tröster für die schweren Stunden. Ich hätte nicht geglaubt, dass ich mit jemandem eine ganze Wo–

„Frau Lukas, darf ich Sie kurz stören?"

Ich schrecke zusammen, meine Notizblätter auf der Armlehne fallen beinahe zu Boden und ein paar Kollegen in der Reihe vor mir drehen sich um und lachen. Es sind immer die gleichen: Warzer und Co., die Kollegen im unteren geistigen Dienst. Mit einem verächtlichen Blick bringe ich die Hyänen zum Schweigen, nur Warzer gackert selbstverständlich weiter, als sei ich die größte Komikerin aller Zeiten. Warzer ist meine persönliche Nemesis, meine Heimsuchung, mein Schicksal, vielleicht auch nur das schlechteste und unsympathischste meiner diversen Spiegelbilder.

„Ja bitte?", frage ich, als hätte ich Polizeipräsidentin Anne Bröhl nur in Ansätzen nicht verstanden, wüsste aber, um was es im Großen und Ganzen geht. Dem ist natürlich nicht so, ich habe mit offenen Augen von Daniels und meinem Urlaub auf den Kykladen geträumt. Etwas zu lange, wie ich nun feststellen muss. Ich richte mich auf und rutsche auf meinem Stuhl wieder etwas mehr in Richtung Konferenzraum hinein. Gleichzeitig sortiere ich die Notizblätter in meine Kladde, so dass sie sich nicht mehr selbstständig machen können. Mein Blick aus dem Fenster war wohl doch etwas zu auffällig.

Anne Bröhl schaut mich über die Kollegen und Kolleginnen an, als hätte ich zum x-ten Mal vergessen, die Spülung auf der Toilette zu betätigen. „Ob Sie sich vorstellen können, mit dem Kollegen Faust dort vorbeizufahren?"

Erst jetzt fällt mir auf, dass die Polizeipräsidentin sehr große Augen hat. Zumindest wirken sie aus der Entfernung von sieben, acht Metern sehr groß. Ich habe immer noch keine Ahnung, um was es hier geht, werde aber einen Teufel tun, das zu sagen. Warzer würde vor Lachen vom Stuhl fallen.

„Selbstverständlich, das werden wir machen, ja!", antworte ich selbstbewusst, weil Zustimmung zu einer Frage der PP in den allermeisten Fällen erst einmal in die richtige Richtung geht. Neben mir höre ich ein empörtes Schnaufen. Ich spüre Fabians Blick und merke, wie er mit dem Oberkörper etwas zurückweicht und mich taxiert, als hätte ich für ihn drei Monate Streifendienst ohne Bezahlung ausgehandelt.

Die PP nickt. „Wahrscheinlich handelt es sich ja sowieso nur um einen … tragischen Unfall. Vermutlich hat irgendjemand einen Käfig aufgelassen oder eine Tür, oder wo diese Viecher sonst untergebracht sind." Ihre Nase verzieht sich zu einem Rümpfen.

Ich nicke, ohne überhaupt zu wissen, um was es geht. Welche Viecher? Da die PP politisch sehr korrekt ist, denke ich nicht, dass es sich um irgendeine Volksgruppe handelt, die hier nach ihren eigenen Gesetzen lebt, sondern tatsächlich um Tiere. Nach Fabians Reaktion zu urteilen sind das allerdings solche, zu denen man nicht unbedingt Kontakt haben sollte. Und wenn von einem Unfall mit Tieren die Rede ist, sind diese generell nicht ungefährlich.

Allmählich werde ich neugierig und schaue zu Fabian, der seinen Blick wieder nach vorne gerichtet hat. „Was für ein Unfall?", wispere ich wie ein Schulmädchen während der Unterrichtsstunde. „Welche Viecher?"

Fabian schaut mich an und schüttelt den Kopf. „Gleich!", raunt er mir zu, dann ignoriert er mich für den Rest der Morgenbesprechung. Wenn es um Mehrarbeit geht, ist Fabian sehr empfindlich.

Als wir in Fabians altem Jeep Cherokee sitzen, bekomme ich Fabians geballte Ladung Unmut zu spüren. Er kann sich kaum beruhigen: „Warum sagst du der denn, dass wir Zeit haben? Haben wir nicht! Wir müssen nach Bornheim." Er schnauft. „Und das hier ist wahrscheinlich ein Unfall, würde ich wetten. Irgendein Pfleger, der vergessen hat, die Käfigtür zuzusperren, und dann hat sich das Tierchen gesagt, da komme ich doch mal raus."

Ich reibe mir über die Augen, bin immer noch müde. Was hat Fabian gesagt? Ich unterdrücke ein Gähnen. Wir verlassen die Autobahn und schlängeln uns die enge Straße Richtung Drachenfels hinauf. „Wo genau ist dieser Unfall passiert?", frage ich, wobei ich noch nicht einmal weiß, wer zu Schaden gekommen ist. Ob dabei jemand verletzt oder sogar getötet wurde.

Fabian hält auf dem noch fast leeren Parkplatz oberhalb des Lemmerz-Freibades. Fahrräder stehen dutzendweise vor dem kleinen Eingangsbereich – wahrscheinlich Schüler und Studenten, die nicht arbeiten müssen. Die Fassade des Bades wirkt so antiquiert, als sei sie mindestens hundert Jahre alt. Mit einer letzten Explosion erstirbt der Cherokeemotor. Protestierend laut öffnet sich die Beifahrertür und ich steige aus. Wir haben noch keine zehn Uhr, und es ist bereits brütend heiß. Die Sonne brennt auf meinen Kopf und ich werfe einen Blick ins Auto, ob auf dem

Rücksitz mein Nike-Käppi liegt. Aber nein, wahrscheinlich fliegt es irgendwo in meiner Wohnung herum oder ich habe es im Büro liegen gelassen.

Unschlüssig bleibe ich vor dem Wagen stehen, kaum fähig, mich in der schon wabernden Hitze zu bewegen. Kein Lüftchen geht, dafür zirpen die Grillen im naheliegenden Wald, als würden sie eine Weltmeisterschaft um das lauteste Zirpen veranstalten. „Wo lang?", frage ich und bereue, dass ich offenbar auch vergessen habe, mir meine Sonnenbrille mitgenommen zu haben. Himmel, hier ist es tatsächlich noch wärmer als in Griechenland. Und windstiller.

„Da!", sagt Fabian und deutet nach rechts, „zum ‚Echsengarten'".

Ich schaue ihn an. Mir wird klar, dass ich heute Morgen so einiges überhört haben muss. „Wohin?", frage ich ungläubig.

Echsen gehören nicht gerade zu meinen Lieblingen. Wenn ich mich noch richtig an meine Schulzeit erinnere, sind wir gerade auf dem Weg zu irgendwelchen Urzeittieren.

„Margot, tu mir einen Gefallen und schweig bitte, ja? Ich weiß, dass du heute deinen ersten Tag hast, und keiner ist glücklicher als ich, dass du wieder da bist. Aber versuch dich ein bisschen zu konzentrieren, okay?" Er kommt einen Schritt näher und grinst mich säuerlich an „Dank dir haben wir diese Echsennummer am Hals. Es wäre schön, wenn du mich ein wenig unterstützen würdest, ja?"

Ich weiß nicht genau, was er mit *unterstützen* meint. Üblicherweise übernehme ich die meiste Arbeit, weil Fabian Frau und zwei Mädchen zu Hause hat, also ein halbwegs intaktes Familienleben. Aber ich sage nichts und schlurfe einfach hinter ihm her. Tatsächlich befinde ich mich immer noch im Urlaubsmodus. Während wir durch die gleißend heiße Sonne gehen, denke ich daran, wie gerne ich jetzt am Strand liegen würde, in einer kleinen Bar am Hafen von Ios frühstücken oder einfach nur ein paar Donuts und einen Kaffee in einem Pappbecher kaufen würde, um damit dann in die kleine Bucht zu wandern, in der Daniel und ich die vergangenen beiden Wochen verbracht haben.

Die Straße geht jetzt steil bergan. Wir wandern über eine kleine Brücke, unter der aus irgendeinem Grund zwei schmale Gleise den Berg hinaufführen. Nach einer Wegkreuzung erhebt sich auf der linken Seite etwas, das an einen riesigen halben Fußball erinnert.

„Ist 'ne Tennishalle." Fabian neben mir schnauft. Er ist pummelig, klein und kurzatmig. „War früher eine Halle, die, ich glaube ... na ja ..." Er zögert, weil er offenbar nicht recht weiß, was er sagen soll. „Na ja, sie hatte auf jeden Fall irgendwas mit der Nibelungensage zu tun."

„Aha", meine ich ratlos. Nibelungensage? Soweit ich mich erinnere, war da Worms mit im Spiel und nicht Königswinter. Aber meine Kenntnisse deutscher Sagen sind sehr rudimentär, deswegen kann ich das durchaus verwechseln.

Mein Blick wandert weiter nach rechts: Zehn Meter neben der Tennishalle erhebt sich ein flacher, relativ unscheinbarer Betonbau. Davor stehen zwei unserer Streifenfahrzeuge, daneben zwei zivile Wagen und zwei Ambulanzen. Dahinter erkenne ich den dunklen Dienstwagen des Kreisveterinärs und noch ein Stück versetzt einen lang gestreckten, dunklen Bestattungswagen. Damit ist der Weg, der weiter Richtung Drachenburg führt, fast gänzlich blockiert, aber das scheint die Fahrer nicht interessiert zu haben. Und wer legt sich auch schon gerne mit einem Bestatter an? Das hat etwas Pietätloses, finde ich.

Fabian folgt meinem Blick. „Der ‚Echsengarten'. Hieß früher anders, ‚Reptilienzoo' oder so ähnlich. Ist aber aufgekauft worden. Diese ‚Echsengarten' gibt es jetzt überall. So was wie *Sea Life Center*. Halt nur nicht mit Fischen, sondern mit –"

„Echsen", sage ich.

„Genau!"

Meine Schritte schlurfen über den Schotterweg. Ich bin immer noch matt, die Hitze erledigt mich. Noch wenige Schritte bis zum Eingang des „Echsengartens" – vielleicht ist es dort drinnen etwas kühler? Wir passieren das Flatterband und grüßen die Kollegen, die das Areal kontrollieren. Keine leichte Aufgabe, hier in der Sonne nicht zu verdampfen. Die drei tun mir leid, obwohl sie sich ihrer Jacken entledigt haben und in ihren ockerfarbenen Hemden so luftig gekleidet sind wie nur möglich.

„Sie können hier heute leider nicht rein!“ Eine zierliche Frau stellt sich uns in den Weg. Sie steht direkt vor der Eingangstüre. Um die fünfzig, blond, klein, drahtig. Sie trägt ein verwaschenes rotes T-Shirt, Jeans und Adidas-Turnschuhe. Auf mich wirkt sie wie eine Langstreckenläuferin: zäh, ausdauernd, mit starkem Willen. Als wir näher kommen, bemerke ich, dass ihre Gesichtshaut rot und fleckig ist und ihre Augen verweint schimmern.

„Wir müssen aber leider!“ Fabian hält der Frau seinen Ausweis entgegen, obwohl das Foto meiner Ansicht nach keinerlei Ähnlichkeit mehr mit ihm besitzt. Bestenfalls ist das Hemd auf dem Bild noch dasselbe, das er heute auch trägt. Fabian ist nicht besonders eitel.

„Wir müssen zu den Kollegen“. Ich zwinkere sie an, weil ich meine Augen wegen der Helligkeit kaum öffnen kann.

„Und wir suchen eine … eine Frau Rosenberg“, sagt Fabian.

„Das bin ich!“ Die Langstreckenläuferin zögert kurz, dann streckt sie uns eine Hand entgegen. Ihr Händedruck ist kräftig und rau und vervollständigt mein Bild einer Frau, die sich durchsetzen kann und das, was sie beginnt, auch zu Ende führt. „Das ist … das ist alles so furchtbar, wissen Sie? Aber kommen Sie bitte mit.“

„Echsengarten“ steht auf einem künstlich verwitterten Holzschild neben einer alten Glastür, die an den unteren Ecken schon etwas Grünspan und Moos angesetzt hat. Die ersten drei Buchstaben von „Echsengarten“ sind in dem Holz kaum zu erkennen. Kurz vergesse ich, warum wir hier sind und fühle mich in den Film „Jurassic Park“ versetzt, in eine andere Welt, die ich nicht kenne und die gefährlich sein kann. „Echsengarten“ – das wirkt geheimnisvoll und auch ein wenig gefährlich …

Ich betrachte die Frau. Trotz ihrer verweinten Augen kommt sie mir stark vor. Soweit ich es inzwischen mitbekommen habe, ist hier während der vergangenen Nacht einer ihrer Pfleger verstorben. Und zwar unter Umständen, die einem die Haare zu Berge stehen lassen.

Als wir den Echsengarten betreten, verschlägt es mir den Atem, und das gleich aus zwei Gründen: Zum einen ist die Luft hier – ähnlich wie im Tropenhaus des Botanischen Gartens in Bonn – noch heißer und vor allem feuchter als draußen, zum anderen erkenne ich etwas, das sich vielleicht in einem Bild von Dalí gut macht, aber irgendwie nicht in die Realität gehört: Zu Füßen der Kollegen liegt eine riesige, blassgelbe Schlange. Das riesige Tier ist sicherlich fünf bis sechs Meter lang. Neben der Schlange liegt, ebenso lang ausgestreckt, ein Mann. Er ist vollständig bekleidet, nur der linke Schuh liegt neben seinem Fuß. Sein Gesicht, soweit ich das von meiner Position erkennen kann, ist aufgedunsen und blau, seine Augen sind geöffnet und starren angsterfüllt an die Decke.

Ich bin paralysiert und starre auf diesen Schuh, als würde der eine weitaus schlimmere Geschichte erzählen als dieser tote Mensch.

Zwei junge Kollegen der Spurensicherung vermessen das Reptil, das in der Mitte ungefähr so dick ist wie ein Autoreifen.

Als habe mir jemand ein Schlafmittel verpasst, lasse ich mich gegen das Terrarium in meinem Rücken sinken. Ein Leguan oder Waran oder was auch immer flüchtet in das dichte Blattwerk eines Strauches, der im hinteren Teil seines Käfigs in den Torfboden eingepflanzt ist.

Einer der beiden jungen Männer deutet auf etwas am Boden, und der andere reicht ihm eine Fotokamera.

„Was ist das?", frage ich immer noch fassungslos.

Der Kollege mit der Fotokamera guckt zu mir hoch. „Scheint ein Papier zu sein. Vielleicht hat das jemand schon lange vorher verloren, aber man weiß ja nicht …"

Grelles Blitzlicht taucht die ohnehin gespenstische Szenerie in noch unheimlicheres Licht. Während der Kollege fotografiert, sagt niemand ein Wort. Nachdem er das Papier mindestens ein Dutzend Mal von allen Seiten abgelichtet hat, hebt es der andere Kollege mit einer Pinzette vorsichtig vom Boden auf und lässt es in einen Klarsichtbeutel gleiten. Vorher hat er es vorsichtig entfaltet. Er verschließt den Beutel und reicht ihn mir.

Vier Buchstaben erkenne ich, ungelenk, zittrig, in Großbuchstaben. *Eine Abkürzung*, denke ich, *vielleicht aber auch ein Name …?* Ja, ein Name, und zwar der erste für einen Mann: Adam.

„Adam! ... Adam?" Fabian nimmt mir den Beweisstückbeutel aus der Hand. „Wer soll das sein?" Ich will mit den Schultern zucken, aber Ben Mateus, Chef der Rechtsmedizin der Uni Bonn, hat uns entdeckt.

„Da seid ihr ja endlich!" Er strahlt uns an. Wieder einmal habe ich das Gefühl, dass er sich am wohlsten fühlt, wenn sich in seiner unmittelbaren Nähe mindestens eine Leiche befindet.

„Wurde ja auch langsam Zeit."

Ben ist fast immer vor uns am Tatort. Wie er das schafft, ist mir ein Rätsel. Zudem ist er ein Freund kurzer Sätze und zurückgegelter Haare. Ich mag ihn. Er macht nicht viele Umstände, kommt immer sofort zur Sache.

„Wie immer: Superwichtige Konferenz im Präsidium!"

Fabian hat Recht: Vor zwei Monaten wurde unser ganzer Polizeiapparat von einer Unternehmensberatung durchleuchtet. Um Schwachstellen, Überbelegungen etc. zu extrahieren, wie es offiziell hieß. Seitdem tingeln die meisten Kollegen im Innendienst fast stündlich von einer Besprechung zur nächsten, bei der sie dann lernen sollen, wie moderner Polizeidienst im 21. Jahrhundert auszusehen hat. Leider kommen sie dadurch nicht mehr zu ihrer eigentlichen Arbeit.

„Also, was machen wir jetzt?" Ein etwa 60-jähriger Mann dreht sich zu mir. „Kann ich die jetzt mitnehmen?" Als ich ihn anschaue, macht er einen Schritt auf mich zu und streckt mir seine Gummihandschuh-Hand entgegen: „Woller, Veterinäramt Rhein-Sieg-Kreis."

Ich stelle Fabian und mich vor, reiche ihm aber nicht die Hand, weil sein Handschuh an einer Stelle schleimverschmiert ist.

„Oh, Entschuldigung!" Er betrachtet seine Hand, als sei er unschlüssig, ob der Schleim womöglich von ihm selbst stammen könnte. Ich hoffe ehrlich gesagt nicht.

Das Monstrum auf dem Boden entstammt einem Albtraum: Blassgelb, unfassbar lang und tödlich. Und Gott sei Dank auch tot. Wobei ich mich jetzt erst frage, warum die Schlange tot ist. Wer sie getötet hat. Und wie.

„Netzpython!", sagt Woller, als er meinen Blick sieht. „Die hat kurzen Prozess mit ihm gemacht. Keine Chance für den Mann. Wenn die einen packt, kann man nur noch beten."

„Hat aber auch nichts genützt!", höre ich eine Stimme im Hintergrund.

Wie unfassbar, von solch einem Ungeheuer getötet zu werden. Aber augenscheinlich bin ich die Einzige, die beim Anblick des Tieres Grauen empfindet. Zumindest kann ich nicht erkennen, dass die Kollegen besonders betroffen sind. Allerdings sind sie auch schon länger hier und hatten mehr Zeit, mit der Situation fertig zu werden.

Ich schrecke zurück, weil sich der Python in diesem Augenblick ein wenig nach vorne windet, der hintere Teil der Schlange zweimal hin- und herschlägt. Die beiden jungen Kollegen, die das Monster eigentlich vermessen sollen, springen entsetzt zurück, aber dann rührt sich die Schlange nicht mehr. *Doch nicht tot*, denke ich entsetzt.

„Der ist nicht gefährlich jetzt!", sagt Woller, als würde er jede Woche mindestens einmal vor solch einem Python stehen. „Der kann sich ja kaum bewegen. Ich hab ihm was verpasst, an dem er zu knabbern hat."

„Was denn?" Ben schaut skeptisch. So robust er mit den Toten in der Pathologie umgeht, so sensibel benimmt er sich gegenüber

Tieren. Vor zwei Jahren brachte er jeden Tag seinen Collie mit in die Rechtsmedizin, mehrere Wochen lang. Das Tier war angefahren worden und konnte nicht mehr laufen. Ich konnte kaum glauben, wie warmherzig Ben gegenüber dem Tier war. Wenn ich ihn sonst auch nur ansatzweise bei seiner Arbeit sah, wurde mir regelmäßig schlecht.

„Warum wollen Sie das wissen?" Der Tierarzt reagiert etwas unwirsch auf Bens Frage, was mich aufhorchen lässt. Welches Problem hat er?

Aber Ben bleibt ruhig. „Nur so, interessiert mich." Unschuldig lächelt er den Tierarzt an, der seinen Blick kurz erwidert und dann auf die Schlange schaut.

„Carfentanyl."

„Ach, und ich dachte, das gäbe es in Deutschland nicht." Ben Mateus, unser Rechtsmediziner gehört zu den gebildetsten Menschen, die ich kenne, deswegen wundert es mich nicht, dass er sich allem Anschein nach auch in der Veterinärmedizin auskennt.

„Na ja", entgegnet Dr. Woller, „gute Tierärzte haben das immer im Haus." Er hebt die Hände, als wolle er sich für das Eigenlob entschuldigen. „Sie wissen doch, dass immer mehr Leute alle möglichen Arten halten. Und sich dabei auch nicht von Größe und Gefährlichkeit abschrecken lassen."

Ich sehe, wie unser Rechtsmedizinchef nickt, ohne etwas zu sagen. Die kleine Fachdiskussion scheint beendet.

„Die Frage ist nur: Was machen wir jetzt mit dem Vieh?", wirft Dr. Woller in den Raum. „Wenn wir den Python einschläfern, haben wir die Tierschützer auf dem Hals."

„Ernsthaft?", frage ich. „Was geht das irgendwelche Tierschützer an?"

Die Schlange bewegt sich erneut und bei der Vorstellung, dass dieses große Monster bald wieder hellwach sein könnte, wird mir ziemlich mulmig. Allein der Kopf der Schlange!

„Rufen Sie die Zoos in der Umgebung an. Köln, Neuwied … keine Ahnung, ob die so ein Tier haben wollen."

„Wenn Sie meinen," grummelt Woller, als stehe die Schlange unter seinem persönlichen Schutz. „Kann ich versuchen."

„Tun Sie das bitte!", lächle ich ihn an.

Dann betrachte ich den Toten. Seine Augen sind blutunterlaufen und starren Richtung Decke, der Mund ist auch nach seinem letzten Schrei weit aufgerissen.

„Ben, kannst du uns schon etwas sagen? Hat der Mann irgendwelche Verletzungen außer … außer den Bisswunden? Vielleicht ist ihm ja vorher irgendein Mittel verabreicht worden, so dass er sich nicht wehren konnte." Darüber möchte ich gar nicht nachdenken, geschweige denn es mir bildlich vorstellen.

„Gib mir noch Zeit", meint Ben nur. „Ich nehme ihn mit an den Stiftsplatz, dann sehen wir weiter. Im Augenblick ist es noch zu früh. Er hat überall Quetschungen, Prellungen und Blutergüsse. Da kann ich auf die Schnelle noch nichts sehen. Wirklich nicht. Und auch nichts sagen."

Plötzlich wird mir schummrig vor Augen, vielleicht durch die Hitze und Feuchtigkeit, vielleicht durch den Anblick des Toten. „Wartet noch einen Augenblick, bevor ihr ihn wegbringt, ja?", sage ich. „Ich schau ihn mir gleich noch genauer an." Im Augenblick ist mir nur schwindelig und ich muss hier raus. Wenigstens für fünf Minuten.

„Klar, wir haben Zeit!" Ben nickt mir verständnisvoll zu. Er weiß, wie sehr mich Tatorte belasten. Und dieser hier ist wirklich außergewöhnlich. Und furchtbar.

Ich lächle ihn dankbar an, dann werfe ich einen kurzen Blick zu Fabian. „Ich muss mal an die frische Luft", sage ich.

Damit drehe ich mich um und gehe langsam nach draußen. Mir ist so schwindelig, dass ich kleine Schritte mache. Ich gehe an den Kollegen vorbei, die die Eingangstüre untersuchen, und atme tief durch. Die Sonne schmerzt in meinen Augen und ich denke, dass ich unbedingt meine Sonnenbrille brauche. Nach der feuchten Hitze in dem kleinen Zoo kommen mir die 35 Grad hier draußen fast angenehm kühl vor.

Kapitel 3

Margot:

Als ich die Szenerie wieder betrete, ist der Python fort. Erst jetzt fällt mir der hohe Geräuschpegel auf, der hier herrscht. Dutzende Grillen zirpen so laut, dass man unwillkürlich die Stimme hebt, um verstanden zu werden. Das metallene Ratschen ihrer Flügel ist mir vorhin gar nicht aufgefallen. Ebenso wenig wie die beiden Sanitäter, die vor mir stehen und ungläubig auf den Toten starren.

Der Mann hat nun die Augen geschlossen, seine Haare, seine Kleidung, seine Haut glänzen im grellen Licht der nun aufgestellten Scheinwerfer, wirken wie von einer Flüssigkeit überzogen, als sei er in voller Kleidung in einen Pool gesprungen und habe sich danach nur notdürftig abgetrocknet. Das Auffallendste an ihm ist sein eingefallener Brustkorb. *Gebrochene, zerquetschte Rippen!*, denke ich entsetzt. Der Druck des Python auf den Körper muss furchtbar gewesen sein. Ich habe gelesen, dass Würgeschlangen warten, bis ihre Opfer ausatmen und dann den Druck auf den Körper, den sie festhalten, immer weiter verstärken. Ich habe keine Ahnung, wie lange es dauert, bis bei einem Menschen der Tod eintritt, ich schaudere nur bei dem Gedanken, dass der Mann das wahrscheinlich bei vollem Bewusstsein erleiden musste. Irgendwann ist er hoffentlich in Ohnmacht gefallen und erstickt.

Einer von Ben Mateus' Assistenten, jemand, den ich noch nie gesehen habe, betrachtet auf einer Kamera die Fotos, die er vom Tatort geschossen hat. Der Mann ist mindestens zehn Jahre jünger als Ben, höchstens 40, dazu groß und schlank. Selbst in seinem weißen Einweg-Overall wirkt er sportlich und vital.

Tatort, denke ich, wobei ich mich jetzt frage, ob das hier tatsächlich ein Tatort im Sinne eines Verbrechens ist. Denn als Erstes kommt mir ein Unfall in den Sinn. Wenn das Opfer ein Tierpfleger des kleinen Zoos ist, dann könnte der Mann zu jenen unglücklichen Menschen gehören, die tausende Male an alle Sicherheitsvorkehrungen gedacht und sie dann ein einziges Mal vergessen haben. Und tragischerweise ist das Tier, vor dem sie sich schützen müssen, an jenem Tag so hellwach, hungrig oder einfach nur mordgierig, dass sie ihre Unachtsamkeit mit dem Leben bezahlen müssen. So wie eine erfahrene Tierpflegerin im Kölner Zoo, die 2012 wahrscheinlich vollkommen in Gedanken die Sicherheitsschleuse zu einem Tigerkäfig offen gelassen hatte und von dem Tiger mit einem Biss in den Hals getötet wurde.

Niemand ist vor solch einem Schicksal gefeit, jedem von uns kann so etwas passieren. Und manchmal ist das Schicksal unbarmherzig, gnadenlos und kalt – meist dann, wenn wir uns am sichersten fühlen.

Fabian steht vor mir und sagt etwas, aber ich registriere seine Worte nicht, bemerke in seinen glänzenden Augen nur eine Niedergeschlagenheit, die mir noch nie aufgefallen ist. Möglicherweise liegt der müde Glanz an der vielen Mehrarbeit durch meinen Urlaub, aber ich glaube, dass die Art und Weise, wie der Mann zu Tode gekommen ist, Fabian genauso berührt wie mich. Fabian ist üblicherweise sehr ausgeglichen und ruhig, aber das Schicksal dieses Toten scheint auch ihn sehr mitgenommen zu haben.

Ich versuche ihn anzulächeln. „Alles okay?“, frage ich.

„So was habe ich schon mal gesehen.“

Ich schaue ihn fragend an.

„Ja, in Bangladesch. Allerdings hat sich da das Vieh keinen Menschen geholt. Ein Ferkel war’s. An einem Seeufer. Das Ferkel hat geschrien, dass einem die Ohren wehtaten. Irgendwann hat die Schlange das Ferkel ins Wasser gezogen und war dann einfach weg.“

Zur Erklärung: Fabian hat zwei oder drei Jahre in Bangladesch verbracht, um dort mitzuhelfen, eine Polizeieinheit aufzubauen. Zu einer Zeit, als wir uns noch nicht kannten und ich nach meiner Ausbildung in Münster in Rheinland-Pfalz gearbeitet habe.

Ich sage nichts und nicke nur. Etwas anderes ist wichtiger: Ben Mateus untersucht die Kleidung des Toten, dreht ihn halb und zieht aus der Gesäßtasche der Jeans ein schwarzes, abgewetztes Portemonnaie. Weil alles glitschig und nass ist, fällt das Portemonnaie beinahe zu Boden, aber Ben kann es gerade noch auffangen. Er hält eine Art Ausweis gegen das Licht eines Scheinwerfers: „Aaron Darzi. Wohnort Bonn. 24 Jahre."

Peter Braun, einer meiner liebsten Kollegen, überprüft die Daten. Weil er sich als Erster darum kümmert, hoffe ich, dass er auch die Aufgabe übernehmen wird, die Angehörigen zu verständigen, wenn es welche gibt. Frau, Freundin, Kinder … Ich habe das oft genug gemacht, weil es Fabian meist schafft, sich irgendeine Ausrede einfallen zu lassen. Aber natürlich fällt keinem Kollegen diese Aufgabe leicht.

Darzi, Aaron Darzi. Kein deutscher Name. Ich nehme mir vor, die Chefin des Zoos gleich zu fragen, woher der junge Mann kommt.

„Kannst du die Angehörigen verständigen?", frage ich Peter.

Er nickt und notiert sich auf einem Notizbuch eine Adresse. Peter ist hager und groß, beinahe zwei Meter, und seine Größe verleiht seiner typischen Langsamkeit eine Würde, die kleinen Menschen wie Fabian nicht gegeben ist. Auch wenn Fabian genau so ruhig und behutsam ist wie Peter.

Aus dem Nichts steht plötzlich ein weiterer Kollege der Spurensicherung vor uns. In den Händen hält er eine Kamera. „Frau Lukas, schauen Sie mal." Er lächelt verlegen und zeigt auf ein halb offen stehendes Fenster weiter hinter im Zoo. „Sie können es natürlich auch am Terrarium sehen, aber die Fotos sind … äh … irgendwie schärfer." Wieder lächelt er verlegen, dann hält er mir die Kamera vor die Augen. „Hier ist der Riegel des Python-Terrariums." Mit mehreren Klicks vergrößert er ein Foto auf seiner Kamera. „Hier, sehen Sie mal. Der Riegel ist mit vier Schrauben festgemacht, mehr als genug, wenn Sie mich fragen, aber jemand hat den ganzen Riegel ausgehebelt. Einfach ausgehebelt. Sehen Sie das gesplitterte Holz? Wahrscheinlich mit einer Art Meißel oder so etwas. Da hat einer nachgeholfen, dass der Riegel wirkungslos war. Das war keine Fahrlässigkeit oder so etwas, das sieht nach Vorsatz aus, nach Sabotage."

„Oh Gott!", sage ich nur. Das würde bedeuten, dass die Schlange absichtlich befreit wurde, und der Mann in der Folge möglicherweise absichtlich getötet wurde. *Es sei denn*, kommt mir kurz in den Sinn, *es handelt sich bei dem Toten um einen radikalen Tierschützer, der die Tiere befreien wollte, sich aber zu lange in der Nähe des befreiten Pythons aufgehalten hat.* Aber das kann ich mir beim besten Willen nicht vorstellen. Tierschützer sind zum Teil unangenehm, aber nicht dämlich. Und dieser Tote hier ist ja schon so gut wie identifiziert.

Hinter mir vernehme ich ein Schluchzen, unterdrückt und eindringlich. Gaby Rosenberg, die Besitzerin des „Echsengartens", tupft sich die Augen mit einem weißen Papiertaschentuch. Mit ihrem Rücken lehnt sie an einem gläsernen Terrarium, in dem eine dicke schwarze Spinne lauert, vielleicht eine Tarantel oder etwas ähnlich Ekliges.

„Geht es?", frage ich. „Kennen Sie den Toten?"

Ich gehe langsam auf sie zu. Die Feuchtigkeit im Raum macht mir mehr zu schaffen als die Hitze, und ich merke, wie kleine Schweißperlen meinen Rücken herablaufen.

„Das ist Aaron … der Aaron." Sie schluchzt wieder und schüttelt den Kopf. „Das kann doch alles nicht wahr sein!" Ich berühre ihre Schulter und nicke verständnisvoll.

„Hat er hier gearbeitet bei Ihnen?", frage ich.

Sie nickt und verstaut das zerfledderte Taschentuch in ihrer rechten Hosentasche. Dann kramt sie aus der linken ein unbenutztes hervor. Sie hat Schwierigkeiten, das Taschentuch aus der Plastikhülle zu ziehen, aber schließlich gelingt es ihr doch. Ich schaue ihr in die verweinten Augen: War die Frau bei unserer Begrüßung noch um Fassung bemüht, scheint nun alle Kraft aus ihr gewichen zu sein. In diesem Augenblick könnte ein fünfjähriges Kind sie zu Fall bringen, einfach durch Anpusten.

Ich schaue mich um und betrachte die vielen exotischen Tiere: In einem der Terrarien hängen drei kleine, dunkel gemusterte Schlangen versteckt von einem Ast herab. „Königspython“ steht auf dem kleinen Schildchen unterhalb der Glasscheibe. In einem Bassin daneben starren mich zwei meterlange Krokodile an, mit geöffnetem Maul, die spitzen, gelblich-weißen Zahnreihen halb im Dunkel versteckt, nur der Hautlappen am Unterkiefer bewegt sich.

Ich reiße mich von diesen unwirklichen Eindrücken los. „Hat er bei Ihnen gearbeitet?“, frage ich noch einmal. „Der Aaron?“

Sie nickt und schnäuzt sich gleichzeitig laut in ihr Taschentuch. Danach tupft sie sich wieder die Augen und wirft das Tempo mit einer müden, langsamen Bewegung auf den Boden. Über ihre Schulter hinweg beobachte ich die dicke, schwarze Spinne, die nun fett und unansehnlich mitten im Mulch ihres Terrariums hockt. Vermutlich wünscht sie sich gerade, so groß zu sein wie wir, um uns alle aussaugen zu können.

„Der Aaron … arbeitet …“ Sie seufzt laut. „Der Aaron ist seit einem halben Jahr hier. Wechselt sich mit Kai ab.“

„Und wer ist Kai?“, frage ich.

„Der Kai … der Kai hilft mir auch hier. Beide. Der Aaron und der Kai. Jeden Morgen. Saubermachen, Wasser geben, füttern, je nachdem, wer was braucht.“

Ich blicke wieder zu den beiden Krokodilen, die mich immer noch anstarren, als hätten sie einen persönlichen Hass auf mich. „Seit wann betreiben Sie diesen …“ Ich schaue mich um und hoffe, dass sie mir meine Skepsis, derart exotische Tiere halten zu können, nicht ansieht. „… diesen Garten?“

Sie lacht kurz auf, als hätte ich eine witzige Frage gestellt, dann tupft sie sich wieder die Augen. „Ich habe früher im Kölner Zoo gearbeitet“, sagt sie zögerlich. „Bis 2012. Dann kam das Angebot des ‚Echsengarten‘ und ich habe die Chance ergriffen, selbständiger zu werden. Ich mag die Gegend hier. Sie ist so geheimnisvoll.“ Sie zeigt Richtung Tür. „Da drüben neben der Tennishalle ist zum Beispiel ein kleiner Wanderweg. Der erzählt die Geschichte von

Siegfried und seinem Kampf gegen den Drachen."

„Aha", sage ich, ohne wirklich zu verstehen. Irgendetwas war da mit Siegfried und einem Goldschatz, aber an mehr kann ich mich im Augenblick nicht erinnern.

„Zu meiner Schulzeit lernten wir noch die Nibelungensage, vielleicht liegt es daran, dass ich die Gegend hier so mag."

Eines der Krokodile wendet träge den Blick von mir ab, sein Maul sinkt langsam auf den kalten Felsen herab. Das andere Tier ist hartnäckiger und taxiert mich weiter. Ab und zu schließt es kurz die Lider, dann schaut es mich aus seinen linsenförmigen Pupillen wieder an, ganz ruhig, als wisse es genau, dass seine Stunde kommen wird.

„Und wo ist der Kai jetzt?", frage ich, weil ihre Motivation, den „Echsengarten" zu übernehmen, wahrscheinlich nichts mit dem Tod ihres Pflegers zu tun hat.

Ein Kollege der Spurensicherung fotografiert erneut den Riegel der Terrariumscheibe, aus der der Python wahrscheinlich befreit wurde. *Ein Pfleger braucht den Riegel nicht auszuhebeln,* denke ich, *der hat einen Schlüssel.* Andererseits darf er den natürlich nicht benutzen, wenn er ein Tier verbotenerweise befreien will.

„Na, der kommt erst heute Abend wieder", holt mich Gaby Rosenberg aus meinen Gedanken zurück. „Eins der Krokodile hat sich erkältet und wir müssen ihm ein Medikament geben. Wenn das auf die Lunge geht … das ist gefährlicher als bei uns Menschen."

„Hm!" Ich frage mich, woran sie ein erkältetes Krokodil erkennt. Hustet es? Trieft die Nase? Und wie verabreicht sie da ein Medikament? Wahrscheinlich ausschließlich über das Futter, denke ich und versuche, mich wieder auf das Hier und Jetzt zu konzentrieren. „Das heißt, Kai ist wahrscheinlich der Letzte gewesen hier gestern Abend? Wie heißt der denn mit Nachnamen?"

„Raddatz, Kai Raddatz." Ich sehe, dass sie vorsichtig wird, zum ersten Mal ihre Gedanken sortiert, ehe sie sie ausspricht. Sie weicht fast unmerklich zurück und betrachtet mich mit einem wachen Augenaufschlag, als frage sie sich, ob von mir eine Gefahr ausgeht. Für ihren verbliebenen Pfleger oder ihren Echsengarten. Zumindest Letzteres müsste ich natürlich bejahen. Dass wir hier in den kommenden Tagen Besucher hereinlassen können, ist ausgeschlossen.

Ich nicke ihr verständnisvoll zu. Natürlich verstehe ich, dass sie ihren Mitarbeiter nicht belasten will, allerdings darf das nicht so weit gehen, dass sie uns Informationen vorenthält. Aber das hat sie ja bislang auch noch nicht getan, hoffe ich.

„Haben Sie die Adresse von Kai Raddatz?" Allmählich wird mir die Luft knapp und ich frage mich, wie sie und die Pfleger in diesem feuchtheißen Klima über mehrere Stunden arbeiten können. Raddatz werde ich auf jeden Fall von draußen anrufen, auch wenn es dort nur ein paar Grade kühler ist.

„Einen Augenblick, ich hole mein Handy", sagt sie und lässt mich mit dem glotzenden Krokodil allein. Ich strecke dem Tier die Zunge heraus und verdrehe die Augen, aber das Vieh scheint nicht zu Späßen aufgelegt.

*

„Was machst du da?", höre ich Fabian plötzlich an meiner Seite. So ist es meist bei uns beiden: Zu Beginn einer Ermittlung sind wir fast immer an verschiedenen Orten unterwegs, hören verschiedene Zeugen, gehen vielleicht sogar verschiedenen Theorien nach. Dann setzen wir uns zusammen und beraten, wie wir gemeinsam weiter vorgehen.

„Der glotzt mich die ganze Zeit an." Ich deute mit einem Kopfnicken in Richtung des Krokodils. „Sieht schlimmer aus als Warzer! Ich kann dir sagen, das ist nicht angenehm."

„Lass den Kollegen Warzer doch mal in Ruh!", ermahnt mich Fabian, aber nur halb im Ernst. Im Gegensatz zu ihm bin ich im Polizeipräsidium nicht sonderlich beliebt, was vielleicht daran liegt, dass ich die kölsche Mentalität mancher Kollegen eher nervig finde. Sinnsprüchen wie „Et hätt noch immer joot jejange!" oder „Wat fott es, es fott!" kann ich ehrlich gesagt nicht allzu viel abgewinnen. Vor meinem geistigen Auge erscheint mir dann immer ein schmerbäuchiger Mann in einer Hängematte, eine Flasche Bier auf dem dicken Bauch abgestellt, die Augen halb geschlossen, kurz vor einem Nickerchen und mit wenig Lust, sich dem Leben zu stellen. Und hinter ihm im Haus hat gerade die Gardine angefangen zu brennen. Und das Kind schaut zum Fenster raus.

Kölsche Sinnsprüche (vielmehr Unsinn-Sprüche!) sind bei mir fast genauso beliebt wie die Kochspezialitäten hier in der Region. Wer Blutwurst isst, am besten noch mit vielen Zwiebeln, der darf sich nicht wundern, sein Lebtag allein zu bleiben. Und man kann es sicher auch nicht nur mit rheinischem Humor erklären, dass man ein Roggenbrot mit Käse serviert bekommt, wenn man einen halben Hahn bestellt. Die rheinische Mentalität führt zurzeit übrigens auch dazu, dass die Klassischen Konzerte in Bonn zum 250. Geburtstag von Ludwig van Beethoven in einem Kongresszentrum und dem Forum der Telekom-Zentrale gespielt werden, und nicht in einem neuen Festspielhaus, das die Stadt Bonn vor rund zehn Jahren von den ansässigen Konzernen Post, Postbank und Telekom geschenkt bekommen hätte. Die Stadt hätte nur die jährlichen Betriebskosten zahlen müssen. Aber soweit ich das von Fabian und einem Teil der Kollegen gehört habe, wurde das Geschenk auf rheinische Art totdiskutiert. Auch an diesem Beispiel sieht man: Es ist eben noch lange nicht immer alles „joot jejange": Denn die Konzerne hatten sehr schnell Wichtigeres zu tun, als sich mit einem schlafmützigen Oberbürgermeister und einem unentschlossenen Stadtrat auseinanderzusetzen, die beide zu kurzsichtig waren, um zu erkennen, was als Alternative auf ihre Stadt zukommen würde: Nämlich dass zurzeit eine Mehrzweckhalle aus der Nachkriegszeit, die Beethovenhalle, für knapp 200 Millionen Euro umgebaut wird. Als ich das hörte, habe ich es für einen Scherz gehalten, aber es ist wahr.

„Was denkst du?", frage ich Fabian, um nicht zu überlegen, was man mit diesen verbrannten Steuergeldern alles hätte anstellen können.

„Ich verstehe es noch nicht." Fabian schaut mich aus großen Augen an. „Wer öffnet gewaltsam ein Schlangenterrarium? Und zu welchem Zweck? Um vorsätzlich einen Menschen zu töten? Oder zu erschrecken? Oder sollten die Tiere hier befreit werden? Waren hier Tierschützer unterwegs? Und was hat Aaron hier überhaupt gewollt?"

„Frau Rosenberg", frage ich leise, „warum könnte Aaron Darzi die Scheibe geöffnet haben? Vorausgesetzt, er war es selbst." Ich zeige auf die 2x2 Meter große Glasscheibe, die halboffen in den Raum hineinragt. „Hat er die Schlange gestern gefüttert?"

Gaby Rosenberg schüttelt den Kopf. „Nein, die Schlangen bekommen bei uns immer nur alle zwei Wochen etwas. Immer montags. Heute …" Sie zögert kurz. „Heute oder gestern nicht. Der Netzpython war noch nicht dran." Sie wischt über eine Messingstange, die die Besucher vor zu viel Nähe zu den Krokodilen schützt.

„Aber das Tier war hungrig? Oder angriffslustig?", versuche ich eine Erklärung für den Vorfall zu finden.

Wieder flammt ein Blitzlicht auf. Einer der Rechtsmediziner fotografiert erneut den ausgehebelten Riegel des Schlangenterrariums.

„Hungrig?" Frau Rosenberg schüttelt den Kopf. „Aber doch nicht so, dass er einen Menschen anfällt. Das ist ausgeschlossen." Sie schüttelt den Kopf. „Wirklich ausgeschlossen".

„Aber er hat es nun einmal getan!" Fabian neben mir kann sich die Bemerkung nicht verkneifen, die auch mir auf der Zunge liegt.

„Ja, das stimmt." Die Stimme der Echsengarten-Chefin klingt traurig. „Aber alle Tiere bekommen hier, ehrlich gesagt, mehr als in der Natur. Wenn Sie es genau wissen wollen, schaue ich hinten auf die Futterpläne. Da steht ganz genau, welches Tier an welchen Tagen etwas zu fressen bekommt. Auch die Pythons."

„Ach, und arbeitet hier sonst noch jemand? Hat hier sonst noch jemand Zugang zu den ganzen … Örtlichkeiten?", frage ich.

Abrupt bleibt Gaby Rosenberg stehen. „Ja, meine Tochter. Die hilft auch. Aber im Augenblick nicht. Liegt seit vier Tagen in Bonn im Krankenhaus. Hat sich schlimm das Bein gebrochen. Unten im Lemmerzbad. Ganz dumm ausgerutscht auf den nassen Fliesen. Ich sag Ihnen …" Sie schüttelt den Kopf. „Ich hole Ihnen mal die Pläne."

„Das wäre nett!", sage ich, als hätte sie mir gerade eine kalte Limonade angeboten. Kaum ist Frau Rosenberg verschwunden, frage ich Fabian noch einmal, wie er die Situation einschätzt. Ich persönlich habe mir noch kein abschließendes Bild gemacht, das Ganze erscheint mir seltsam surreal. Die wichtigste Frage (neben der, warum der Riegel geöffnet wurde) scheint mir, was der Pfleger hier gestern Abend noch gemacht hat.

Fabian betrachtet einen kleinen Leguan in unterschiedlichen Grüntönen, der regungslos auf einem Ast hockt. Seine Augen scheinen in alle Richtungen rollen zu können. Wahrscheinlich hält er Ausschau nach ein paar saftigen Fliegen oder Heuschrecken.

„Wir müssen, so schnell es geht, mit allen reden, die hier Zugang haben." Er deutet auf zwei Kollegen, die das Schloss an der Eingangstür untersuchen. „Die Jungs hier gucken, ob hier auch etwas aufgebrochen wurde, und dann sehen wir weiter."

„Die Besitzerin hat zwei Mitarbeiter", stelle ich fest. „Einer ist tot, der andere kommt eigentlich erst heute Abend wieder. Ich hatte Frau Rosenberg auch gebeten, uns seine Adresse rauszusuchen, ich will den unbedingt so schnell wie möglich sprechen."

Fabian nickt und starrt nun ebenfalls auf das Krokodil, das mich schon die ganze Zeit im Visier hat. Rhythmisch hebt sich der hellgrün-gelbe Hautlappen am Unterkiefer des Tieres. Ich bin keine Expertin und weiß nicht, ob das etwas mit der Atmung zu tun hat oder mit sonst etwas, auf alle Fälle sieht es ziemlich merkwürdig aus.

„Ich würde da nicht reingehen!“, sagt Fabian plötzlich.

„Wo rein?“ Keine Ahnung, was er meint. Wahrscheinlich das Krokodilbecken.

„Na, in so einen Käfig. Zu so einem Urzeittier. Diese Viecher bestehen doch nur aus Muskeln. Da machst du nix mehr, wenn die sich an dir festgebissen haben.“ Aha, er redet von den Pythons.

„Ich verspreche dir, ich schicke dich da nur im absoluten Notfall rein, okay?“, beruhige ich ihn lächelnd. „Ich habe deiner Frau versprochen, dich, wenn's geht, in einem Stück zurückzubringen.“

Frau Rosenberg kommt zurück. An der Eingangstür spricht sie kurz mit einem Kollegen, dann hält sie mir ein kleines, gelbes Blatt mit der Adresse von Kai Raddatz hin. Die Futterpläne scheint sie noch nicht gefunden zu haben. Oder sie hat sie vergessen. Egal, ich gehe nach draußen, weil ich keine Luft mehr bekomme. Vorher betrachte ich noch einmal das offen stehende Terrarium der Schlange und schüttele den Kopf: so viel Niedertracht. So viel Hinterhältigkeit. Und vielleicht so viel Hass?

Kapitel 4

Zwischentakt

Die Ecke Kölnstraße/Oxfordstraße an Bonns Bertha-von-Suttner-Platz gehört nicht gerade zu den ... sagen wir einmal ... *schicksten* Adressen in Bonn. Das etwas abgestanden wirkende, aber fast jederzeit gut besuchte Fast-Food-Restaurant beherbergt täglich unzählige Menschen, die es vermutlich fast als ihren Lebensmittelpunkt betrachten würden, zumindest aber als ihr zweites Wohnzimmer. Hier treffen sie Freunde, hier kommunizieren sie per Handy mit der übrigen Welt und hier nehmen sie auch die Mahlzeiten zu sich, die sie zwar nicht brauchen – im Gegenteil –, an die sie sich aber gewöhnt haben.

In diesem „Wohnzimmer“ saß nun – neben zwei Dutzend weiteren Gästen, die kreuz und quer an den eher nur mittelmäßig gesäuberten Tischen Fritten, Nuggets oder Hamburger in sich hineinpressten – der 19-jährige Amir Essa gemeinsam mit den Brüdern Junis und Tarek Hamin. Diese beiden waren ein beziehungsweise zwei Jahre älter als Amir, obwohl sie sehr viel jünger als der 19-Jährige wirkten, was aber daran lag, dass Amir schon seit zwei Jahren einen dichten schwarzen Bart trug, der ihn wie mindestens 25 erscheinen ließ. Alle drei waren trotz der sommerlichen Wärme, die von der Klimaanlage im Schnellrestaurant nur rudimentär vor der Türe gehalten werden konnte, in schwarze Jacken mit hellbraunem Fellersatz am Kragen gehüllt. Alle drei waren Syrer, alle drei vor zwei Jahren nach einem Sturm auf hoher See von einer Hilfsorganisation aufgenommen und dann nach vierzehn Tage dauerndem politischen Hin und Her zuerst in Malta gelandet, ehe sie gemeinsam den Weg nach Deutschland gefunden hatten.

Zwar konnten sie mit diesem Land hier ungefähr so viel anfangen wie eine Katze mit einem Harfenstrauch, aber Deutschland versprach von allen europäischen Ländern mit die größte finanzielle Unterstützung, das wussten sie. Anders als für fast alle anderen Flüchtlinge, die sich in ihrer neuen Heimat bemühten, Arbeit zu finden und ein Teil der neuen Gesellschaft zu werden, war Deutschland für diese drei jungen Männer ein Land, das sie ohne besondere Gegenleistung ernährte. Hier mussten sie weder arbeiten noch lernen. Alle paar Wochen wurden sie zu einer Behörde zitiert und mussten langweilige, immer gleiche Fragen beantworten, aber das war auch schon alles. Ansonsten wurden sie in Ruhe gelassen. Und damit zeigte ihnen dieses Land, wie schwach es im Umgang mit kriminellen Randgruppen war – im Gegensatz zu ihrem eigenen Land, aus dem sie hatten fliehen müssen, weil sie andernfalls die nächsten zehn Jahre in Damaskus in einer finsteren und feuchten Gefängniszelle mit winzigen Fenstern und mindestens zwanzig weiteren Jungkriminellen verbracht hätten. Und wer weiß, ob sie den Tag ihrer Entlassung überhaupt jemals erlebt hätten.

Diese drei jungen Männer verachteten ihre neue Heimat, sie verachteten die Menschen, die hier lebten und für ihr Geld arbeiteten, sie verachteten die Bürger dieser Stadt und sie verachteten letztendlich auch die Mädchen, deren Hintern sie augenblicklich von einem der Tische an der Fensterfront aus bewerteten. Bei einer 10, so ihre Challenge, mussten sie dem Mädchen nachlaufen und es ansprechen. Irgendein Spruch – was, war egal, vielleicht einfach „Hallo" sagen, vielleicht tatsächlich den Hintern ansprechen, das konnte jeder entscheiden, wie er wollte. Aber bis jetzt hatte es noch keine von diesen deutschen Chicks weiter als bis sieben auf der Arsch-Skala gebracht. Entweder waren diese deutschen Hintern dann doch zu dick, die Beine zu kurz oder die Hose zu unvorteilhaft. Ein enttäuschender Nachmittag!

Amir griff sich fünf Frittenstäbchen aus der roten Tüte und ließ sie in seinem Mund verschwinden. „Isch muss weg!", nuschelte er in Richtung Tarek, dem zwei winzige Bröckchen frittierte Kartoffeln an die Wange flogen.

„Du Sau! Hör auf zu spucken!" Tarek griff sich zwei der Fritten und warf sie Amir an den Kopf, der sich duckte und dabei einen fast leeren Colabecher umstieß. Der Rest der braunen Flüssigkeit ergoss sich auf das Tablett, auf dem die Reste ihrer Mahlzeit lagen.

Junis, der jüngste der drei, beobachtete die beiden älteren. Er war der Intelligenteste unter ihnen und es gab Momente, eigentlich fast jeden Tag, an dem er sich fragte, ob es richtig war, ohne jeglichen Plan in den Tag hineinzuleben, sich über alles und jeden lustig zu machen und am Wochenende Streit zu suchen. Er erkannte immer mehr, dass sie die Schwelle zum Erwachsensein bald überschritten hatten, und dann waren sie zu alt, um einfach nichts zu tun. Zumindest auf lange Sicht. Junis zumindest wollte einmal eine Familie haben, viele Kinder, und er wollte Geld verdienen, viel Geld – zumindest mehr, als er von diesem deutschen Amt bekam. Gut, er besuchte wie die anderen beiden seit seiner Ankunft in Deutschland einen Sprachkurs, zu dem er auch jedes Mal ging, aber hauptsächlich nur, um Mädchen ansprechen zu können, das musste er ehrlich zugeben. Noch war nicht vollständig in sein Bewusstsein gedrungen, dass er einen Weg eingeschlagen hatte, der auf lange Sicht Armut und Elend bedeutete, und der nicht mehr ohne viel Mühe zurückgegangen werden konnte.

„He, Ruhe dahinten!“ Filialleiter Torsten Gießer, der hinter dem Tresen Hamburger verpackte, hatte die drei Jungs im Blick, seitdem sie das Restaurant betreten hatten. Doch solange sie nicht zu laut oder zu aggressiv wurden, duldete er ihre Anwesenheit. Auch wenn er kein gutes Gefühl dabei hatte. Solche Typen vergraulten fast die gesamte weibliche Kundschaft. Irgendeinen blöden Anmachspruch hatten diese Burschen immer auf Lager, und wenn sich die Angesprochenen dann angewidert abwandten, lachten diese Typen wie Hyänen, als hätten sie gerade einen Rhetorikpreis gewonnen. Wenn Gießer sie dann rauswerfen wollte, rekelten sie sich in ihren Sitzen, fingen an zu rülpsen und zu furzen. Das letzte Mal, als er versuchte hatte, sie nach draußen zu befördern, waren sie aufgestanden und hatten ihn lauthals als Rassisten beschimpft. Sie hatten es so dargestellt, als hätten sie nur aufgrund ihrer Nationalität das Lokal verlassen müssen, nicht ihres Benehmens wegen. Einmal hatte Gießer die Polizei holen müssen, aber letztendlich hatte die auch nichts anderes bewirken können, als die drei Jungs vor die Tür zu setzen. Es war die Aufregung nicht wert gewesen. Jedenfalls machte die Arbeit keinen Spaß mehr, seit solche Typen immer mehr wurden, und Torsten Gießer hatte in der vergangenen Woche zehn Bewerbungen geschrieben. Hier wollte er so schnell wie möglich weg.

Amir lachte breit und blieb cool, als die Fritten an seiner Wange abprallten. Er klaubte die zwei Stäbchen auf und steckte sie sich in den Mund. „Mach keinen auf aggro, Alda, isch muss wirklisch weg." Amir machte gerne den Eindruck, als müsse er so schnell wie möglich in ein wichtiges Meeting, dabei hatte er – abgesehen von den abendlichen Treffs mit seinem Dealer, den die beiden anderen nicht besonders gut kannten – nicht wirklich viel zu tun. Vor einem guten Jahr hatte er das erste und einzige Jobangebot geschmissen, eine Tischlerlehre. Wer brauchte so was schon? Amir war dort hingegangen, allerdings hatte er sich bereits am zweiten Tag mit dem anderen Lehrling geprügelt. Genauer gesagt hatte Amir dem anderen Jungen die Nase mit einem Hobel zertrümmert, nachdem der ihn aufgefordert hatte, während der Arbeit seine Kopfhörer aus dem Ohr zu nehmen und das laute Mitsingen einzustellen. Seitdem konzentrierte sich Amir eher darauf, in der Nähe von Schulhöfen potentielle Zwischendealer anzusprechen, die sein Zeug in der Schule verkauften. Damit machte er, obwohl ein Großteil des Geldes wiederum an seinen Dealer ging, einen guten Schnitt.

„Eh, du kanns nich gehen, wir ham noch keine 10," meinte Tarek mit einem Blick nach draußen.

Amir schnaubte verächtlich durch die Nase. „Nee, da kommt auch keine mehr. Alles Dickärsche hier, die fressen zu viel, sag'sch dir!" Damit quetschte er sich an seinen beiden Freunden vorbei und blieb vor dem Tisch stehen. Lässig zog er aus seiner weiten Jeans, die nur die Hälfte seines Hinterns bedeckte, einen 50-Euro-

Schein. „Hier, Rest 's für euch, Brüda. Aber nich verschnupfen!" Er klatschte die beiden ab und stolzierte unter den erleichterten Blicken von Torsten Gießer hinaus in die Sommerhitze.

Kurz dachte er daran, seine Jacke auszuziehen, was ihm aber eine Art unsinniger Ehrenkodex verbot. Diese Jacken gehörten zum Inventar jedes Drogendealers hier in der Stadt. Allerdings war dieses Kennzeichen, das ursprünglich ein *geheimes* Zeichen sein sollte, mittlerweile nur noch lächerlich, da die Polizei und jeder halbwegs zum Denken fähige Bürger die Jackenträger eindeutig als zumindest potentiell kriminell einzustufen wusste. Außerdem liebte Amir seine Jacke, da sie seinen schmächtigen, mageren Körper verbarg. Er hatte immer breiter sein wollen, muskulöser, widerstandsfähiger, abschreckender. Aber seit seinem 14. Lebensjahr war dies ein Wunsch geblieben, weil er auch in diesem Bereich nicht die Energie aufgebracht hatte, für ein Ziel, das ihm wichtig war, ernsthaft zu kämpfen.

Kurz blinzelte der junge Mann in die Sonne, stieß einen arabischen Fluch gegen die Hitze aus und spuckte in hohem Bogen auf den Asphalt. Eine ältere Dame in einer hellen Bluse und einem dunklen Rock rümpfte die Nase, hob sogar zu einer Bemerkung an, die sie aber unterließ, als sie Amirs funkelnde Augen bemerkte. Als warte dieser Flegel nur darauf, dass sie etwas sagte.

Stolz, eine dieser ungläubigen Schlampen verschreckt zu haben, machte sich Amir Essa auf den Weg zum Parkhaus an der Oper. Bis dahin waren es ungefähr 300 Meter.

Hätte er gewusst, dass dies die letzten Schritte in seinem Leben sein würden, wäre er vielleicht ein wenig bewusster über den Bertha-von-Suttner-Platz geschlendert.

Kapitel 5

Margot:

Im gleißenden Sonnenschein stehe ich mit Fabian am Rande des Weges gegenüber der Tennishalle am „Echsengarten“ und schaue mich um. Unter meinen Schuhen knirschen kleine Kieselsteinchen, und die kleine Straße sieht mit ihren Dellen und Schlaglöchern aus, als sei sie zuletzt in den 1980er Jahren asphaltiert worden. Aber das tut dem Ausblick von hier keinen Abbruch: Wie schön dieses Gebirge ist! Ein fast endlos scheinender, wunderschöner Laubwald und in der Ferne der Petersberg. Ich genieße diesen Blick. Hier draußen ist die Luft trocken und das Atmen fällt leichter als im Reptilienhaus mit seinen Schlangen, Spinnen und Krokodilen.

Ich schaue Richtung Freibad: Spitze, hohe Schreie, lautes Rufen und Lachen dringt immer wieder an unsere Ohren. Ich bin keine Freundin von Freibädern – zu viele Menschen zu eng beieinander, zu viele Krankheitserreger und zu wenig Hygiene –, aber jetzt wäre ich auch gerne dort. Kurz frage ich mich, warum ich nicht drei statt zwei Wochen Urlaub eingereicht habe, dann wäre ich jetzt mit Daniel vielleicht auf einem kleinen Segelboot irgendwo mitten zwischen den Kykladeninseln, aber so zu denken ist wahrscheinlich sehr egoistisch. Dann stünde Fabian jetzt allein hier. Außerdem hätte ich drei Wochen Urlaub nie genehmigt bekommen; schon die zwei Wochen waren nur deshalb bei von Blasierow, meinem direkten Vorgesetzten, durchzukriegen, weil ich vergangenes Jahr bis auf zwei Wochen das ganze Jahr durchgearbeitet habe.

Entfernt höre ich einen Wagen den Berg hinaufkommen, im zweiten Gang röhrt das Auto übertourig in unsere Richtung. Der Wagen ist so laut, dass er das Kreischen, Rufen und Lachen der Badbesucher übertönt, zumindest, als er drei Meter von uns entfernt am Straßenrand hart bremst. Die Reifen rutschen ein paar Zentimeter auf uns zu.

Der schwarze BMW glänzt matt und staubig in der Hitze, und ein junger Mann öffnet die Fahrertür. Ich schätze ihn auf 30 bis 35 Jahre, er ist durchtrainiert, zumindest wirkt sein Körper unter dem weißen T-Shirt sportlich, dazu trägt er eine lange Jeans und Brooks-Turnschuhe. Er beachtet uns nicht, sondern dreht sich zum Kofferraum des Autos. Wir sehen nicht, was er dort macht. Dann schlägt er die Heckklappe zu und geht an uns vorbei.

Als er den schmalen Weg Richtung Eingangstüre Reptilienzoo einschlägt, hält ihn Fabian zurück: „Tut mir leid, aber da können Sie im Augenblick nicht rein."

„Ich muss aber!", sagt der Mann bestimmt, bleibt aber trotzdem stehen, als warte er auf unsere Erlaubnis, auch wenn er uns bis jetzt kein Argument für sie geliefert hat.

„Warum?", frage ich und betrachte ihn aufmerksam. Er wirkt angespannt und aufgeregt.

„Ich arbeite hier!" Unruhig schaut er an uns vorbei.

„Wie heißen Sie denn?", fragt Fabian.

„Kai Raddatz."

Dann können wir uns diesen Weg ja sparen, denke ich, obwohl ich den Mann lieber zu Hause vernommen hätte als hier vor Ort. „Warum sind Sie hier?", frage ich.

„Wer sind Sie denn eigentlich?", fragt er zurück, nicht unfreundlich, eher verwundert und neugierig.

„Polizei!", brummt Fabian und wir ziehen wieder einmal unseren Ausweis.

Er nickt uns zu, so als hätten wir nun seine Erlaubnis bekommen, ihm weitere Fragen zu stellen. Was ich auch tue: „Also, warum sind Sie hier?"

„Na, die Chefin hat mich angerufen und nach meiner Adresse gefragt, sie hat sie wohl in der Aufregung nicht gefunden." Seine Bewegungen wirken fahrig, er fährt sich mit einer Hand durchs Haar.

„Welche Aufregung?", frage ich betont ahnungslos.

Na prima: Frau Rosenberg hat mit unserem Zeugen Einzelheiten besprochen, ehe wir ihn befragen konnten. Das fängt ja gut an!

„Na, da ist irgendetwas mit Aaron. Aaron ist tot, hat die Chefin gesagt, überall sei Polizei und der große Netzpython sei auch fort, hat sie gesagt.“ Er wischt sich mit der rechten Hand über die Stirn. „Und da hab ich mich ins Auto gesetzt und bin her.“ Er kommt ein paar Schritte auf uns zu. „Was ist denn passiert? Stimmt das etwa mit Aaron?“

Ich schaue kurz zu Fabian, dann wieder zu dem jungen Tierpfleger. „Sie waren gestern Abend noch hier?“, frage ich und betrachte seine Schuhe. Sie sind dunkelrot und sehen so gut wie neu aus. Ich erinnere mich, dass ich längst mit dem Laufen angefangen haben wollte. Daniel und ich haben zuletzt im Urlaub darüber gesprochen, er will sogar mitlaufen. „Mehr Gesundheit, Margot!“, hat Daniel gelacht. „Gerade in deinem Alter!“ Dabei ist er gerade einmal vier Jahre jünger als ich. Vielleicht schaffe ich es heute Abend … irgendwo am Rhein entlang, vielleicht in Beuel in der Nähe des DLRG, vielleicht in der Nähe der Nordbrücke am Judenfriedhof. Aber wer weiß schon, wann wir hier wegkommen …

„Ja, ich hatte Spätdienst“, sagt Kai Raddatz. „Hab sauber gemacht, Futter gegeben, Pumpen kontrolliert, und ’n bisschen gequatscht … mit der Chefin. Und dann bin ich kurz nach halb neun hier raus.“ Er blickt Richtung Eingang Reptilienzoo, aus dem in diesem Augenblick einer der Kollegen der Spurensicherung kommt, immer noch im Schutzoverall, in jeder Hand einen der silberfarbenen, schweren Metallkoffer, die mittlerweile fast in jedem Fernsehkrimi zu sehen sind.

„Frau Rosenberg war also noch da, als Sie weggegangen sind?“, fragt Fabian.

Kai Raddatz schaut uns verdutzt an, als hätten wir etwas verpasst oder überhört. „Ja klar, die Chefin wohnt ja hier. Klar war die noch hier.“ Er denkt einen Augenblick nach. „Also, ich war der Letzte bei den Tieren, wenn Sie das meinen. Gaby, also die Chefin, meine ich, ist nach drüben gegangen. Ohne die Stefanie, die ist ja sonst meist auch noch dabei. Aber gerade ja im Krankenhaus.“

„Wer ist Stefanie?“, fragen Fabian und ich gleichzeitig. Eine Wespe schwirrt um meinen Kopf, und ich versuche ruhig zu bleiben, was mir allerdings schwerfällt. Drei- bis viermal brummt mir das Biest um die Ohren, dann ist es verschwunden.

„Na, die Tochter der Chefin. Die hilft ab und zu auch mit. Also, wenn wir zu viel zu tun haben, so am Wochenende manchmal. Oder wenn einer vorne an der Halle Tickets verkaufen muss. Wenn jetzt … wenn jetzt zum Beispiel ein Bus kommt.“

„Ein Bus?“

„Ich meine, eine Reisegruppe. Aus Holland oder so. Kommt aber selten vor … leider.“

„Also hilft die Tochter der Chefin, die Stefanie, eher selten mit.“

Kai Raddatz nickt. Er beobachtet den Kollegen, der die beiden Koffer in einem der beiden Zivilfahrzeuge verstaut.

Ein weiterer Kollege verlässt den Reptilienzoo, ich nicke ihm kurz zu, als sich unsere Blicke streifen.

„Und wann sind Sie gestern Abend gegangen?“, fragt Fabian.

„Wie immer, kurz nach halb neun. Also abends. Dann ist Schluss, ich gucke noch mal alles durch, und dann mache ich mich auf den Weg nach Hause.“

„Was gucken sie durch?“, frage ich. Der Tierpfleger wirkt jetzt vollkommen ruhig und entspannt, der nervöse Eindruck, den er eben noch vermittelt hat, ist verschwunden.

„Na, ob … “ Jetzt lacht er sogar, und ich muss gestehen, dass es ein einnehmendes, sympathisches Lächeln ist, das ein Grübchen in seiner linken Wange entstehen lässt. „Ich weiß nicht genau, ich dreh halt meine Runde und schau nach, ob alles in Ordnung ist bei den Tieren.“

„Schauen Sie auch noch mal nach, ob auch alle Terrarien verschlossen sind?“

Ich sehe, wie er auf meine Frage hin wieder ernst wird. „Natürlich, ist doch klar. Aber die sind immer dicht. Das ist das Wichtigste überhaupt. Ich meine, wir haben ja keine kleinen Seepferdchen hier.“ Wieder lächelt er, allerdings nur so lange, bis ihm klar wird, dass eins der Monster dort drin seinen Kollegen getötet hat.

„Da sind Sie sicher, ja?“, fragt Fabian.

Kai Raddatz schaut Fabian böse an und ich registriere, dass der Mann hinter der auffallend sympathischen Fassade sicherlich auch unangenehm werden kann. Allerdings: Wer kann das nicht?

„Ja, da bin ich mir sicher, ganz sicher sogar. Ich meine, ich mache das seit drei Jahren, wissen Sie? Ich gehe jedes einzelne Terrarium ab, jedes Mal, auch gestern!“

„Leben Sie allein?“, frage ich, und langsam merke ich, wie er ungeduldig wird.

„Warum sollte ich allein leben? Wozu wollen Sie das überhaupt wissen?“

„Weil ich wissen möchte, ob jemand bezeugen kann, dass Sie gestern Abend direkt nach der Arbeit nach Hause gefahren sind.“

„Wer hat denn gesagt, dass ich *direkt* nach Hause gefahren bin?“

„Sind Sie nicht?“ Fabian macht einen halben Schritt auf Kai Raddatz zu, dem die plötzliche Nähe sichtbar unangenehm ist.

„Nein, ich war noch unten im Städtchen einkaufen, dann bin ich –“

„Was haben Sie denn eingekauft?“, frage ich schnell.

Jetzt lächelt Raddatz wieder, allerdings ist es kein amüsiertes Lächeln, eher ein ungläubiges: „Ist nicht Ihr Ernst, oder? Sie wollen jetzt nicht wirklich von mir wissen, was ich eingekauft habe?“

„Doch, wollen wir!“, sage ich ebenfalls lächelnd, obwohl ich weiß, dass diese Vernehmung keinen rechten Wert besitzt. Denn der Mann kann natürlich direkt nach Dienstende den Riegel des Python-Terrariums aufgehebelt haben und erst dann in seinen Wagen gestiegen sein, um einzukaufen und nach Hause zu fahren. Das Aufhebeln des Riegels hätte ihn nicht einmal eine Minute gekostet. Wir können ihn aufgrund der Uhrzeit, wann er wo nach Dienstende eingetroffen ist, nicht verdächtigen oder freisprechen. Deswegen ist es eigentlich Unsinn, so konkret nachzufragen. Trotzdem ist es eine gute Methode, einem Zeugen oder Verdächtigen auf den Zahn zu fühlen und zu beobachten, wie er reagiert, wenn er vermeintlich für verdächtig gehalten wird.

„Keine Ahnung, was weiß ich, das Übliche halt: Milch, Joghurt, Käse, ich glaube, Anne wollte Wein, bisschen Käse." Er schnauft. „Mein Gott, wen interessiert das?"

„Wer ist Anne?", fragt Fabian ungerührt. Die beiden Mitarbeiter des Bestattungsinstituts tragen den dunklen Sarg an uns vorbei, und wir müssen ein wenig zur Seite gehen. Die Bestatter sind beide lang und dünn, wirken fast wie ihre eigene Parodie. Die Arme, die den Sarg halten, sind ebenfalls lang und dünn, dazu ragen sie aus dem schwarzen Anzug noch bleich und schwarz behaart hervor, einfach gruselig.

Raddatz schaut, genau wie Fabian und ich, den Männern nach, niemand sagt etwas. Diese Augenblicke, das Wegtragen eines Sarges, finde ich persönlich immer besonders traurig, denn für die meisten der Angehörigen endet damit die letzte Begegnung mit der Person, die ein Teil ihres Lebens gewesen ist und der nun für immer Vergangenheit sein wird.

„Wer Anne ist?" Kai Raddatz dreht sich zu Fabian. „Anne ist meine Frau. Und ehe Sie fragen: Nein, sie war nicht zu Hause, als ich gekommen bin, weil sie gestern beim Singen war. Wie jeden Dienstag."

„Singen?" Fabian fragt das so, als sei es etwas Unanständiges.

Kai Raddatz wirkt zunehmend von uns angeödet. „Hören Sie, ist das wichtig? Mal ehrlich? Oder wollen Sie mich nur nerven? Ich würde nämlich gerne da rein und mit der Chefin sprechen, okay? Ich würde schon gerne genau wissen, was da passiert ist. Von Ihnen erfahre ich ja nichts." Seine Stimme ist ein einziger Vorwurf. „Und ja, Singen: Anne ist in einem Frauenchor. Die proben jede Woche. Sogar zwei Mal. Und am Wochenende gibt's manchmal Konzerte. Wollen Sie auch wissen, wo? Ich kann Ihnen vielleicht sogar ein paar Karten besorgen, wenn Sie möchten."

Ich blicke kurz zu den beiden Bestattern, die die Heckklappe ihres schwarzen Mercedes heruntergleiten lassen und kurz in unsere Richtung grüßen. Dabei fällt mir wieder auf, wie gruselig ich diese blassen dunkelroten Gardinen an vielen dieser Wagen finde. Es hat so etwas irritierend Gemütliches. Als ginge es auf einen Wochenendausflug ins Grüne. Mit bunten Decken, Rotwein und Baguette.

Ich schaue Kai Raddatz an und schüttele den Kopf. „Nein, Herr Raddatz, erst einmal nicht. Vielleicht später, danke! Gehen Sie ruhig, wir sehen uns."

Kapitel 6

Zwischentakt

In der linken Hosentasche fand Amir Essa zwischen ein paar Geldscheinen und Münzen sein Parkticket. Bislang hatte er keinen Weg gefunden, wie er das viele Geld, das er hier jede Woche in die Automaten stecken musste, einsparen konnte, aber diesen Weg würde er auch noch finden.

Im Restaurant „Die Bühne" gegenüber der Oper waren fast alle Tische besetzt. Nur zwei, mitten in der prallen Sonne, weil die Sonnenschirme des Restaurants nicht für alle Tische reichten, waren leer geblieben. Amir betrachtete angewidert die kleinen Gruppen von Menschen, die an ihrem Bier nippten, ihre Limo genossen oder einfach einen Espresso tranken, und am liebsten hätte er auch hier die Nase laut hochgezogen und in weitem Bogen auf den Boden gespuckt. Oder an einen der Tische. Aber mit den Kellnern des Restaurants war nicht zu spaßen. Vor ein paar Wochen hatte Amir mit einem anderen Freund hier versucht, die Zeche zu prellen, aber einer der Kellner war ihnen hinterhergerannt. Der Typ hatte alles darangesetzt, sie einzuholen, und als sich Amir und sein Kumpel trennten und in verschiedene Richtungen liefen, war der Kellner Amir gefolgt, unterhalb des Alten Zolls entlang. Vielleicht hätte Amir ihn abgehängt, wer weiß, das würde er wohl nie erfahren, aber eine Joggerin hatte ihn nicht bemerkt, weil die blöde Kuh Musik gehört hatte, und beide waren auf Höhe der Ersten Fährgasse heftig zusammengestoßen und zu Boden gegangen. Für die Tusse mussten die Passanten sogar eine Ambulanz rufen, hatte Amir später erfahren. Er selbst war zwar fast so schnell wieder auf den Beinen gewesen, wie er hingefallen war, doch dann hatte ihn der Kellner schon am Schlafittchen gepackt und begonnen, auf ihn einzuschlagen. Amir hatte ordentlich eingesteckt. Dieser Dreckstyp hatte ihn, ohne etwas zu sagen, systematisch bearbeitet, Magen und Nieren. Wer weiß, ob Amir nicht ernsthaft verletzt worden wäre, wenn ihm nicht eine Gruppe Studenten geholfen hätte. Die hatten den Kellner selbst niedergerungen, Amir hatte sich unter Schmerzen aufgerappelt und war ohne ein Wort hoch Richtung Hofgartenwiese gelaufen. Seitdem hasste er „Die Bühne" und seine ganze beschissene Mannschaft.

Am Parkautomat bezahlte Amir sein Ticket, hielt sich ein Nasenloch zu und schnäuzte auf die ohnehin schmierige Treppe nach unten. Dort angekommen öffnete er die Tür zum unteren Parkdeck. Auspuffgase erfüllten die Luft. Im Halbdunkel parkten hunderte Autos ordentlich nebeneinander in ihren engen Parkboxen. Irgendwo am Ende des Decks erwachte ein Motor zum Leben. Jemand versuchte, den Rückwärtsgang einzulegen, es folgte ein Knirschen, dann hatte jemand den Fuß viel zu fest auf dem Gaspedal, so dass der Motor im Leerlauf laut röhrte. *Irgendeine dämliche Oma!*, dachte Amir. Oder einer dieser alten deutschen Männer, grau und unerbittlich, in schwarze oder weiße unförmige Polo-Shirts oder Hemden gezwängt, die ihn immer so ansahen, als würden sie ihn am liebsten auf der Stelle vergasen. Alles Nazis!

Sein schwarzer BMW war hinten links abgestellt. Er hatte seine Kiste ziemlich nachlässig über zwei Parkplätze verteilt, weil er keine Lust hatte, sich beim Wiedereinsteigen an einem dreckigen Wagen, der zu eng an seinem stand, die Klamotten schmutzig zu machen. Das war ihm erst vorgestern passiert, und er hatte dem Wagen einen Schlag mit der Faust versetzt, so dass eine kleine Delle in der Beifahrertür zu sehen gewesen war. Zwei Wagen entfernt hatte ihn daraufhin ein junger Mann mit einer Baseballkappe erstaunt angeschaut, aber Amir hatte den Kerl aggressiv angestarrt, jederzeit bereit, dem Kerl eins auf die Nase zu geben. Was kümmerte es den Typen, was er mit dem Wagen anderer Idioten machte? Setz dich in deine Karre, Alda, und fahr nach Hause zu deiner Muschi!

Amirs Blick fiel auf ein altes Mercedes Cabrio, silberfarben mit offenem Verdeck und dunkelroten Ledersitzen. Sogar das

Lenkrad war rot! Die Armaturen waren in dunkles, gemasertes Holz gefasst und glänzten im Halbdunkel. So einen würde er sich auch bald leisten können, irgendwie. Wenn er besser im Geschäft war, weiter aufstieg in der Hierarchie, dann war das das Erste, was er sich anschaffen würde – eine richtig geile Kiste! Zu einer kleinen Tussi mit Mords-Titten, der er ein Zimmer bezahlen würde, vielleicht hier in Bonn, vielleicht ein bisschen außerhalb. Da würde er jeden Abend hinfahren, sich einen blasen lassen und die Kleine dann flachlegen. Und wenn er keine Lust mehr auf die Tusse hätte, würde er sie gegen eine andere austauschen. Deutsche Mädels standen auf böse Jungs. Und er war böse.

Auf dem Rücksitz des offenen Cabrios lagen zwei Frauenzeitschriften. Alda, seit wann konnten sich Frauen so eine Karre leisten, was sollte das? Das war der falsche Film, da konnte doch was nicht stimmen! Geräuschvoll zog er den Schleim aus seinem Rachen hoch und rotzte auf die Rückbank. Mit einem satten Platschen landete der Rotz halb auf den Zeitschriften und halb auf den Ledersitzen. Langsam versickerte die grünliche Flüssigkeit zwischen den Ritzen. Selbst schuld!

In diesem Land hier stimmte etwas nicht. Amir verstand nicht, warum Frauen hier die gleichen Rechte hatten wie Männer. Was sollte das? Bei ihm zu Hause war das nicht so. Seine Mutter sprang auf, sobald sein Vater einen Wunsch äußerte – egal, was. Einen Tee, Pantoffeln, Zigaretten. Frauen waren dazu da, dass sie dienten. Das war schon immer so gewesen. Alles andere machte Ärger. Und keinen Sinn!

Langsam spürte er immer mehr Wut in sich aufsteigen. Am liebsten hätte er einmal kräftig gegen die Fahrertür der Angeberkarre getreten, aber hinter ihm ging die Tür zum Aufzug auf. Also blieb er nur stehen und betrachtete weiter das Cabrio, nun mit Abscheu und Verachtung. So eins wollte er auch! Von links hörte er Schritte und ein helles Lachen. Ein älteres Paar ging Arm in Arm dicht an ihm vorbei. Der Mann erzählte irgendetwas und die Frau lachte erneut. Die Frau roch nach irgendeinem Sommerduft, zitronig und frisch. Amir schaute den beiden nach, bis sie sich in ihren Wagen gesetzt hatten. VW Passat.

VW, das war auch so etwas. Soweit er wusste, hatten diese VW-Leute ihre Kunden so richtig beschissen. Hatten ihnen etwas verkauft, was gar nicht stimmte. Und was machten diese Deutschen? Sie kauften weiter bei den Betrügern. Mehr denn je! Es war nicht zu fassen. Aber es zeigte Amir wieder, wie gelähmt und unfähig für echte Gefühle, für Hass und Freude, dieses Volk war. Man musste sich diese armseligen Gesellen doch nur anschauen: Die meisten Männer verbrachten ihre Lebenszeit in einem Büro von Schuhkartongröße, arbeiteten von früh bis spät, lieferten zu Hause das Geld ab und fielen mit 70 tot um. Aber ihm konnte das natürlich egal sein. War es ja auch. Die Deutschen waren einfach ein schwaches Volk.

Mit einem Naserümpfen riss er sich von dem Cabrio los und ging auf sein eigenes Auto zu. Im Gegensatz zu dem Mercedes sah seine Karre ziemlich armselig aus. Gegenüber seinem Wagen fummelte eine Person an der Fahrertür eines dunklen Autos herum. Auch ein VW. Ob Mann oder Frau, konnte er nicht erkennen, die Person trug eine unförmige, weite Jeans und ein T-Shirt. Er vermied den obligatorischen Blick auf den Hintern, denn nachher war es ein Kerl, und das wäre ziemlich widerlich gewesen. Einem Mann auf den Hintern starren, das machten die Schwulen. Die ja hier auch geachtet wurden, als seien sie Ehrenmänner. Hier in der Nähe gab es sogar einmal im Jahr eine Art Festtag, an dem sich alle Schwulis in irgendwelche bunten Kostüme zwängten und damit durch die Straßen tanzten, als hätten sie etwas zu feiern! Es war wirklich zum Kotzen.

Aus seiner Hosentasche kramte er den Autoschlüssel. Sein 116er war so alt, dass er keine Fernbedienung für das Türschloss hatte. Das war schon etwas demütigend. Außerdem klemmte das verdammte Schloss immer, so dass ihn im Stadthaus einmal ein älterer Typ angesprochen hatte. „Hey, das sieht aber ganz nach Autoknacken aus!“ Der Alte hatte verdammt nochmal die Unverschämtheit besessen, ihn von der Seite anzuquatschen? Amir war um seinen Wagen herumgekommen und auf den Kerl zugegangen. „Was meinst du, ey? Willst du eins auf die Fresse, Alda, oder was?“ Der Kerl war in seinen Wagen gesprungen und hatte die Verriegelung gedrückt, noch ehe Amir den Satz zu Ende gebracht hatte. Elendiger Feigling. Aber das passte hierher. Hier passte alles.

Das verdammte Schloss klemmte wieder, war ja klar. Er ruckelte den Schlüssel ein bisschen hin und her, aber die Zähne griffen nicht. Verdammte Kacke, er brauchte wirklich eine andere Karre! Er wollte schon laut fluchen, da hörte er hinter sich ein Geräusch. Ein Scharren, das Wispern von Schuhsohlen auf dem Betonboden. Leise zwar, aber trotzdem gut hörbar in der Stille. Wollte ihm der Typ von gegenüber helfen oder was? Amir war im Begriff sich umzudrehen, da spürte er ein Piksen an seinem Hals, wie von einer Wespe, nur schmerzhafter. Er stöhnte auf, wollte sich umdrehen und sich gleichzeitig an den Hals fassen, aber im nächsten Augenblick konnte er sich schon nicht mehr bewegen, verlor die Kontrolle über seine Arme und Beine, kippte gegen den BMW und rutschte an der Fahrertür entlang langsam auf den Boden. Den Bruchteil einer Sekunde sah er in der Spiegelung der Scheibe sein eigenes erstauntes Gesicht, dann die Person hinter ihm.

Der Boden, auf den er jetzt fiel, war kalt und roch nach Moder, Staub und Urin. Er versuchte Luft zu holen, zu atmen. Normalerweise eine seiner leichtesten Übungen, aber … keine Chance!

Seine Sinne trübten sich bereits, und das Letzte, was er sah, waren ein paar weiße Schuhe in ungefähr einem halben Meter Entfernung.

„Was…?“, wollte er noch sagen, aber dann segnete Amir bereits das Zeitliche ... kein großer Verlust.

Kapitel 7

Margot:

Fabian und ich stehen mit Gaby Rosenberg mittlerweile im nicht einsehbaren Bereich auf der Rückseite ihres Echsengartens. Durch eine alte, knorrige und von Hitze, Feuchtigkeit und Kälte verzogene Holztür sind wir wie durch Zauberei in eine andere Klimazone gelangt. Alle Feuchtigkeit, die im Innenraum zwischen den Terrarien geherrscht hat, ist mit einem Schlag der trockenen Hitze des Sommertages gewichen.

Ich schaue mich um. In vier, fünf zimmergroßen Volieren flattern kleine graue Vögel mit Punkfrisur: Nymphensittiche, wie mich Frau Rosenberg aufklärt. Das Zwitschern der kleinen Vögel ist laut und fast augenblicklich anstrengend. Daneben, in einer Art Hundezwinger, schaut mich aus schwarzen Knopfaugen ein wunderschöner rot-gelb-schwarz-blauer Papagei an.

Frau Rosenberg bemerkt meinen Blick. „Der Gustav." Sie seufzt. „Leider ist er im Moment allein, seine Gattin ist vergangene Woche gestorben, und ich habe noch keine Zeit gefunden, mich um eine neue Frau für ihn zu kümmern."

Ich suche Ironie in ihrem Blick, aber sie scheint ihre Wortwahl nicht übertrieben zu finden. Na, denke ich, zumindest nimmt sie ihre Tiere ernst, obwohl „Gattin" mir bei einem Papagei doch schon etwas gestelzt vorkommt.

Ein lautes Platschen in meinem Rücken lässt mich herumfahren. Auch Fabian erschrickt. Das Platschen ebbt zu einem Plätschern ab. Es kommt aus einem rund acht Meter langen Wasserbecken, das mit Schilf, Bambus und Seerosen bewachsen ist. Fast versteckt erstreckt es sich hinter dem brusthohen Steinmäuerchen, an dem wir stehen, und das ich gar nicht registriert habe. Wahrscheinlich, weil mich die schwadronierenden Nymphensittiche sofort in Beschlag genommen haben. Mitten im dunklen Wasser liegen träge und regungslos zwei riesige Alligatoren. Der Großteil ihrer dicken Leiber schwebt wenige Zentimeter unter der Wasseroberfläche. Ich schätze die beiden Monstren auf gut drei Meter. Ihre Augen sind geschlossen, sie liegen sich – Schnauze an Schnauze – fast in einer Linie gegenüber, so als hätten sie sich etwas Wichtiges zuzuflüstern.

„Rosa und Robin. Zwei Mississippi-Alligatoren. Die sind seit drei Jahren hier und haben sich mittlerweile gut eingelebt." Gaby Rosenberg legt beide Hände auf die polierte, helle Holzstange, die die Mauer begrenzt. Ich bemerke viele kleine, längliche Narben und einzelne vernarbte Punkte auf ihren Händen. Als sie meinen Blick bemerkt, steckt sie beide Hände in ihre Jeans. Diese Geste lässt sie plötzlich jugendlich und unbekümmert erscheinen.

Der Kopf des einen Alligators taucht jetzt völlig unter Wasser und kommt dann wieder hoch. Kleine Tropfen perlen an dem schuppigen, grün-braunen Panzer herab. Die Augenlider des Tieres öffnen und schließen sich langsam, alles wirkt träge und vollkommen friedlich.

„Hm!", mache ich, denn was soll ich dazu sagen?

„Lohnt sich das hier?", fragt Fabian plötzlich, während er weiter die beiden Alligatoren beobachtet.

Frau Rosenberg schaut ihn so überrascht an, als habe er gefragt, ob er über das Mäuerchen klettern und die beiden Monster streicheln dürfte. „Was meinen Sie mit: Lohnt sich das? Der … der Garten hier? Die Arbeit?" Frau Rosenberg breitet beide Arme aus, als wolle sie ihren ganzen Besitz umarmen. „Nein, junger Mann, glauben Sie mir, das lohnt sich nicht. Wirklich nicht! Aber darum geht's auch nicht. Man muss nicht aus allem ein Geschäft machen. Und aus Tieren schon gar nicht." Herausfordernd schaut sie ihn an.

„Wie finanzieren Sie sich denn?", frage ich, um Fabian zur Seite zu stehen. „Ich meine, bekommen Sie als Zoo so etwas wie öffentliche Unterstützung? Gelder der Stadt oder des Landes? Wovon können Sie profitieren?" Das Wort „profitieren" ist in diesem Zusammenhang sicher nicht ganz zutreffend, aber mir fällt auf die Schnelle nichts anderes ein.

„Ach Gott, da fragen Sie mich am besten was Leichteres. Ich steh am Ende des Monats auch immer wieder ratlos da." Sie lacht. „Aber es klappt irgendwie. Wir bekommen kein Geld von der Stadt oder vom Land, Gott bewahre! Wir zahlen alles schön allein. Hier ein bisschen, da ein bisschen …Eintrittsgelder, Schulklassen kommen, Ausflüge von Touristen aus KöWi, Linz oder Bonn … Ich vermiete die Halle ab und zu auch für Veranstaltungen, ein paar Spenden, aber das ist natürlich immer alles sehr knapp." Sie räuspert sich. „Ich muss natürlich immer einen gewissen Teil an das Mutterunternehmen abgeben", fügt sie hinzu.

Ich nicke und lächle ihr zu.

„Aber Ihre Pfleger können Sie bezahlen, ja?" Wahrscheinlich ist Fabians Frage zu direkt, aber sie trifft das, was auch ich gleich gefragt hätte. Allerdings wahrscheinlich ein bisschen diplomatischer.

Gaby Rosenberg runzelt die Stirn. Keine Frage, darüber möchte sie nicht gerne sprechen, niemand spricht gerne über seine Existenzsorgen, aber –

„Ja, meine Pfleger kann ich bezahlen, das kann ich. Manchmal wird´s etwas eng, wie gesagt, aber die beiden …" Sie schweigt, weil ihr wieder eingefallen ist, dass einer ihrer Pfleger tot ist.

Ich drehe mich um und lehne mich vorsichtig gegen die Mauer, auch wenn ich keine Angst haben muss, dass sie einstürzt und ich im nächsten Moment rücklings zwischen den Alligatoren liege. Dabei fällt mein Blick auf ein gutes Dutzend Verschläge rund zehn Meter entfernt: Kaninchenställe. Hinter dem feinen Draht erkenne ich vor allem schwarz-weiße kleine Köpfchen, die sich ruckartig bewegen. Einen Augenblick will ich sagen: *Die sind ja niedlich!*, dann wird mir schlagartig klar, dass die Tiere wahrscheinlich einzig und allein dem Zweck dienen, den Hunger der Alligatoren oder Schlangen zu stillen.

Plötzlich fühle ich mich wieder zurück in meine Kindheit versetzt: Ich weiß, wie diese Tiere in Todesangst schreien können. Mein Onkel hat selbst Kaninchen geschlachtet. Ich erinnere mich, wie meine Familie meine Tante und meinen Onkel an einem Wochenende besucht hat und wie wir Kinder im Wohnzimmer der Familie saßen. Plötzlich waren von draußen durch das gekippte Fenster diese schrecklich hohen, verzweifelten Laute zu hören. Zuerst dachte ich, dieses Quieken und Schreien wäre aus dem Fernseher gekommen, aber es war viel zu laut und zu schrill. Und ich schaute hinauf zu meiner Mutter, die mich nur traurig ansah und sagte: „Der Onkel Hans schlachtet heute Kaninchen."

Mein Gott, wie lange habe ich daran nicht mehr gedacht? An dieses furchtbar schrille Quieken in Todesangst. Und jetzt habe ich ein anders Bild im Kopf: Das Bild eines Kaninchens, das im Würgegriff einer riesigen Schlange schreit und zappelt, verzweifelt mit den Hinterläufen ins Leere stößt, ehe es zerquetscht wird und seine Augen starr und tot werden. Ich bin dankbar, als in diesem Augenblick Fabians Handy klingelt.

Kapitel 8

Margot:

Dass uns Chef von Blasierow in die Tiefgarage an der Oper schickt, macht mich wütend. Warum Fabian und mich? Wir haben noch nicht einmal mit allen Beteiligten oben im Reptilienzoo gesprochen. Und jetzt sollen wir den Toten an der Oper noch zusätzlich übernehmen? Von Blasierow hat irgendetwas davon gesagt, dass Warzer krank sei, aber soweit ich das beurteilen kann, besteht Warzers Krankheit schon in seiner bloßen Existenz. Wenn es einen Kollegen gibt, auf den ich gerne verzichten könnte, ist es der schmerbäuchige Warzer, dessen Pullover viel zu häufig nach oben rutscht und entweder ein dreckiges Unterhemd oder seinen nassen haarigen Bauch freigibt. Wahrscheinlich hat er sich im Laufe des Tages eine Erkältung geholt, ich meine mich zu erinnern, dass er bei der Morgenbesprechung noch dabei gewesen ist. Er hat doch so dreckig gelacht, als mir meine Unterlagen beinahe heruntergefallen sind.

Fabian hält den altersschwachen Cherokee auf der rechten Seite, als wir auf die Südbrücke fahren. Er nimmt den Weg durch Beuel, weil das wahrscheinlich schneller ist als über die B9 durch die Stadt.

„Was meinst du?", fragt Fabian.

„Hm?" Ich bin in Gedanken immer noch bei Chef Blasierow und überlege gerade, welcher andere Kollege sich um den Toten in der Tiefgarage kümmern könnte. Wir fahren den Landgrabenweg entlang. Immer einen Sonntag im April ist die Straße zeitweise gesperrt, weil hier Wendepunkt des Bonn-Marathons ist. Wieder denke ich an Daniels Worte, und nehme mir fest vor, bald mit dem Laufen zu beginnen.

„Ich meine, es ist doch unfassbar. Niemand kann doch ernsthaft auf die Idee kommen, so ein Schlangenmonster als Mordinstrument zu benutzen, oder?" Fabian schüttelt den Kopf. „Aber stell dir mal vor, und es sieht ja fast so aus, das war Absicht. Das ist doch einfach unglaublich!"

„Dann muss das aber schon länger geplant gewesen sein", stelle ich fest und sehe im Geiste wieder den toten Pfleger vor mir.

„Warum länger geplant?"

„Na, ich verstehe zwar nicht viel von Schlangen, aber die sind doch nicht mordlustig, oder? Das sind keine Kampfmaschinen. Die flüchten doch eher und greifen nur an, wenn sie sich bedroht fühlen. Und töten nur, um zu fressen. Aber dieses Vieh hat Aaron angegriffen!" Ich überlege laut. „Vielleicht hat es ja seine Rationen nicht bekommen die letzten Monate. War … war ausgehungert, sozusagen." Ich werfe einen Blick aus dem Fenster, als wir an der *Rheinlust* vorbeifahren. Der Rhein hat wieder Niedrigwasser, seit Wochen schon, aber angeblich besteht noch lange keine Gefahr, dass aus unseren Wasserhähnen und Duschköpfen nichts mehr kommt. „Ich meine, wenn eine Schlange angreift, das setzt doch normalerweise Hunger voraus, oder? Wie häufig bekommen diese Schlangen denn eins von den Kaninchen? Oder was die sonst noch kriegen? Was hat die Rosenberg gesagt?"

Fabian schaut kurz zu mir rüber. „Wenn deine Theorie stimmt und das Tier absichtlich nicht gefüttert wurde, dann kann es ja nur einer aus dem Zoo gewesen sein." Er macht eine kleine Pause. „Der andere Pfleger. Oder die Chefin selbst. Oder die Tochter. Die ich übrigens noch nicht gesehen habe. Du etwa?"

„Nee, ich auch nicht," gebe ich zu. Dann fällt mir ein, dass Frau Rosenberg gesagt hat, ihre Tochter habe sich das Bein gebrochen und liege in einem Bonner Krankenhaus.

Nur fünfzig Meter vom Ufer entfernt gleitet ein Containerschiff durch das glitzernde Wasser. Die unzähligen übereinander gestapelten Container versperren uns den Blick auf die Bonner Seite. In der grellen Sonne wirken die bunten Metallkästen in ihren unterschiedlichsten Farben fast schön. Das erinnert mich daran, dass auf dem Bonner Remigiusplatz mitten in der Fußgängerzone seit ein paar Monaten ein ähnlicher Metallkasten steht.

Zum Gedenken an den Taufort von Beethoven. Dort stand früher die Remigiuskirche. Jetzt thront dort ein grauer Container mit einer Glaszelle als Tourist-Info und Toiletten auf der Rückseite. Für über 300.000 Euro, habe ich im Radio gehört.

Unterhalb der Oper stellen wir den Wagen zwischen dreckigen Parkbänken, maroden Blumenbottichen und einem schmalen Radweg ab, was uns prompt Ärger mit einer vorbeiradelnden Mutter samt Kleinkind im Kindersitz einbringt. Als sie schon an uns vorbei ist, ruft sie, dass so etwas der Polizei gemeldet gehöre, jeder mache hier mittlerweile, was er wolle. Ich bin versucht, ihr nachzurufen, dass sie sich besser auf den Verkehr konzentrieren soll, als uns bei der Arbeit zu stören, aber ich schlucke meinen Ärger herunter. Ich weiß, dass ich nur wütend bin, weil ich vermute, dass wir die kommenden Tage kaum zum Schlafen kommen werden. Die Ermittlungen zu zwei Todesfällen gleichzeitig hatte ich erst einmal, seit ich in Bonn bin. So etwas ist absolut unüblich und nur mit schlechter Planung zu begründen. Womit ich wieder bei meinem Chef bin: Von Blasierow lümmelt sich den ganzen Arbeitstag halb liegend in seinem Bürostuhl herum und verfolgt alle möglichen Tennis- und Golfturniere im Fernsehen. Vor zwei Monaten ist sein Antrag, den Sportsender Sky abonnieren zu dürfen, am Veto der Polizeipräsidentin gescheitert. Seitdem ist er noch unleidlicher als vorher.

Die Kühle im Parkdeck ist angenehm, auch wenn ich kurz denke, dass das die beste Gelegenheit ist, sich eine Erkältung zu holen. Warum soll ich es nicht genauso machen wie Warzer? Einfach krank feiern, weil man ein Kribbeln im Hals spürt. Oder Magendruck, weil die drei Portionen in der Kantine dann doch zu viel waren.

Als ich die Kollegen am Ende des Decks sehe, verdränge ich Warzer aus meinen Gedanken. Mit einem Kopfnicken hier und einer kurzen Begrüßung da bahnen wir uns den Weg zwischen den Kollegen und Sanitätern zu dem Mann, der neben einem roten BMW bäuchlings auf dem Boden liegt. Einer der Gerichtsmediziner reicht Fabian und mir einen Einwegoverall, Handschuhe und Überzieher. Während wir die Sachen überziehen, betrachte ich die tote Person.

Zuerst denke ich, dass ein Eichhörnchen oder ein anderes kleines Tier auf dem Kopf des Mannes hockt. Erst beim Näherkommen erkenne ich, dass der Tote eine dicke Jacke mit einem Fell oder Fellimitat als Kragen trägt.

Augenblicklich fällt mir ein Gespräch vor unserem Büro ein, als wir über die Kutten verschiedener krimineller Gangs und Vereinigungen hier in der Gegend gesprochen haben. Ich weiß nicht mehr, in welchem Zusammenhang die Sprache darauf gekommen ist. Was ich aber weiß, ist, dass dieses bei den zurzeit herrschenden Temperaturen völlig unpassende Outfit zu den Möchtegern-Dealern in Bonn und dem umliegenden Rhein-Sieg-Kreis gehört. Genauso gut könnten sie sich ein Post-it an die Stirn tackern mit dem Hinweis: „Ich wäre gerne böse!“ Halbwüchsige, junge Erwachsene, die irgendwann beschlossen haben, einen anderen Weg zum Geld zu finden als in der Schule zu lernen und irgendwie einen Abschluss hinzukriegen, der ihnen weitere Türen öffnet. Dumme Jungs, die nicht merken, dass dieser Weg, der vielleicht kurz zum schnellen Geld führt, so gut wie immer auch ein schnelles Ende hat. Was wiederum daran liegt, dass sie keinen Grips besitzen. Mein Mitleid mit dieser Klientel hält sich in engen Grenzen. Vielleicht könnten sie alle gerettet werden, vielleicht hätte eine Vertrauensperson, eine Art Mentor in der Schule oder Zuhause tatsächlich positiven Einfluss auf sie, vielleicht würden sie es dann schaffen, sich zum Lernen und Arbeiten durchzuringen.

Für diese Person hier ist es aber eindeutig zu spät. Kurz erschrecke ich, als ich bemerke, wie verbittert das klingt. Allerdings bin ich im Laufe meines Lebens zu der Ansicht gekommen, dass tatsächlich jeder für sein Handeln selbst verantwortlich ist. Ausflüchte gelten vielleicht beim nächsten Mal.

Der junge Mann, der vor uns liegt, ist sicherlich früher auch mal ein gutes Kind gewesen. So wie alle. Niemand ist von Geburt aus schlecht. Nur hat es anscheinend Umstände und Faktoren gegeben, die ihn geändert haben.

Sein Gesicht liegt seitlich uns zugewandt, seine Augen schauen starr ins Nichts. Oder wohin auch immer. Sein linkes Bein ist angewinkelt, das rechte gestreckt und halb unter dem Wagen verschwunden. Im Schloss der Fahrertür steckt ein Schlüssel, die Verriegelungsknöpfchen des Autos sind unten. Entweder war der Mann gerade angekommen und im Begriff, seinen Wagen abzuschließen, als er getötet wurde, oder er war zu seinem Auto zurückgekehrt und wollte wegfahren. Ich hoffe, dass wir das – und bitte, bitte noch viel mehr – durch die Videoüberwachung erkennen können.

Ich seufze und Fabian hockt sich neben mich. „Was ist?", fragt er.

„Das wird nicht schön", seufze ich und betrachte die Gesichtszüge des Toten. Der Mann ist höchstens zwanzig, und er ist nicht von hier. Oder vielleicht ist er hier geboren, aber seine Eltern nicht.

„Warum?" Fabian kniet sich neben mich, ohne auf den staubigen Boden zu achten und darauf, dass mögliche Stoffflusen seiner Hose vielleicht gleich von der Spurensicherung eingesammelt werden könnten.

„Der Junge kommt auch nicht von hier. Wie der Pfleger oben im Zoo. Ich würde sagen Syrien, Marokko oder Tunesien. Vielleicht ein Flüchtling, Das hat uns gerade noch gefehlt."

„Eh, Margot, jetzt hör aber auf." Fabian schaut mich derart entrüstet an, dass ich erschrecke. Ich habe wohl schon erwähnt, dass er ein paar Jahre in Asien gearbeitet hat. Seitdem sei er ein besserer Mensch geworden, meint er ganz ernsthaft. Da müsste ich also auch mal hin. Aber jetzt bin ich hier und befürchte, dass wir mit unseren beiden Fällen bald großen Medienrummel haben werden. Und wenn wir nicht aufpassen, wird Bonn dort ganz schnell als todbringender Ort für Ausländer dargestellt.

„Himmel, jetzt mach mich nicht gleich zum Neonazi. Ich mein ja nur."

Fabian schaut mich mit großen Augen an. Ich spüre, dass er mir am liebsten vor allen Kollegen einen Vogel zeigen würde. „Warum sollte der ein Flüchtling sein? Der hat vielleicht länger hier gelebt als du. Ist dir das schon mal in den Sinn gekommen? Nur weil er nicht aussieht wie ein Rheinländer, muss er nicht gleich übers Mittelmeer gekommen sein, oder?"

Ich vermute mal, diese letzte Frage ist rein rhetorisch, deswegen halte ich den Mund. Mir war gar nicht bewusst, dass Fabian bei diesem Thema so empfindlich ist. Oder bin ich zu abgestumpft?

Ich sage nichts, sondern taste die Jacke des Toten ab. Ein hartes Rechteck in Herzhöhe entpuppt sich als Portemonnaie. Ich klappe es auf, kann aber nichts erkennen, was auch nur annähernd Ähnlichkeit mit einem Personalausweis besitzt. Oder einer Krankenversicherungskarte. Im Fach für die Geldscheine erkenne ich acht 50-Euro-Scheine, davor stecken hochkant drei Visitenkarten. „Amir Essa, Investments." Na prima. Ein aufstrebender Unternehmer, denke ich böse, und merke gleichzeitig, wie zynisch ich mich verhalte. Vielleicht sollte ich doch auf Fabian hören und – wie es eigentlich selbstverständlich ist – unvoreingenommen an den Fall herangehen. Vielleicht liegt meine schlechte Laune einfach am Unwillen, die kommenden Tage in Doppelschichten zu arbeiten. Ich bin immer noch mit einem Teil meiner Gedanken bei den wunderbaren Tagen in Griechenland, sehne mich zurück auf die kleinen Inseln mit ihren geduldigen Einwohnern.

„Warum schnaufst du?", fragt Fabian.

„Tu ich? Habe ich gar nicht bemerkt." Himmel, jetzt muss ich schon aufpassen, wie ich atme! Ich reiche ihm die schon etwas abgegriffenen Visitenkarten, ehe sie mir einer der Spurensicherer wegnimmt und in einem der kleinen Plastiktütchen verschwinden lässt.

„Hmm, ein Unternehmer", brummt Fabian, „muss ja ganz schön clever gewesen sein … in seinem Alter."

Ich verkneife mir den Spruch, dass er mit seinem Tod möglicherweise genau das Gegenteil bewiesen hat und frage einen der Kollegen der Gerichtsmedizin, ob sie schon etwas über die genauen Todesumstände wissen. Ich kann nicht erkennen, ob der Mann erschossen, erstochen oder erwürgt worden ist.

Ich schaue zu einer blond gelockten Kollegin, die ihre Mähne nur schwer unter einer Polizeikappe bändigen kann. „Gibt es irgendwelche Augenzeugen, Kollegin Dremmler?", frage ich mit einem Blick auf ihr Namensschild.

Sie kommt einen Schritt näher. „Bislang nicht", sagt sie und dreht sich Richtung Ausfahrt. „Ich war vorhin schon mal drüben und habe gefragt, ob die beiden Decks hier videoüberwacht sind, aber der diensthabende … also, der Mann in dem Glaskasten hat nur mit dem Kopf geschüttelt. Der hat nicht gerade große Anstalten gemacht, uns zu helfen. Der war vielmehr damit beschäftigt, seinen Chef anzurufen."

„Und wer sind die Betreiber?", frage ich.

„Stadtwerke Bonn."

„Ich denke, die sind hier für Bus und Bahn verantwortlich." Ich komme langsam aus der Hocke und hoffe, dass niemand merkt, wie meine Gelenke knirschen. Mein Gott, ich muss wirklich mit Sport anfangen.

„Sind sie auch, aber den SWB gehört auch ein Großteil der Parkhäuser. Das hier haben sie noch nicht so lange."

„Woher wissen Sie das?", frage ich neugierig. Die Kollegin Dremmler ist erstaunlich gut informiert, vorausgesetzt es stimmt, was sie mir sagt.

„Keine Ahnung, Zeitung, Fernsehen, Radio … ich wohne hier." Sie sagt das so, als sei die Kenntnis über die Besitzverhältnisse der Bonner Stadtwerke Voraussetzung dafür, in der Stadt einen Mietvertrag zu bekommen. Oder die Erlaubnis, die Straßen benutzen zu dürfen.

„Das tu ich auch!", hätte ich am liebsten geantwortet, aber warum soll ich auch noch mit meiner Unkenntnis prahlen?

Fabian versucht erst gar nicht, mit Anstand und Würde wieder in die Senkrechte zu gelangen. In der Hocke stützt er sich mit beiden Händen am Boden ab und streckt seinen Hintern in meine

Richtung. Dann folgt sein Rücken, er drückt die Beine durch … und *voilà* – geschafft! Herzlichen Glückwunsch! Fast muss ich lachen, als ich ihn so sehe, aber das ist an einem Ort wie diesem unpassend.

Plötzlich wundere ich mich über mich selbst. Wie unberührt mich der Tote lässt, obwohl es sich um einen jungen Menschen handelt. Normalerweise berührt mich jedes Opfer eines Verbrechens, ob jung oder alt, ob männlich oder weiblich, aber dieser junge Mann lässt mich merkwürdigerweise extrem unbeteiligt zurück. Vielleicht ist es die Kutte, die er trägt, nach der ich ihn sofort in eine bestimmte Kategorie Mensch geschoben habe.

Zehn Minuten später haben wir das überaus unerquickliche Gespräch mit dem Tiefgaragenwächter beendet. Wie die Kollegin Dremmler bereits ausführt hat, gibt es keine Videoüberwachung. Die Möglichkeit dafür ist zwar vorhanden, es gibt Kameras und Aufzeichnungsgeräte, aber die Männer im Glaskasten haben irgendwann für sich entschieden, dass das Auswechseln der altmodischen Bänder einfach zu viel Arbeit macht. Und so gut wie immer umsonst ist. Heute wäre das allerdings nicht der Fall gewesen.

Auf dem Weg zurück zu unserer Absperrung werden wir immer wieder von Leuten angesprochen, die ihren Wagen abholen wollen. Für die meisten ist das kein Problem, weil wir nicht das ganze Parkdeck abgesperrt haben, andere aber, deren Wagen innerhalb des Arbeitsbereiches der Spurensicherung stehen, blaffen uns wütend an, dass sie nach Hause oder ihre Töchter im Schwimmbad abholen müssten. Ich winke ab und gehe weiter, in der Hoffnung, dass sich Kollegin Dremmler dieser Aufgabe annehmen kann. Dann klingelt mein Handy. Ich seufze, denn genau das habe ich befürchtet: dass Chef von Blasierow oder die Polizeipräsidentin höchstselbst immer auf dem aktuellsten Stand der Ermittlungen gehalten werden will. Dabei wissen wir noch nicht einmal, wie wir uns aufteilen sollen, wer welche Aufgaben übernimmt und welche bereits erledigt sind. Als ich Fabian über das Klingeln meines Handys frage, ob jemand Frau, Freundin oder Familie von Aaron Darzi, dem Toten im Reptilienzoo, benachrichtigt hat, schaut er mich erstaunt an. Das habe ich mir gedacht. Allerdings: Wie sollte er auch? Wir waren ja die ganze Zeit zusammen, haben ja noch nicht mal die Zeit gefunden, irgendwo etwas zu trinken, was bei der Hitze dringend angebracht wäre. Die Mineralwasserflaschen, die wir uns vor drei Tagen gekauft haben, klickern bereits seit vorgestern leer im Fußraum von Fabians Cherokee herum. Aber wer denkt auch jetzt an einen ausgewogenen Wasserhaushalt?

Nach dem zwanzigsten Klingeln nehme ich den Anruf an. Manchmal ist es auch ein Nachteil, keine Mobilbox aktiviert zu haben. Ohne jegliche Begrüßung möchte von Blasierow wissen, wo wir sind, an der Oper oder im Reptilienzoo. Ich bin erstaunt, dass er überhaupt weiß, dass es zwei ungeklärte Todesfälle in unserem Zuständigkeitsbereich gegeben hat. Ich gebe ihm rudimentär Auskunft, dann frage ich, allerdings ohne viel Hoffnung auf Zustimmung, ob Braun und Bierganz den Toten im Reptilienzoo übernehmen können.

„Frau Lukas, da will ich ganz ehrlich sein: Die beiden haben bislang noch nie eine Ermittlung dieser Art geleitet. Ich dachte eigentlich, dass Sie und –“

„Wir stehen hier neben einem Toten in der Tiefgarage, höchstwahrscheinlich ein … kein Deutscher. Der Mann ist, so wie es bislang aussieht, eines gewaltsamen Todes gestorben.“ Ich höre Blasierow schnaufen, rede aber trotzdem weiter: „Und oben in Königswinter, das können wir unmöglich gleichzeitig ermitteln. Deswegen schlage ich vor, dass Sie Braun und Bierganz eine Chance geben.“ Ich mache eine kurze bedeutungsvolle Pause, damit er auch merkt, dass ich das Folgende nicht glaube. „Nachdem Kollege Warzer ja leider plötzlich schwer erkrankt ist!“ Meine Stimme trieft dermaßen vor Sarkasmus, dass ich hoffe, dass hinter mir niemand ausrutscht.

„Nein, nein, das geht so nicht.“ Blasierow schnarrt mir unangenehm ins Ohr. „Braun und Bierganz können Ihnen gerne zur

Seite stehen, Frau Lukas, da hab ich nichts gegen, aber Sie und der Kollege Faust haben die Leitung. Bei beiden Fällen! Und die Verantwortung! Damit das klar ist!“

Na ja, denke ich, klar ist damit nur, dass du außen vor bist, und dich wieder auf deine Fußballübertragungen konzentrieren kannst. Ehrlich: Ich liebe diesen Mann!

Ehe von Blasierow mit seiner nächsten Order die Gesamtlage weiter verschlimmern kann, sage ich ihm, dass wir jetzt die Identität des Toten überprüfen und dann weitersehen. Damit drücke ich ihn weg und stelle die Lautstärke auf null.

Wenig später bekommen wir die Bestätigung, dass der junge Mann, der vor uns auf dem kühlen Parkdeckboden liegt, Amir Essa heißt.

Kapitel 9

Margot:

Fabian und ich sind gerade unterwegs nach Oberkassel. Aaron Darzi, der tote Pfleger aus dem Echsengarten, hat nicht einmal einen Kilometer vom Polizeipräsidium in der Adrianstraße gewohnt. Ich habe die Fensterscheibe heruntergedreht, der Fahrtwind verschafft mir zumindest die Illusion von etwas Kühlung. Wir haben mindestens dreißig Grad, und obwohl ich mit T-Shirt und Jeans so leicht bekleidet bin wie möglich, habe ich das Gefühl, als würde ich zerfließen.

Von der Königswinterer Straße biegen wir vor einem kleinen, rotbraun gestrichenen Kappellchen links in eine enge Gasse ab. Autos glänzen rechts und links in der Nachmittagssonne, eine ältere Dame schiebt sich mit einem Rollator über den engen Bürgersteig. Auf einem alten Fahrrad taucht vor uns ein ebenfalls älterer Mann auf. An der Lenkstange hängt rechts und links ein prall gefüllter Jutebeutel. Der Mann fährt so langsam, dass ich befürchte, er stürzt gleich auf die Straße. In seiner kurzen Hose und einem weißen Unterhemd, wie ich es allenfalls von meinem Vater und meinen Onkels kenne, wirkt er wie aus dem vorigen Jahrhundert. Fabian fährt jetzt ebenfalls fast Schrittgeschwindigkeit. Als wir den Mann endlich überholen können, erkenne ich, dass er auf seinem Kopf ein Leinentaschentuch trägt. An den Ecken ist das weiße Taschentuch jeweils durch einen Knoten etwas schwerer, deswegen fliegt es ihm nicht vom Kopf. Zumindest nicht in der Geschwindigkeit, mit der er sich fortbewegt. Den Trick kenne ich ebenfalls von meinem Vater, als er früher bei uns in der prallen Sonne Rasen gemäht hat.

Wenig später halten wir vor einem kleinen Fachwerkhaus mit winzigem Vorgarten. Auf dem braunen vertrockneten Gras stehen ein Bobbycar, eine Minirutsche und unzählige grellbunte

Kunststoffbausteine. Kurz wird mir das Herz schwerer. Wir steigen aus und ich schaue mich um.

Es ist niemand zu sehen. Die Hitze hat alle Bewohner der Straße, auch die Kinder, in die Freibäder gelockt oder ins eigene Haus vertrieben. Die Luft ist erfüllt vom lauten Zirpen der Heuschrecken. Wieder kommt mir mein vergangener Urlaub auf den Kykladen in den Sinn.

In Kopfhöhe der alten Holztür starrt uns ein Löwenkopf als schmiedeeiserner Türklopfer entgegen. Die Schrift auf einer weiß angemalten Tonplatte verrät uns, dass hier Daileen, Yasmin und Aaron wohnen. Fabian holt hörbar Luft, dann klopft er zweimal kräftig.

Nur wenige Sekunden später öffnet sich die Tür und wir blicken herab auf das neugierige Gesicht eines kleinen Mädchens. Ich versuche ein Lächeln und weiß, dass ich damit nicht einmal einem fünf- bis sechsjährigen Kind etwas vormachen kann.

„Ist deine Mama da?", fragt Fabian.

Als die Kleine nickt, hören wir im Hintergrund Schritte näher kommen. Ich hole tief Luft, atme aus, und versuche mich zu entspannen. In wenigen Sekunden wird die Welt dieser Frau wahrscheinlich in Trümmern vor uns liegen. Wir treten ein.

Kapitel 10

Margot:

Eine gute Stunde später biegen wir von der Aral-Tankstelle in die Annaberger Straße in Friesdorf. Hier hat Amir Essa mit seiner Familie gewohnt. Auch hier müssen Fabian und ich es übernehmen, die Angehörigen zu benachrichtigen. Von Blasierow hat nach unserem Gespräch in der Tiefgarage sofort mit Braun und Bierganz telefoniert und ihnen mit dem Hinweis, dass Fabian und ich die Ermittlungen leiten, verboten, allein nach Friesdorf zu fahren. Peter Braun hat mich darüber informiert, als wir noch im Wohnzimmer bei Yasmin Darzi, der Frau des toten Aaron Darzi, in Oberkassel saßen.

Zwei Todesnachrichten an einem Tag zu überbringen, zwei Gespräche dieser Art direkt hintereinander führen zu müssen, ist ein ganz besonderes Geschenk von Blasierow, aber ich versuche mich nicht aufzuregen. Braun und Bierganz sind mittlerweile wieder oben am Reptilienzoo unterwegs, um Anwohner zu befragen, ob ihnen in der vergangenen Nacht etwas am Eingang des Zoos aufgefallen ist. Ich bin mir fast sicher, dass die Befragungen uns nicht weiterhelfen werden – es sei denn, einer der Anwohner leidet unter Schlafstörungen und verbringt die Nachtstunden am offenen Fenster oder im Vorgarten.

Wir schaukeln über die Unebenheiten der schmalen Straße und suchen das Haus oder die Wohnung der Essas. Dabei lassen wir die unterschiedlichsten Fassaden alter Vorkriegshäuser hinter uns. Eine kleine Bäckerei, ein Fahrradladen und ein spanisches Restaurant geben der Straße Lebendigkeit. Anders als in Oberkassel passieren wir hier kleine Grüppchen von Kindern und Jugendlichen. Vielleicht sind sie auf dem Weg zum Friesdorfer Freibad, das am Ende der Straße wahrscheinlich gerade aus allen Nähten platzt. Wenn die Stadtverwaltung nicht gerade auf die Idee gekommen ist, die Renovierungsarbeiten in die Sommermonate verlegt zu haben, was ich mir sehr gut vorstellen kann. Für jemanden wie mich, der aus einem Bundesland kommt, in dem versucht wird, die Menschen in den Mittelpunkt der Politik zu stellen, ist es manchmal schwer zu durchschauen, wo die Prioritäten für viele Verwaltungen in NRW liegen. Natürlich ist Rheinland-Pfalz auch kein Mekka für einen steuerzahlenden Durchschnittsbürger, aber dort hatte ich bis zu meinem Wechsel vor vier Jahren nach Bonn immer das Gefühl, dass Stadträte in erster Linie an ihre Bürger denken. In Bonn dagegen denken sie an ihre Wähler. Das hat in der ehemaligen Hauptstadt in den vergangenen Jahren dazu geführt, dass jederzeit aus Angst vor Stimmen- und Prozentverlusten bei der kommenden Wahl wichtige Entscheidungen verschoben werden. Oder in heller Panik gegen jede Vernunft durch die Entscheidungsgremien gejagt werden, so dass keine Zeit mehr bleibt, sie auf ihre Wirtschaftlichkeit oder auch nur Sinnhaftigkeit zu überprüfen.

Fabian bremst scharf und ich verbanne die Gedanken an überforderte Ratspolitiker rechtzeitig, bevor ich am Ende noch auf die grandiose Idee komme, mich selbst für eines dieser zugegebenermaßen sehr undankbaren Ämter zu bewerben.

Wir stehen vor einem modernen Mehrfamilienhaus. Durch die gläserne Frontscheibe werfe ich einen Blick ins Treppenhaus. Von hier erkenne ich sechs Klingelknöpfe. Als ich aussteigen will, ramme ich mit der Beifahrertür fast eine kleine Rollerfahrerin, die mich im Vorbeifahren erschrocken anschaut, als ich die Tür schnell wieder zuziehe. Das hätte mir gerade noch gefehlt. Ich atme durch und versuche mich auch für das folgende Gespräch zu wappnen.

Das Schluchzen von Yara Essa ist leiser geworden. In sich zusammen gesunken sitzt mir Amirs Mutter in einem dieser plüschigen, beigefarbenen Polstersessel aus den 1970er Jahren gegenüber. Die Frau trägt ein schwarzes Gewand, das ihren Körper und ihre Haare verdeckt, das Gesicht aber freilässt, ein Hidschab. Auf der

Lehne des Sessels sitzt Nael, die jüngere Schwester von Amir, und schaut mich aus verweinten Augen an. Das Mädchen trägt eine Jeans und ein rotes T-Shirt mit drei kleinen Kätzchen darauf.

Ich schätze Nael auf vielleicht sechzehn, siebzehn Jahre, sie wirkt trotz ihrer verweinten Augen mittlerweile gefasster als ihre Mutter. Amirs Vater ist bei der Arbeit. Seit einem guten Jahr habe er einen Job bei Bonnorange, sagt Nael.

Aus einem Nebenraum dringt leise Popmusik, zwischendurch höre ich immer wieder eine weibliche Stimme, die Themen des Tages anmoderiert. Ein neues Zentrum für Obdachlose, der neue Zeitplan für die Sanierung der Beethovenhalle, der Nicht-Abstieg irgendeiner Kölner Fußballmannschaft. Die Wohnung hier hat so gar nichts von dem, was ich erwartet habe. Außer der traditionellen Kleidung der Mutter sieht es genauso aus wie bei mir zu Hause – okay, ausgenommen vielleicht diese furchtbar geschmacklosen Plüschsessel. Den Mittelpunkt des Zimmers bildet ein riesiger, leicht nach innen geschwungener Fernseher, darum die Polstersessel und die dazu passende Couch, auf der Fabian sitzt. Auf dem Tisch in der Mitte stehen vier Teegläser, die unterschiedlich hoch mit Pfefferminztee gefüllt sind. Dazu haben Fabian und ich noch jeder ein Glas Mineralwasser bekommen. Die vergangenen Minuten habe ich immer auf mein Glas gestarrt und beobachtet, wie die kleinen Luftbläschen an der Oberfläche zerplatzen und winzige Wassernebel im Glas verursachen.

Yara Essa legt ihrer Tochter eine Hand auf das Knie und sagt etwas auf Arabisch. Die Kleine nickt und verschwindet aus dem Raum; wenig später kommt sie mit einem Mobiltelefon in der Hand zurück. Die Mutter steht mühsam auf, langsam, so als habe sie eine neue Hüfte oder eine alte voller Arthrose, gleichzeitig wischt sie sich mit einem Teil ihres weiten Ärmels über die Augen. Als sie uns vor nicht einmal einer halben Stunde die Tür öffnete, strahlten ihre Augen, nun scheinen sie allen Glanz verloren zu haben. Wieder sagt sie etwas auf Arabisch und Nael übersetzt, dass Yara nun ihren Mann anrufen will, um ihm die Nachricht vom Tod seines Sohnes zu überbringen. Ich nicke und sage nichts.

Als die Frau aus dem Raum ist, frage ich Nael: „Hast du eine Vorstellung, wer das getan haben könnte?“ Es ist zwar unwahrscheinlich, aber vielleicht weiß Nael mehr über ihren Bruder als die Eltern. Das scheint mir nicht unüblich, zumindest in deutschen Familien. Ich frage mich allerdings, ob es angemessen oder überhaupt vertretbar ist, eine 17-Jährige so kurz nach dem Tod ihres Bruders um Informationen zu bitten. Aber es muss ja sein.

Die Schwester steht vermutlich, auch wenn es nicht sichtbar ist, unter Schock, aber Fabian macht keine Anstalten, mich zurückzuhalten. Fast apathisch hockt er regungslos auf der plüschigen Couch, eingerahmt von einem halben Dutzend kleiner dunkelroter Kissen, und wirkt, als müsste er ein viel zu schweres Essen verdauen.

Nael schaut mich aus großen schwarzen Augen an. Wieder fällt mir auf, wie gefasst sie wirkt, wie kühl fast, und so bin ich auch nicht überrascht, als sie leise sagt: „Ich habe ihm gesagt, dass diese Typen nicht gut für ihn sind.“ Ihre Stimme ist angenehm dunkel und fest.

„Welche Typen?“, frage ich vorsichtig. Zwei Fliegen schwirren um unseren Tee herum, als würden sie zusätzliche Wärme suchen. Ich unterlasse es, sie wegzuscheuchen, weil ich hoffe, dass uns Nael etwas Wichtiges sagen wird.

„Seine angeblichen Freunde.“ Sie macht eine kurze Pause und zupft an ihrem T-Shirt, so dass die Kätzchen sich ins Unnatürliche strecken. „Aber sie waren nicht seine Freunde. Sie haben ihn nur ausgenutzt und dafür haben sie ihm ein bisschen Geld gegeben.“ Sie greift nach ihrem Tee und trinkt vorsichtig einen Schluck.

„Für was hat er Geld bekommen?“, fragt Fabian.

Ich sehe, wie sie zögert, wie sie kurz damit kämpft, diesen Fremden hier etwas über ihren Bruder zu verraten – noch dazu etwas, das ihn als einen nicht gerade unschuldigen und sympathischen Jungen erscheinen lässt.

„Er hat … er hat mit Drogen gedealt. Also nicht richtig viel, aber schon mehr als Cannabis.“ Sie nickt, als wolle sie sich das auch noch einmal vor sich selbst bestätigen.

„Was denn?“, frage ich automatisch, obwohl das nicht wichtig ist. Zumindest im Augenblick nicht.

Sie zuckt die Schultern und stellt ihren Tee zurück auf den Tisch. Einen winzigen Rest hat sie im Glas gelassen. „Ich weiß nicht genau, ich wollte das auch gar nicht wissen.“ Wieder stockt sie. „Nur einmal ist ihm etwas aus der Jacke gefallen, abends, als wir alleine waren hier und … und aus Blödsinn getanzt haben. In der Küche. So ein durchsichtiges Beutelchen mit lauter kleinen Kristallen. Ich dachte zuerst, das wären Steine, aber … er ist sofort böse geworden, als ich es aufheben wollte und hat mir gesagt, dass ich das auf keinen Fall unseren Eltern sagen dürfe, ich solle das ganz schnell vergessen.“ Wieder hebt sie die Schultern. „Er hat mir fast gedroht“, sagt sie fast ungläubig, „dabei wusste ich gar nicht, dass das Drogen waren. Er selbst hat mich ja erst darauf gebracht.“

„Wo hat Amir die Drogen denn versteckt? Hier bei euch in der Wohnung?“ Das kann ich mir zwar nicht vorstellen, aber fragen müssen wir trotzdem.

Nael schüttelt den Kopf. „Nein, das glaube ich nicht. Wenn meine Mutter die gefunden hätte … oder mein Vater …“

Von nebenan hören wir die Stimme von Naels Mutter. Sie spricht schnell und fällt zwischen den Sätzen immer wieder in ein lang gezogenes Schluchzen.

„Weißt du, wer diese *Freunde* waren? Wo Amir sich mit ihnen getroffen hat?“ Fabian hat wegen seiner relativ kurzen Beine Mühe, auf der plüschigen Couch gerade zu sitzen, was ich mit einem Anflug von Belustigung beobachte.

Naels Augen wandern zu dem großen Fenster, das fast eine ganze Kopfseite des Zimmers einnimmt. Auf dem Sims darunter stehen etliche große und etwas kleinere gerahmte Fotografien. Im Gegenlicht kann ich auf den Bildern keine Landschaften oder Personen erkennen, aber bestimmt ist dort auch Amir zu sehen, lachend wahrscheinlich, im Kreise seiner Schwester und seiner Eltern.

„Meist am Bonner Stadthaus. Zumindest habe ich ihn da mal getroffen, als ich auf irgendwas beim Bürgeramt gewartet habe. Da stand er mit diesen drei Losern zwischen den Autos und alle kamen sich so super vor wie Robert De Niro." Ihre Augen funkeln mich böse an und ich kann ihre Abneigung gegen seine angeblichen Freunde bis zu mir spüren.

„Weißt du, wer die waren? Oder wie einer von ihnen hieß?"

Sie schaut mich an und die Wut in ihren Augen wird wieder schwächer. „Ich weiß, dass derjenige, der das Sagen hatte, auf diese Gesamtschule in Bonn-Beuel geht. In die 12 oder 13."

Fabian stopft sich zwei der kleinen Kissen in den Rücken, so dass er sich anlehnen kann. „Und? Hast du vielleicht auch einen Namen für uns, Nael? Oder kannst du dich erinnern, wie der Junge aussah?"

Wieder schaut das Mädchen zu den Familienfotografien, dann wieder zu uns. „Ja", sagt sie, „ich habe einen Namen. Den habe ich mir gemerkt." Ich sehe, wie sich Naels Augen mit Tränen füllen, vor Trauer oder vielleicht auch vor Wut. „Weil ich gewusst habe, dass so etwas passieren wird. Dieser Typ heißt Roland. Amir hat ihn immer nur Rolex genannt, ich weiß nicht, was das sollte. Aber das ist wohl sein Spitzname. Den Nachnamen weiß ich nicht."

„Den kriegen wir schon raus", sagt Fabian. Eine Weile herrscht Stille, nur die klagende Stimme von Amirs Mutter ist im Nebenraum zu hören. Ich schaue zu Fabian, nicke ihm zu und wir stehen auf. Bevor wir hier ankamen, habe ich den psychologischen Dienst angerufen, und ich hoffe, dass der bald eintreffen wird. Wir können nicht länger bleiben, auch wenn wir noch nicht mit dem Vater gesprochen haben. Vielleicht können das Peter Braun oder Arthur Bierganz übernehmen, obwohl die Zahl der befragenden Personen immer so klein wie möglich gehalten werden soll.

Ich stehe auf und schaue die Schwester an. „Danke, Nael, du hast uns sehr geholfen."

Naels Mutter hat im Nebenraum wieder das Radio eingeschaltet. Die Musik wird gerade von Werbung abgelöst. Eine plärrende, unangenehm hohe Stimme verspricht Prozente für den kommenden Winterurlaub. Und das bei zurzeit herrschenden 35 Grad Celsius.

Auch Nael steht auf und begleitet uns zur Tür. In dem engen Flur ist es dunkel und ich stolpere fast über das gute Dutzend Schuhe, das rechts an der Wand steht. An den Wänden erkenne ich auch hier viele Fotografien. Bilder einer glücklichen Familie in einer Stadt, die nicht Bonn ist.

Ich gebe Nael meine Karte und wir verabschieden uns. Mir ist es weiter unangenehm, sie allein zu lassen, aber wir haben so viel zu tun, dass ich gar nicht weiß, wo wir anfangen sollen. Am liebsten würde ich mich gleich mit einer Cola in unsere Kantine setzen und einen Plan ausarbeiten, und genau das werde ich Fabian vorschlagen, wenn wir wieder in seinem alten Cherokee sitzen und während der Fahrt nach Ramersdorf darauf warten, dass die defekte Klimaanlage vielleicht doch funktionieren wird ...

„Warum kannst du so gut Deutsch?“, fragt Fabian, als wir fast aus der Tür sind. Es ist ganz natürlich, das zu fragen, weil die Familie ja erst seit zwei Jahren in Deutschland lebt. Trotzdem klingt seine Frage irgendwie von oben herab, ohne dass er das ändern könnte. Fabian ist der letzte Mensch auf Erden, dem man Rassismus vorwerfen kann.

„Ich habe das in der Schule gelernt, in Damaskus. Wir hatten das als Schulfach.“ Nael sagt das fast trotzig, als würden wir versuchen, ihr das Recht abzusprechen, unsere Sprache zu beherrschen.

„Toll, wirklich!“, sagt Fabian mit einem Lächeln, und ich hoffe, Nael nimmt es als das wahr, was es ist: als großes, ehrlich gemeintes Lob.

Kapitel 11

Margot:

Weil B&B ermittelt haben, mit wem Amir Essa kurz vor seinem Tod zusammen gewesen ist, sitzen Fabian und ich nun Tarek und Junis Hamin gegenüber. Die beiden teilen sich eine Zwei-Zimmer-Mietwohnung in der Stiftsgasse, ganz in der Nähe der Rechtsmedizin. Die Küche hat ein kleines Fenster, das sich die Architekten aber getrost hätten schenken können: Nur ein paar Meter entfernt ragt die Stiftskirche groß und dunkel in die Höhe und nimmt dem Raum fast jegliches Licht. Trotzdem sitzen wir vier nun eng zusammengepfercht am Küchentisch, Fabian und ich auf der einen, Tarek und Junis Hamin auf der anderen Seite. Aus der Entfernung sieht es vermutlich so aus, als würden wir eine Partie Schach spielen. Und das machen wir vielleicht auch, allerdings ohne Brett und Figuren.

Die beiden jungen Männer taxieren uns misstrauisch. Fabian starrt fast gierig auf die Colaflasche, die mitten auf dem Tisch steht. Aber Tarek macht keine Anstalten, ihm etwas anzubieten. Wie käme er auch dazu? Wir sind schließlich hier, weil sie die letzten sind, mit denen Amir verabredet war, also können sie sehr gut auch in seinen Tod involviert sein.

Tarek, der ältere der beiden, hat die Nachricht von Amir Essas Tod ruhig aufgenommen. Er hat zwar leise geflucht und mehrmals kräftig auf den Tisch gehauen, aber seine Gefühlsregung wirkte für mich aufgesetzt und gespielt. Junis dagegen ist augenblicklich alle Farbe aus dem Gesicht gewichen. Der Junge hat nicht geweint (ich vermute, das wollte er vor seinem älteren Bruder auf keinen Fall), aber er war dicht davor.

„Wer macht so was, verdammte Scheiße!“ Tarek schreit jetzt und wieder ballt sich seine Hand zur Faust.

„Das werden wir herausfinden“, sagt Fabian mit einem weiteren Blick auf die Colaflasche.

Tarek schaut uns missmutig an, als glaube er an alles, nur nicht an die deutsche Polizei. Ich weiß nicht, welche Erfahrungen er mit Behörden gemacht hat, erfahrungsgemäß sind das aber überwiegend keine guten gewesen. Flüchtlinge bekommen häufig auch von dem Staat, der sie aufgenommen hat, zu spüren, dass sie nicht vorbehaltlos willkommen sind.

„Wie gut kanntet ihr Amir?“, frage ich. Dabei schaue ich Junis an, denn der jüngere der beiden ist mir sympathischer, nicht nur, weil seine Trauer nicht gespielt wirkt. Junis ist ein hübscher Junge, dunkle, kurze Locken, eine schmale Nase, die Augen dunkel und mit einer Tiefe, die denen seines Bruders fehlt. Dort lodert im Augenblick nur Wut, ob aufgesetzt oder nicht.

„Nicht besonders“, antwortet Tarek und wirft Junis einen kurzen Blick zu. Es ist der für Polizisten altbekannte Blick, der bedeutet: *Sag jetzt bloß nichts anderes, sonst kriegen wir Schwierigkeiten!*

Aber Junis hat nicht vor etwas zu sagen. Er starrt zwischen Fabian und mir hindurch, als müsse er sich auf irgendetwas konzentrieren, das verhindert, dass er zusammenbricht. Ich habe eindeutig den Eindruck, dass der Junge etwas weiß. Und dass er uns das vielleicht auch sagen würde, säße sein älterer Bruder nicht neben ihm.

„Was heißt das?“, frage ich und schaue erneut zu Junis.

„Wir haben ab und zu zusammen abgehangen“, antwortet wieder Tarek und macht eine dieser coolen Gesten mit zwei Fingern. Pseudogehabe von Jungs, die bis vor kurzem noch in die Hose gemacht haben. „Im McDonald’s, unten am Rhein, bisschen gechillt, bisschen gefeiert.“ Erneut wirft er Junis einen bedeutungsvollen Blick zu, aber der bekommt das gar nicht mit. Der jüngere der beiden erscheint wie paralysiert, und ich frage mich, welchen inneren Film er sich gerade anschaut. Irgendetwas stimmt da nicht, das fühle ich.

„Ihr wart keine Clique?“, fragt Fabian und wirft einen Blick aus dem Fenster, aber außer dem kleinen gepflasterten Kirchvorplatz, ein bisschen Gras und Gestrüpp und der Kirche selbst ist dort nichts zu sehen.

Tarek verzieht den Mund, als seien Cliquen nur etwas für Schwächlinge. „Nee, Mann, eher nicht. Keine Ahnung, was Amir sonst gemacht hat, aber wir haben nicht so viel Zeit zusammen verbracht. Ab und zu sind wir irgendwohin gefahren, er hat … hatte ja ein Auto, aber wir nicht, und da war Amir meist unterwegs, und wir sind meist hier. Also in Bonn und so."

„Mit wem war Amir denn noch so zusammen, außer mit euch?" Ich gebe es auf, Junis anzuschauen, weil ich mir vorgenommen habe, ihn noch einmal allein zu befragen. In Gegenwart seines Bruders wird er nichts sagen, das ist zwecklos.

„Ey, echt keine Ahnung. Wie gesagt, wir hatten nicht den großen Kontakt, weißt du? Ab und zu gechillt, in der Gegend gecruist, aber sonst eher nicht so. Keine Ahnung, ob Amir noch jemand anderes kannte, das wissen wir echt nicht."

„Du auch nicht?", fragt Fabian jetzt eindeutig Junis. Und als Tarek erneut antworten will, hebt Fabian nur kurz die Hand. „Ich habe deinen Bruder gefragt, okay? Vielleicht kannte er Amir ja besser." Er schaut Junis direkt in die Augen. „Hmm? War das so? Kanntest du Amir vielleicht besser als dein Bruder? Hattet ihr mehr Kontakt?"

Junis' Blick löst sich von dem unbestimmten Gegenstand in unserem Rücken und kurz schaut er Fabian an. Seine Stimme ist dunkel und traurig: „Nein, ich … mein Bruder hat recht. Wir waren nicht so oft mit Amir unterwegs." Dann schaut er wieder zwischen uns hindurch, als zöge er aus diesem Punkt seine einzige Energie.

„Hat Amir gesagt, wo er hinwollte, als ihr euch verabschiedet habt?" Ich weiß, dass jetzt wieder eine nichtssagende Antwort kommen wird, aber ich versuche es trotzdem.

„Nee, der ist einfach weg. Hat gesagt, dass seine Karre in der Tiefgarage steht und dass er keine Lust hat, mehr als nötig an Parkgebühren zu zahlen." Tarek lächelt breit. „Da konnte er sich richtig aufregen. Über das Geld, was er jedes Mal in die Scheißautomaten werfen musste, nur, weil er seinen Wagen da abgestellt hat."

„So sind nun mal die Regeln", sage ich fast beleidigt, als müsste ich unseren Rechtsstaat schon gegen die leisesten Zweifel verteidigen.

„Ja, das sind sie wohl!", lächelt Tarek. Ich schaue ihn ausdruckslos an. Sein Verhalten gefällt mir nicht, und sein Machogehabe noch weniger.

Fabian und ich verabschieden uns wenig später mit dem Hinweis, dass wir die beiden noch ins Präsidium laden werden, entweder morgen oder übermorgen. Daher schreibe ich mir noch die Mobilnummern der beiden auf.

Kapitel 12

Margot:

Aus der Cola in der Kantine ist leider nichts geworden, was Fabian noch mehr bedauert als ich, aber wir sind erneut auf dem Weg in den Reptilienzoo. Ich komme kaum nach mit den Informationen, die wir bekommen und bin mehr denn je froh, dass Fabian weiterhin diverse Notizblöcke vollkritzelt, während meist ich die Fragen stelle.

Braun und Bierganz warten am Zoo auf uns, obwohl sie eigentlich schon seit drei Stunden Dienstschluss haben. Aber natürlich geht niemand an Tagen wie diesen pünktlich nach Hause, das wäre lächerlich.

Ein Anruf vor zehn Minuten in der Gesamtschule Bonn-Beuel, dort, wo Amirs Dealerfreund Roland zum Unterricht angemeldet ist, war erwartungsgemäß schwierig. Fast nichts und niemand ist schwieriger als eine Schule, wenn es darum geht, Informationen zu bekommen. Als endlich jemand meinen Anruf entgegengenommen hatte, bekam ich von der Chefsekretärin der Schulleitung, Ruth Korter, die Auskunft, dass ich telefonisch keine Auskunft bekommen würde. Mit schneidender Stimme machte mir Frau Korter unmissverständlich klar, dass sich ja telefonisch jeder als Hauptkommissarin ausgeben könne. Ich solle doch bitte morgen früh ab 8 Uhr im Gebäude vorsprechen, sie persönlich würde dann sogar versuchen, einen kurzen Termin bei Direktor Parzifal Stimpf zu ermöglichen. Der Herr Direktor sei allerdings morgen ganz besonders eingespannt, weil an diesem Tag im Gebäude eine Podiumsdiskussion zum Thema „Schulunterricht von morgen – Chaos oder Chance?“ veranstaltet würde, mit Herrn Stimpf als Diskussionsleiter. Diverse Medien, auch überregional, hätten sich angekündigt, deswegen würde der Schulleiter den Termin auf jeden Fall wahrnehmen müssen. Aber eventuell habe er vor dem Beginn der Veranstaltung in der Aula ein wenig Zeit für uns.

Während sie noch auf mich einredete, sah ich im Geiste diesen Schulleiter wie Jesus über das Wasser laufen. Das musste ein toller Mensch sein, der es schaffte, dass eine Sekretärin sich bildlich so vor ihn warf, dass ihn nicht eine einzige von Dutzenden Kugeln traf, die wahrscheinlich von ungehorsamen Schülern und Eltern auf ihn abgeschossen wurden. Ich war sehr gespannt auf diesen Menschen, und obwohl er mir schon jetzt unsympathisch war, bedankte ich mich artig bei Frau Korter und legte auf.

Als wir den Berg zum Echsengarten hochfahren, bricht die Abenddämmerung herein. Die Sonne senkt sich allmählich ins Rheintal. Nach ihrem Freibadbesuch kommen uns jetzt Dutzende Kinder auf Rädern entgegen, etliche viel zu schnell und viel zu sehr auf der Straßenmitte. Fabian schimpft bei offenem Fenster auf die Vorbeifahrenden ein, dafür bekommt er den Vogel oder andere Dinge gezeigt. Sprüche wie „Bleib cool, Alda", „easy going" und sogar „Autofaschist" dringen an mein Ohr. Coolness von Kindern, die glücklicherweise noch in keinen schweren Radunfall verwickelt waren. Danach würden sie anders fahren, das kann ich versichern, wenn sie danach überhaupt noch Radfahren können. Unnötig zu sagen, dass kaum einer der Jungen und Mädchen einen Helm trägt.

Wir parken Fabians Cherokee direkt auf dem Kiesweg vor der Tennishalle. Ungewöhnlich ruhig kommt es mir jetzt hier vor. Die Ambulanzen, das Bestattungsauto und die Streifenwagen sind alle fort, nur ein Einsatzfahrzeug aus dem Polizeifuhrpark, ein grauer Opel, steht am Wegrand. Die Schatten werden länger, das Licht wird weicher und ein schwacher Wind kommt auf. Ich bleibe stehen und versuche die Stille zu genießen. Es ist die Ruhe wie an jedem Tatort, wenn die Analyse vorläufig abgeschlossen ist, alle Spuren eingesammelt, alle Fotos gemacht, alle potentiellen Zeugen befragt.

Braun und Bierganz sitzen mit ausgestreckten Beinen lässig an einem der Tische in einem Winzerhäuschen namens Felder's, knapp zweihundert Meter oberhalb des Echsengartens. Beide halten ein Colaglas mit Eiswürfeln in der Hand und nicken uns zu, als wir näherkommen. Auch tragen beide golden geränderte Sonnenbrillen. Fast könnte man sie für holländische Drachenfels-Touristen halten, wären da nicht die Pistolen an ihrem Gürtel. So wirken sie eher wie die Besetzung eines deutschen Films über das FBI. Nur drei der sicherlich zwanzig Tische sind besetzt, vielleicht, weil die Sonne bald untergehen wird. Obwohl: Das Licht ist im Augenblick mild und weich, und für mein Empfinden lohnt es sich, jetzt hier zu sein. Kurz empfinde ich inmitten all dem Stress des Tages so etwas wie Ruhe. Eine neugierige Biene summt um meine Ohren, aber ehe ich sie sachte wegwedeln kann, ist sie bereits weitergeflogen.

Ich habe Frau Rosenberg vom Auto aus angerufen und sie gebeten, sich weiter zur Verfügung zu halten, wir müssten sie heute noch einmal sprechen. Sie wirkte etwas ungehalten und fragte mich, ob ich tatsächlich glauben würde, sie würde jetzt, wo einer ihrer Pfleger nicht mehr da sei, in Urlaub fahren. Die zusätzliche Arbeit müsste sie wahrscheinlich erst einmal selbst übernehmen.

„Habt ihr die andere Sache abgeben können?“, fragt Peter Braun und hält trotz seiner Sonnenbrille eine Hand über die Augen. Fabians und mein Schatten erstreckt sich mittlerweile bis vor die Eingangstüre hinter uns.

„Noch nicht.“ Fabian dreht sich zum Rheintal und betrachtet ein Schiff, das von hier oben klein wie ein Auto wirkt. Ich merke ihm an, dass er müde ist. Mir geht es genauso.

„Blasierow lässt sich Zeit!“, sage ich kurz angebunden. Denn was Blasierow macht, ist absolut fahrlässig, ich kann mir auch nicht vorstellen, dass er dafür den Segen der Polizeipräsidentin hat. Denn was ist, wenn uns durch die Vielzahl der Befragungen eine wichtige Info durchschlüpft, wir etwas nicht bemerken oder registrieren, das wichtig ist, nur weil es durch die beiden Todesfälle einfach zu viele Informationen gibt. Außerdem: Die beiden Fälle könnten durchaus etwas miteinander zu tun haben, schließ-

rochen. Wir
ich benach-
Absprachen,
e des Toten.
ie sie dann
chen das so.
gen zu sein,
re ich ihr.
hoffe, diese
ten Medien
das Holzge-
cke von fet-
gt sich jetzt
Zeitlupe, auf
e. Die Kral-
as Tier sein
klackernde
varum. Fast
klen Felsen

d lehnt sich

eht sich über
so makaber
eiten muss."

t. Es reicht
eiden hätte

n einzuord-
n müssen?"
nen in ihren
ss er derje-
doch seine

rn um junge Männer nordafrika-
n Blasierow nicht entgangen sein.
ziemlich weit auseinanderliegen,
le zumindest im Parkhaus noch

zu uns!", höre ich plötzlich eine
by Rosenberg steht neben der
eil des Gartens Schatten spendet,
ch steht. In ihrer braunen Stoff-
nnerhemd und festen Halbschu-
von einer Safari gekommen. Ich
ehen wir den kleinen Weg zurück

stehen wir wieder an der Mauer
raun und Arthur Bierganz versu-
en den großen Papagei auf seiner
n. Ich frage mich kopfschüttelnd,
n. So etwas habe ich zuletzt ver-
Auch Frau Rosenberg ist deutlich
che bei erwachsenen Männern für
. Der Papagei schaut die beiden
hrt er ihnen den Rücken zu und
ecks zu Boden fallen.
die beiden Tiere weiter unbeweg-
ufenen Steinen, dem Bambus und
iere bewegen sich ab und zu träge,
statuen halten. Selbst die gepan-
m Wasser. Alles hier im hinteren
en und die Luft ist angenehm kühl.
gesprochen?", fragt Frau Rosenberg.
au von Aaron Darzi?"
„Natürlich. Die Yasmin hat den
ler allein oder mit der Kleinen …

Ich nicke. „Ja, natürlich, wir haben mit ihr gesp müssen die Angehörigen immer so schnell wie mög richtigen. Es gibt Medien, die halten sich nicht an sondern fahren vom Unfallort direkt zu der Famil Um einen unmittelbaren O-Ton zu bekommen, v meist sagen. Es ist zwar zum Kotzen, aber manche m Deswegen versuchen wir als Erste bei den Angehör wenn's geht mit einem psychologischen Dienst", erkl

„Wie ekelhaft!", sagt Frau Rosenberg und ich abschätzige Erklärung bezieht sich auf die erwäh und nicht auf unsere Psychologen. Sie wischt über länder der Mauer, als müsste sie Schmutz oder Abdr tigen Kinderhänden entfernen. Fast gleichzeitig bew doch einer der Alligatoren, kriecht langsam, fast in einen flachen Felsen knapp oberhalb der Wasserlin len an den Vorderfüßen kratzen über den Stein, als Gewicht auf den Felsen hievt. Mir verursacht da Geräusch eine Gänsehaut, ich kann nicht erklären, vorsichtig lässt der Alligator seinen Kopf auf den du sinken und schließt erneut die Augen.

„Wie werden Sie das jetzt schaffen?", fragt Fabian u mit beiden Unterarmen auf die Holzbrüstung.

Gaby Rosenberg lächelt ihn an, ein wenig Bitterkeit z ihre Züge. „Das frage ich mich auch." Sie seufzt. „Abe es klingt: Es war ja ohnehin geplant, dass ich mehr arl

„Warum das?", frage ich.

Wieder lächelt sie bitter. „Weil es nicht mehr reic nicht mehr für zwei Pfleger. Es sei denn, einer der umsonst gearbeitet."

Ich brauche einen Augenblick, um die Informatic nen. „Das heißt, Sie hätten einen der beiden entlass

Gaby Rosenberg nickt. Zum ersten Mal sehe ich Tr Augen. „Und ich hatte mich für Kai entschieden. D nige ist, der gehen muss." Sie seufzt. „Weil der Aaro

Kleine hat, die Daileen. Gut sind sie ja … gut sind sie ja beide."

„Und hatten Sie Kai Raddatz schon gesagt, dass Sie ihn entlassen müssen?", fragt Fabian, der die Arme von der Brüstung genommen hat und Frau Rosenberg nun aufmerksam beobachtet.

„Ja, habe ich, natürlich. Ich wollte das schon ganz lange machen, weil das auch schon lange klar ist, aber ich habe es immer wieder rausgezögert."

„Und wann haben Sie es ihm dann gesagt?", hake ich nach.

„Gestern Mittag. Der Kai hat diese Woche die Morgenschicht, der Aaron kam ja erst am Nachmittag."

„Und? Wie hat Herr Raddatz reagiert?" Mit einem Mal bin ich wieder hellwach. Auch von Fabian hat Frau Rosenberg nun alle Aufmerksamkeit, nur B&B stehen weiter vor der großen Voliere und versuchen, dem Papagei Sprichwörter, Phrasen oder Aphorismen zu entlocken. Oder ihn zumindest dazu zu bewegen, dass er sich wieder zu ihnen dreht.

„Na, er war … enttäuscht. Ich bin in der Pause zu ihm gegangen und wir haben geredet."

„Er war nicht sauer?", frage ich

Gaby Rosenberg schaut mich nachdenklich an. „Nein, der Kai war so, wie er immer ist: ruhig, aber auch verständnisvoll. So wie der Junge arbeitet, bekommt er schnell wieder einen Job. Ist ein guter Mann. Ich hoffe es zumindest. Er hat mir sogar schon irgendwas vom Kölner Zoo erzählt, die wollten ihn auch haben, als er bei mir angefangen hat."

„Er war auch nicht sauer auf seinen Kollegen, auf Aaron?"

„Warum sollte er?" Frau Rosenberg schüttelt den Kopf. „Was kann der Aaron denn dafür, dass wir mit dem Geld nicht mehr so hinkommen?"

„Nichts!", sage ich mit einem Blick in das Alligatorenbecken, und denke: *Das tut aber nichts zur Sache.*

Auch das zweite Tier kriecht auf den flachen Felsen, beide liegen nun einträchtig nebeneinander. Zwei Ungetüme, die sich gegenseitig respektieren.

Kapitel 13

Margot:

In der Ferne erkenne ich die warmen Lichter der Nordbrücke. Die Sonne ist mittlerweile untergegangen, es ist fast dunkel und unerwartet frisch.

Ich sitze auf meinem kleinen Balkon und denke nach, neben mir ein Glas Rotwein auf dem Tischchen, das ich mir vor einem Jahr als Sonderangebot im Baumarkt gekauft habe. Aus meinem Arbeitszimmer, das ich mir eingerichtet habe, dringt Musik nach draußen. Phil Collins, 90er Jahre. Üblicherweise bin ich kein nostalgischer Typ, aber heute Abend ist mir nach Vergangenheit. Obwohl mir meine Gegenwart merkwürdigerweise relativ geordnet erscheint, zumindest für meine Verhältnisse.

Eigentlich wollte Daniel gegen acht Uhr gekommen sein, weil wir Urlaubsfotos schauen und speichern wollten, aber ich habe ihn gebeten, unser Treffen auf morgen zu verschieben. Ich bin heute einfach zu müde, um zu reden. Ich habe das Gefühl, dass er mich mittlerweile kennt und meine Eigenarten auch versteht, zumindest ansatzweise, und so hat er zugestimmt, auch wenn ich seiner Stimme angehört habe, dass er gerne vorbeigekommen wäre. Häufig trennen uns unterschiedliche Dienste an gemeinsamen Abenden, auch am Wochenende.

Ich schließe die Augen und sehe die riesige Schlange vor mir, den leblosen Körper des Pflegers, dann die Leiche des jungen Mannes in der Tiefgarage. Ich nippe an meinem Wein, der ein wenig bitter schmeckt und denke, dass zu solchen Bildern Phil Collins' Musik nicht wirklich passt. Was für ein Tag!

Bereits nach dem vierten Schluck spüre ich den Alkohol, ein angenehmes Gefühl, das mir in den Kopf steigt und zumindest teilweise meine dunklen Gedanken und Bilder verscheucht. Allerdings werde ich es bei diesem Glas belassen – es wäre nicht ratsam, die Gesamtschule morgen früh mit einer Alkoholfahne zu betreten. Frau Korter oder wie die Vorzimmergeneralin heißt, würde einen Vorwand finden, um mir eine Audienz beim Schulleiter zu verwehren. Danach werden wir uns direkt wieder auf den Weg nach Königswinter machen, Kai Raddatz, der zweite Pfleger, kann ja, so makaber es klingt, zumindest von beruflichem Glück sprechen, Chefin Gaby Rosenberg ist mehr denn je auf ihn angewiesen. Ich will keine voreiligen Schlüsse ziehen, aber das ist natürlich ein einwandfreies Motiv. Sofort schicke ich Fabian eine WhatsApp, dass wir uns nach möglichen Schulden oder Geldschwierigkeiten von Raddatz erkundigen müssen.

In meinem Arbeitszimmer klingelt mein Mobiltelefon. Ich stelle das fast leere Glas auf dem Tischchen ab und haste nach drinnen. Fabian sagt mir, dass Kai Raddatz keine Geldsorgen hat, B&B hätten uns das schon am Abend gesagt, als wir oberhalb des Zoos in der Sonne etwas getrunken haben. Dann meint er, dass er mich morgen früh um halb acht abholen wird. Im Hintergrund ruft eine seiner Töchter nach ihm, zumindest nehme ich an, dass es eine der beiden ist. Ich danke ihm und lege auf.

Kurz kehre ich zurück auf den Balkon, trinke den restlichen Wein aus, schaue ein letztes Mal für heute auf die Lichter der Nordbrücke, dann falle ich erschöpft ins Bett.

Zwischentakt

Adam? … Adam!!! Wieder schreckt sie hoch. Wie vorige Nacht: träumen, erschrecken, erwachen, trauern. Nur gestern Abend hat sie klugerweise die kleine Lampe auf dem Nachttisch brennen lassen, und so muss sie nun nicht in die Dunkelheit starren, sondern erkennt an der fast kahlen gegenüberliegenden Wand das hölzerne Kruzifix. Das schmucklose, dunkelbraune Kreuz mit dem gemarterten Mann, dessen Kopf vor Erschöpfung auf die Brust gesunken ist, dessen Blut links und rechts über seine Schläfen fließt.

Von ihrem Bett aus kann sie diese kleinen Details nicht erkennen, aber sie hat diesen Mann bereits mehrere Male tagsüber länger betrachtet, um vielleicht verstehen zu können, was er bedeutet. Und was es bedeuten könnte, an ihn zu glauben.

Auch die Nägel, die durch seine Hände und Füße getrieben sind, kann sie nur erahnen. Sie weiß aber, dass sie dort in der hölzernen Haut des Mannes versinken. Seine ganze Gestalt drückt Schmerz aus. Aber der Mann am Kreuz hat es geschafft, denkt sie, er hat den Schmerz überwunden, er ist frei, hat losgelassen und ist nun an einem anderen Ort, einem besseren vielleicht … hoffentlich.

Sie selbst ist noch nicht soweit. Ihr Schmerz ist da, immerzu. Nicht an ihren Armen und Beinen, nicht in Händen und Füßen, nur in ihrem Kopf. Ihr Schmerz ist die Erinnerung. An die Vergangenheit. Deshalb ist der Schmerz da, immerzu, Tag und Nacht. Auch wenn er nun etwas weniger geworden ist.

Kapitel 14

2. Tag

Margot:

Das Durcheinander vor der Schule kurz vor acht ist so groß, dass ich mit offenem Mund auf dem Beifahrersitz nach draußen starre. Die Elterntaxis stauen sich bis weit in die Siegburger Straße zurück, dazwischen schlängeln sich Kinder auf Rädern zwischen Autos und Bussen hindurch, so dass ich mir beinahe so vorkomme wie in den Abendstunden in Bangkok. Es ist ein Durcheinander, das ich nicht für möglich gehalten habe. In der Zeitung lese ich immer wieder von zu wenigen Schulbussen, und zumindest scheint es für diese Schule ein Defizit zu geben – zumindest was die Organisation angeht, die Schüler sicher auf das Schulgelände zu befördern.

Grüppchenweise schlendern Mädchen und Jungen an uns vorbei, durch das offene Fenster bekomme ich sekundenweise tausend unterschiedliche Gesprächsfetzen mit. Ab und zu knattert ein Mofa oder Roller links oder rechts an unserem Wagen vorbei. Nur meterweise geht es vorwärts, weiter vorne scheint es ein Vater oder eine Mutter außergewöhnlich eilig zu haben, immer wieder ertönt kurz eine Hupe. Wie klug!

Ich schaue auf die Uhr und öffne vorsichtig die Beifahrertür – nicht, ohne vorher in den Rückspiegel zu schauen, sonst passiert es mir doch noch, dass ich jemanden von den Beinen hole. Ich rufe Fabian zu, dass ich schon einmal vorgehe. Nachher ist der Herr Direktor schon in seinem überregionalen Medientermin oder er gibt vorher noch Unterricht und wir kriegen ihn nicht mehr zu Gesicht, bis er auf dem Podium sitzt.

Fabian ruft mir etwas hinterher, das ich nicht verstehe. Ich drehe mich um, aber er nippt an seinem Plastikbecher Kaffee und über den Lärm will ich nicht mehr Aufsehen erregen als notwendig, deswegen nicke ich ihm nur zu. Wird schon nicht so wichtig gewesen sein. Hauptsache, Fabian bekommt seinen morgendlichen Kaffee. Den kauft er sich jedes Mal in der kleinen Bäckerei auf der Hermannstraße, wenn er mich abholt. Vor ein paar Tagen habe ich ihn wieder einmal – nur halb im Scherz – gefragt, warum er sich nicht seine eigene Tasse mitbringt. Außerdem: Wie kann er das mit seinem Asien-Engagement und dem Klimawandel vereinbaren? Aber er hat mich nur müde angeguckt, an der dampfenden Flüssigkeit genippt und gesagt, er werde solange nicht ganz auf Plastik verzichten, bis die Politiker es schafften würden, auch die Chinesen davon zu überzeugen, dass Umweltschutz keinen hartnäckigen Ausschlag verursacht. Ich habe nichts mehr gesagt, auch wenn ich ihm die Logik dieses Scheinarguments am liebsten um die Ohren gehauen hätte.

Als ich den Schulhof betrete, ist es ungefähr so laut wie auf der Startbahn des Köln/Bonner Flughafens. Der Lärmpegel liegt sicherlich weit über 100 Dezibel. Vor allem die Kinder der unteren Schulklassen scheinen einen Wettbewerb auszutragen, wer die verrücktesten Kurven laufen und gleichzeitig die höchsten Laute von sich geben kann. Auf zwei steinernen Tischtennisplatten am rechten Rand des Schulhofes stehen fünf nachlässig gekleidete Halbwüchsige eng beisammen und pusten so cool wie möglich Zigarettenrauch in die Luft. Himmel! Es ist wieder einer der Momente, in denen ich denke, dass die Vermehrung des Menschen doch erheblich überschätzt wird. Oder doch zumindest ab und zu überlegter sein sollte. Dann fällt mir ein, wie ich mich selbst als Sechzehnjährige benommen habe, welche Qualen meine Eltern aus diversen Gründen ertragen mussten, und ich versuche nachsichtiger zu sein.

Als ich mich dem Haupteingang nähere, rennt mich ein ungefähr zehnjähriges Mädchen mit einem Ranzen, der mir fast größer erscheint als sie selbst, fast um. Ich lächle sie an, als sie sich entschuldigt, und sie lächelt zurück. Allerdings nur, bis sie meine Pistole unter der Jacke erblickt, dann weiten sich ihre Augen auf doppelte Größe, sie rennt weg, mitten in eine Traube von zehn, fünfzehn anderen Schülerinnen hinein, um ihre Entdeckung kreischend mitzuteilen. Zeit, noch schneller in das Gebäude zu kommen, ehe ich hier zur Jahrmarktsattraktion werde.

Die integrierte Gesamtschule Bonn-Beuel wirkt mit ihrer blättrigen roten Fassade und der teils runden Gebäudeform wie eine ausrangierte Raumstation, der auf dem Weg in eine andere Galaxie die Kraft ausgegangen ist. Notlandung in Bonn-Beuel. Über dem Komplex erhebt sich die Sonne schon einigermaßen hoch am Himmel, die Temperatur deutet bereits an, wie weit sie heute gehen will. Als ich die Tür öffnen möchte, fliegt sie auf und eine weitere Gruppe Minderjähriger rennt mich johlend und kreischend fast über den Haufen. Kurz mache ich mir Gedanken, ob man diese Energie nicht sinnvoll nutzen könnte. Vielleicht, indem man die Schüler vor dem Unterricht in – selbstverständlich – kindgerechte Gurte vor einen Widerstand spannt, und sie einfach im Kreis laufen lässt, um so die Energieversorgung der Schule zu unterstützen. Aber ich befürchte, solch ein Vorschlag würde den Protest diverser Mitglieder der Elternvertretung hervorrufen. Ich atme tief aus und betrete das Foyer der Schule.

„Diesen Raum dürfen Sie im Augenblick nicht betreten, der Herr Direktor hat gerade ein Interview mit Radio Bonn/Rhein-Sieg." Ruth Korter sieht tatsächlich genau so aus, wie ich sie mir vorgestellt habe: Klein, ein wenig pummelig, bürgerlich-vornehm gekleidet mit weißer Bluse und einem schwarz-rot gemusterten Rock, der weit über die Knie hinausgeht. *Damit der Herr Direktor nicht auf falsche Gedanken kommt*, denke ich böse. Der misstrauische Blick der Frau scheint Programm, zumindest hat sie mir noch keinen alternativen zugeworfen.

„Dann warte ich halt mal!", erwidere ich freundlich lächelnd. Nach dem Inferno draußen ist die Stille hier im Vorzimmer der Schulleitung eine absolute Wohltat für meine Ohren. Ich lehne mich an eine brusthohe Theke, hinter der noch eine zweite Frau sitzt, die tief vornüber gebeugt irgendwelche Blätter abzeichnet. Die Holzbarriere zu Frau Korter und ihrer Kollegin zeigt wahrscheinlich vor allem den Schülern der Unterstufe direkt, wo hier der Hammer hängt: Du bist klein, und wir sind groß! Wahrscheinlich hat Frau Korter das gute Holzstück speziell anfertigen lassen, um die Kinder zu demütigen und sie auf ihre Art auf den Ernst des Lebens vorzubereiten.

Hinter der Tür zu Chef Stimpf vernehmen wir ein lautes Lachen. Etwas erstaunt betrachtet Frau Korter die gepolsterte Türe, die schon im nächsten Augenblick aufgeht. Heraus kommt eine junge Frau in engem T-Shirt, enger Jeans und breitem Lächeln. Die Blondine hält ein großes Mikrophon in der Hand, das sie nun sinken lässt. Nach einem kurzen Blick auf mich verabschiedet sie sich von einem circa 60-jährigen Mann in einem zugegebenermaßen maßgeschneiderten weißen Anzug. Himmel, ich dachte, die 70er seien vorbei! Als die Radiofrau das Zimmer verlassen hat, stellt mich Frau Korter vor. Der Herr Direktor lächelt mich jovial an und bittet mich in das Allerheiligste. Bevor sich die Tür hinter mir schließt, informiere ich Frau Korter darüber, dass gleich mein Kollege kommen wird, sie möge ihn bitte zu uns hereinschicken. Sie schenkt mir einen letzten misstrauischen Blick über ihre Brille, dann schließt sie die Türe hinter uns.

Parzifal Stimpfs Residenz ist ungefähr so breit wie das Rollfeld am Flugplatz Hangelar. Als ich heuchle, wie behaglich naturverbunden ich die holzgetäfelten, dunklen Wände finde, prüfe ich gleichzeitig, ob es im Zimmer ein Echo gibt. Es würde mich nicht sonderlich wundern. Meine Schuhe versinken bis zu den Knöcheln in einem sehr teuer aussehenden, flauschigen weißen Teppich, geklöppelt wahrscheinlich aus der ersten Wolle jungfräulicher Merino-Schafe. Unfassbar! Vokabeln wie Regionalfürst, Egomane und Miniaturpenis kommen mir in den Sinn. In diesem Raum hätte die halbe Belegschaft unseres Polizeipräsidiums Platz. Mit einer weit ausholenden Armbewegung bittet mich Stimpf in eine der beiden Sitzecken, die sich im hinteren

Teil des Prunksaales ausbreiten. Von der Decke wirft ein Kronleuchter mit den Ausmaßen einer Schultafel warmes Licht in den Raum. Ich nehme in einem tiefen Ledersessel Platz, der Schulleiter setzt sich mir gegenüber, nicht ohne mehrmals die Bügelfalten seines rechten Hosenbeines zurechtzuzupfen. Wenn jetzt auch noch aus einem unsichtbaren Lautsprecher die hohen Stimmen eines Kastraten-Chors einen gregorianischen Gesang anstimmen, bin ich restlos überzeugt, dass diverse Staatsbedienstete extrem überbezahlt sind.

„Was kann ich für Sie tun, Frau Lukas?" Mit einem bedächtigen Augenaufschlag seiner langen und sichtlich künstlich verlängerten Wimpern lächelt mir Stimpf zu. Ich muss zugeben, dass mich seine Vorstellung nervös macht. Ist sein Gockelgehabe tatsächlich ernst gemeint? Kann jemand wirklich so eitel sein? Facelifting und ein weißer Anzug? Ich lasse meinen Blick an meinen gebrauchten Jeans herabgleiten und stelle fest, dass ich bislang nicht einmal vermutet habe, welche Wirkung Kleidung haben kann. Ich naives Dummchen, ich!

In diesem Moment öffnet sich die Türe und Ruth Korter betritt die königliche Szenerie. Langsam gleitet sie mit einem kleinen Tablett zu uns herüber. Ihre Schritte werden vollständig von der erstklassigen Wolle des Teppichs absorbiert. Vor ihrem Herrn und Gebieter stellt sie vorsichtig eine wunderschön geschwungene Kaffeetasse auf einer ebenso schönen Untertasse ab, hinab auf das kleine runde Tischchen, das Stimpf und mich um mehrere Welten trennt, dann ändert sich ihr bislang devot-lasziver Gesichtsausdruck und unsere Blicke treffen sich. „Möchten Sie auch etwas?", fragt sie hörbar widerwillig.

Wieder lächle ich sie an. „Das wäre ausgesprochen liebenswert. Ich würde mich ebenfalls über solch eine Karaffe … ich meine, eine Tasse Kaffee freuen", sage ich mit einem kurzen Blick auf die dampfende, fast schwarze Flüssigkeit.

Tatsächlich habe ich heute außer einem halben Glas Leitungswasser noch nichts getrunken, Fabian hat mich aus dem Haus geschellt, ehe ich den Morgenkaffee überhaupt aufsetzen konnte. Weil er zwei Töchter hat, wusste er wahrscheinlich, welches Chaos uns vor der Schule erwartet und dass wir dadurch viel Zeit einplanen müssen.

Nachdem die Schulsekretärin gegangen ist, um mir durchaus widerwillig meinen Kaffeewunsch zu erfüllen, wiederholt Stimpf seine Frage, erneut mit einem liebreizenden Augenaufschlag: „Was kann ich für Sie tun, Frau Lukas?"

„Herr Stimpf", beginne ich und lehne mich zurück, „wir ermitteln in einem Todesfall, bei dem einer ihrer Schüler möglicherweise eine wichtige Aussage machen könnte."

„Ach", sagt er und ist wahrscheinlich verwundert, dass ich von dieser Aussage nicht verzückt bin. Ich warte einen Augenblick, ob da noch etwas kommt, aber der Schulleiter mustert mich, als müsste ich jetzt vor ihm auf die Knie fallen. Zugegeben, der Mann hat sich für sechzig Jahre gut gehalten, sein Bauchansatz hält sich in Grenzen und sein Haar ist voll, aber letzteres hat er dermaßen unnatürlich zu einer Mittelscheitelfrisur deformiert, dass seine Haarpracht so unnatürlich erscheint wie die Perücke von Johann Sebastian Bach. Andererseits: Vielleicht ist der kinderreiche Komponist ja sein großes Vorbild, zumindest könnte man bei seiner Frisur auf diesen Gedanken kommen.

„Wir würden gerne mit einem Roland sprechen, er ist wahrscheinlich in einer 12 oder 13."

„Hm", macht Stimpf, und als ich schon denke, da kommt wieder nichts, meint er bedächtig, indem er sanft mit dem Zeigefinger gegen seine Lippen tippt: „Liebe Frau Lukas, da stellen sich mir direkt mehrere Fragen, die ich als, sagen wir einmal einfach ausgedrückt, ‚Lehrer' nicht so ohne Weiteres beantworten kann: Ist dieser Schüler schon volljährig, welche Befugnisse und Notwendigkeiten haben Sie, dass Sie diesen Schüler verhören wollen und woher nehmen Sie generell die Information, dass wir einen Schüler dieses Namens überhaupt an unserer Anstalt ausbilden?"

Wahrscheinlich ähnelt der Blick, den ich ihm jetzt zuwerfe, dem eines Vegetariers, der soeben erfahren hat, dass die soeben gegessene Veggiewurst doch überwiegend aus Schweineblut bestanden hat. Was ich damit sagen will: Ich spüre, wie mein Blutdruck langsam steigt.

„Herr Stimpf, Ihre Fürsorgepflicht gegenüber minderjährigen Schülern in allen Ehren, aber wir ermitteln bei einem wahrscheinlichen Gewaltverbrechen, da hört die Obhut der Schulleitung gegenüber ihren Schülern meiner Ansicht nach auf."

Er schaut mich an, als hätte ich auf den Teppich gepinkelt, und ich nutze seine Entrüstung, um fortzufahren: „Und deswegen möchte ich Sie bitten, mit uns zu kooperieren. Und um weiter auf Ihre Bedenken einzugehen: Es handelt sich um kein Verhör, sondern um eine Zeugenbefragung, und ich kann Ihnen im Augenblick noch nicht sagen, ob dieser Roland siebzehn oder achtzehn Jahre alt ist, ob er volljährig ist oder nicht, wir suchen ihn ja noch. Und zu unserer Quelle kann ich Ihnen leider auch keine Einzelheiten nennen. Ich kann Ihnen nur versprechen, dass der Junge zurzeit nicht verdächtigt wird, irgendetwas Ungesetzliches getan zu haben oder konkret mit einem möglichen Gewaltverbrechen in Zusammenhang zu stehen." Damit setze ich mein Lächeln wieder auf und warte.

Im Vorzimmer meine ich die Stimme von Fabian zu hören, und ich hoffe, dass er mich hier gleich unterstützt, ehe ich diesem blasierten Knilch an die Gurgel springe.

„Frau Lukas." Schulleiter Stimpf beugt sich ein Stückchen nach vorne, faltet bedächtig seine Hände und lächelt eifrig zurück. „Haben Sie bitte auch Ihrerseits Verständnis dafür, dass ich mich dazu ad hoc nicht äußern kann, allein schon aus Datenschutzgründen. Ich verspreche Ihnen aber, nachschauen zu lassen, ob es einen Schüler namens Roland in der Oberstufe an unserer integrierten Gesamtschule gibt."

„Spitzname des Jungen ist wohl Rolex", füge ich hinzu, denn vielleicht hilft das seinem Gedächtnis auf die Sprünge. Aber ich merke, dass es hier nicht um ein gutes Gedächtnis, sondern nur um den guten Willen geht – und zwar den, den der Direktor im Augenblick mir gegenüber nicht besitzt.

„Dieser Name sagt mir jetzt im Augenblick gar nichts!", sinniert Parzifal Stimpf und lehnt sich wieder zurück. Erneut klopft er sich mit dem Zeigefinger gegen die Lippen.

Ich würde es mal mit der Faust versuchen!, denke ich wieder böse. Gleichzeitig merke ich, dass die Unterredung mit dem Schulleiter keinen Zweck hat; ich werde mir vom Staatsanwalt die Erlaubnis holen müssen, im Schulregister (oder wie das heute heißt) nach Roland/Rolex zu suchen. Verdammt, der Junge ist gerade unsere einzige Spur, sollten B&B nicht einen potentiellen Zeugen in der Opern-Tiefgarage gefunden haben. Aber davon gehe ich nicht aus, sie hätten uns längst verständigt.

„Ich schlage Folgendes vor, machen wir es doch so, liebe Frau Lukas: Falls es einen Jungen mit diesem Namen beziehungsweise Spitznamen bei uns an der integrierten Gesamtschule Bonn-Beuel gibt, werde ich mit der erweiterten Schulleitung diskutieren und abschließend abstimmen lassen, ob wir Ihnen – selbstverständlich nur im Einvernehmen mit den Eltern des Jungen, sollte der Schüler noch minderjährig sein – seine Kontaktdaten zukommen lassen. Was halten Sie davon?" Er schaut mich tatsächlich Beifall heischend an.

„Ich bin begeistert!", sage ich, stehe auf und wünsche ihm noch einen schönen Tag. Ist es zu fassen? Der Mann meint das ernst! Bevor ich den Saal verlasse, nicke ich Parzifal Stimpf noch einmal zu. Hoffentlich muss ich den Mann niemals mehr wiedersehen. Meine Vorbehalte gegen jegliche Art der Schulleitung, ob enge oder erweiterte, sind in den vergangenen Minuten nicht gerade geringer geworden.

Kapitel 15

Margot:

Als ich das Zimmer seiner Heiligkeit verlassen habe, traue ich meinen Augen nicht. Fabian steht breit lächelnd, die Arme auf die Theke gestützt, im Vorzimmer und scheint sich prächtig mit Ruth Korter zu amüsieren. Zumindest strahlt die kleine Sekretärin Fabian dermaßen an, als wäre er selbst mindestens stellvertretender Direktor. Ich weiß nicht, über was die beiden so herzlich lachen; sicher bin ich mir nur, jetzt den Grund zu kennen, warum ich keinen Kaffee bekommen habe: Fabian lässt wieder einmal seinen Charme spielen. Die arme Frau hatte wahrscheinlich gar keine Zeit, mir etwas zu bringen.

„Da bist du ja!" Fabian scheint ausgesprochen gut gelaunt. In seiner linken Hand hält er – ich sehe es jetzt erst – eine Tasse Kaffee. Die Sekretärin sinkt augenblicklich weiter in meinem Ansehen.

„Warum bist du nicht reingekommen?" Ich hoffe, er nimmt meinen sarkastischen Unterton wahr. Während ich mich mit dem Schulchef herumschlage, macht Fabian erst einmal Frühstückspause. Und lässt sich viel Zeit, ehe er mir antwortet. Erst nimmt er einen Schluck Kaffee; ich hoffe, er verschluckt sich.

„Margot, da bist du ja! Ruth und ich sind auf dieselbe Schule gegangen, ist das nicht erstaunlich? Wir waren beide auf dem Ernst-Moritz-Arndt-Gymnasium, und als ich eben reinkam, dachte ich gleich, die kennst du doch. Na ja, und Ruth dachte das auch sofort." Wieder lächelt er die Frau an, die mindestens zehn Jahre älter aussieht als er.

„Wart ihr in derselben Klasse?", frage ich böse. Fabian soll ruhig merken, dass ich sauer bin. Zufrieden nehme ich zur Kenntnis, dass nur Ruth Korter lacht. „Ach was, was sagen Sie da, der Fabian ist doch mindestens fünf Jahre jünger als ich. Und zu Schulzeiten ist er mir gar nicht aufgefallen. Aber bei den letzten beiden

Ehemaligentreffen …" Diesen Satz lässt sie geräuschlos auslaufen, was mir relativ viel Spielraum für Spekulationen lässt. Ich weiß, dass Fabian ein Filou sein kann, und auch wenn ich nach seiner Affäre vor nicht allzu langer Zeit an seinem guten Geschmack zweifle, so glaube ich doch beim besten Willen nicht, dass er sich mit Ruth Korter eingelassen haben könnte. Bei einem Ehemaligentreffen, im ehemaligen Physikraum, auf einem ehemaligen Schulpult …? Igitt!

Als ich genau dieses Bild vor Augen habe, platzt Parzifal Stimpf in unsere Unterhaltung. Sein weißer Anzug blendet mich mehr denn je, seine Haare sind höher frisiert als noch vor wenigen Minuten. Er sieht tatsächlich aus wie einer dieser französischen Könige, deren Selbstherrlichkeit die Französische Revolution mit verursacht hat. Unter dem Arm trägt er mindestens zehn Kilo Papier, wahrscheinlich Gesprächsnotizen für seine folgende Diskussionsrunde.

„Frau äh … äh … Korter, wenn der VOX anruft, sagen Sie mir bitte auf jeden Fall Bescheid, ja? Auf jeden Fall! Auch wenn ich auf dem Podium sitzen sollte, geben Sie mir Bescheid, okay? Einfach ein Zeichen! Irgendwas! Die wollten sich im Laufe des Vormittags melden." Ungefragt wendet er sich erklärend an Fabian und mich: „Unsere Diskussionsrunde ist einfach zu wichtig, als dass sie unbeachtet und unerklärt bleiben sollte. Wir sprechen über das Thema ‚Schulunterricht von morgen – Chaos oder Chance?' Aus Lehrer-, aber auch aus Schülersicht. Das ist das ganz Neue! Ich habe diverse Fachartikel dazu geschrieben, auch diverse Projekte zu diesem Thema geleitet, intern wie extern, und ich kann Ihnen versichern, es ist tatsächlich meine feste Überzeugung, dass wesentliche Teile der Politikergarde in Düsseldorf immer noch nicht im 21. Jahrhundert angekommen sind. Das können Sie mir glauben." Er lacht nachsichtig Richtung Düsseldorf.

„Das tu ich!", sage ich unbeeindruckt und wende mich Fabian zu. „Zeit, zu gehen!"

„Ich muss aber auch jetzt!" Schulleiter Stimpf klemmt die Papiere, die ihm langsam wegzugleiten drohen, fester unter den Arm. Ich schenke ihm noch ein kurzes, falsches Lächeln, mit dem ich mein Bedauern andeute, nicht mehr erfahren zu können, wie seiner Meinung nach die Welt wackelt und was sie wackeln lässt.

Ganz im Ernst: Das Unangenehmste und gleichzeitig Unbegreiflichste bei manchen Lehrern ist, dass sie den lieben langen Tag von *reflektieren* und all dem anderen Psychoquatsch sprechen, von Kompetenz, Akzeptanz und sozialer Integration, aber vollkommen ahnungslos sind, was ihre eigene Wirkung auf Nicht-Lehrer angeht. Meiner Ansicht nach gibt es keinen anderen Berufsstand wie Lehrer, der so nachhaltig von sich glaubt, unersetzlich zu sein. Zugegeben, sie haben tatsächlich einen wichtigen Beruf, aber haben Bäcker und Krankenschwestern den nicht auch? Zur Zeit meiner Polizeiausbildung in Münster war ich zwei Monate mit einem Deutschreferendar zusammen. Dieser Mensch, Richard hieß er, hat Tag und Nacht in meinem Beisein seine pädagogischen Lehrmethoden und seine Schüler analysiert, es war unglaublich. Er sprach ununterbrochen von ihnen. Von kleinen Kindern, Jungen und Mädchen, die ich nicht kannte, die ich niemals gesehen hatte und die ich niemals sehen würde und wollte. Und doch weiß ich noch heute, warum eine gewisse Renate aus der 7. Klasse stotterte, wenn sie ihr Pausenbrot nicht mochte, warum Peter aus der 5. beim Fußballspielen immer Schluckauf bekam und warum Martin aus der 8. in die Nina aus der Parallelklasse verliebt war. Diese beiden Monate waren ebenso ereignislos wie langweilig. Allerdings: Eindruck hat er trotzdem hinterlassen, der Richard.

Als wir draußen auf dem Gang stehen, zieht mich Fabian etwas näher zu sich. „Du warst nicht sehr erfolgreich bei diesem Schwätzer, oder?“

„Woher weißt du das?“, frage ich etwas genervt. Außer der Bestätigung, dass Schule das vorweggenommene Fegefeuer sein kann, muss ich das Gespräch mit dem Schulleiter als ergebnislos in die Tonne werfen.

„Weil Ruth mir so etwas angedeutet hat."

„Und was heißt das jetzt?" Ungeduldig schaue ich ihn an. Wir haben noch eine Menge Arbeit vor uns, und ich habe keine Lust für morgendliche Ratespiele. Meine Tagesration Geduld ist bereits aufgebraucht.

„Na, Ruth mag zwar ihren Chef sehr gerne, aber … mich mag sie noch mehr." Er grinst mich breit und frech an.

„Und? Was heißt das jetzt wieder?", frage ich noch genervter. Eine Horde von zwanzig Schülern prescht an uns vorbei, dass die Blätter an der Pinnwand gegenüber wild ins Flattern geraten.

„Das heißt, dass wir jetzt in den 2. Stock gehen, da bekommt Roland Hambitz, genannt Rolex, gerade Kunstunterricht."

Ich kann mir ein Lächeln nicht verkneifen. „Das hättest du auch gleich sagen können, Fabi!", sage ich anerkennend, dann steigen wir die Stufen in den 2. Stock hoch.

Kapitel 16

Margot:

Erwartet habe ich einen nachlässig gekleideten, mit Goldkettchen behangenen Jugendlichen mit langen Haaren oder Undercut, Ringen an den Fingern oder Tattoos an Hals oder Unterarmen, aber vor uns steht das genaue Gegenteil: Roland „Rolex" Hambitz wirkt wie ein Buchhalter in der Ausbildung. Sein braunes, glattes Haar ist korrekt gescheitelt, kein einziges Haar steht aufrecht, seine Brille ist ein Relikt aus den 80ern, spießig silbern und rechteckig, seine Kleidung unauffällig mit einem weißen Hemd, das in einer zwar nicht gebügelten, aber sauberen grauen Baumwollhose mit Gürtel steckt. Dazu trägt er ein paar dunkelbraune Halbschuhe, die ordentlich geputzt und teuer aussehen. Und, nicht zu vergessen, eine teure Uhr am linken Handgelenk: golden, protzig, unnötig. Allerdings scheint sie ja so etwas wie sein Markenzeichen zu sein. Ob es tatsächlich eine Rolex ist, kann ich nicht beurteilen, es ist aber auch nicht ausschlaggebend. Trotz des Schmuckstücks wirkt Roland im Zweifel noch zu langweilig, um der Traum diverser Schwiegermütter zu sein, aber, das muss ich zugeben, er könnte nah dran sein.

Fabian und ich haben artig an der Tür zum Kunstraum geklopft und Udo Dau, der Kunstlehrer, hat uns Roland direkt nach draußen auf den zurzeit noch schülerfreien Flur geschickt. Herr Dau schien gar nicht überrascht, dass wir Roland sprechen wollten. Vielleicht sind wir nicht die ersten, die Roland aus einer Unterrichtsstunde holen. Wir haben noch fünfunddreißig Minuten, ehe die erste Stunde endet, dann beginnt hier wahrscheinlich erneut das Höllenfeuer zu lodern.

Dass wir mit Roland tatsächlich den potentiellen Dealer von Amir Essa vor uns haben, erkennen Fabian und ich bereits an der Reaktion, mit der uns der Junge begrüßt. Sein Schlendern auf uns zu hat etwas derart ausgestellt Selbstsichereres, dass ich ihm am liebsten direkt eine Ohrfeige geben möchte, nur um ihm zu zeigen, dass man Erwachsenen immer noch einen gewissen Respekt entgegenzubringen hat. Dieser junge Schnösel zeigt nicht die geringste Unruhe oder Verstörtheit eines jungen Menschen, der unerwartet von der Polizei befragt wird.

„Was kann ich für Sie tun?", fragt er höflich, als er bedächtig die Tür zum Klassenraum hinter sich geschlossen hat und nun vor uns steht. Seine Augen sind braun und ausdruckslos, sie könnten auch einem Karpfen gehören. Der Junge wirkt so entspannt, als seien wir Pharmavertreter und er ein renommierter Arzt, dem wir unbedingt ein neues Medikament und etliche kleinere und größere Geschenke aufschwatzen wollen.

„Einiges", schnauft Fabian und zieht seinen Notizblock aus einer Hosentasche. Ich spüre deutlich, dass er von der Show des Jungen ebenso wenig angetan ist wie ich. Aber was sollen wir tun? Ihn auf den Bauch werfen und fixieren? Sozusagen als Präventivmaßnahme?

„Und das wäre, bitte?" Der Bursche lächelt uns an. Er wirkt, als habe er nie etwas Schlimmeres getan, als seine Mitschüler im Kunstunterricht mit einem nassen Schwamm zu bewerfen.

„Kannst du uns sagen, wie gut du Amir Essa kanntest?", frage ich. Das Siezen bei solch einem Milchbubi fällt mir schwer, und er darf ruhig merken, dass mein Respekt für ihn ein ziemlich niedriges Level nicht übersteigt. Allerdings wird er sich die vertraute Anrede nicht gefallen lassen, wie ich vermute.

„Könnten Sie mich bitte siezen?", fragt er prompt und ich lächle ihn an. Solche Typen lassen sich leicht manipulieren, es ist einfacher als Fische in einer Tonne zu fangen. Das Ego dieser kleinen Lackäffchen ist einfach zu groß. „Natürlich können wir dich siezen, das ist gar kein Problem für uns, oder Fabian?" Ich werfe Fabian einen kurzen Blick zu.

Er lächelt ebenfalls. „Klar können wir dich siezen, Junge."

Ich atme langsam aus und schaue Roland Hambitz in die Augen. „Also, Junge, wie gut kannten Sie Amir Essa?"

Einen Augenblick überlegt er, ob er das „Junge“ ebenfalls monieren soll, lässt es dann aber doch. „Warum möchten Sie das wissen?“, fragt er. Seine Augen wirken kalt und besitzen keine Tiefe. Überhaupt wirkt der ganze Bursche kalt wie ein toter Fisch. So abgezockt, wie ich das sonst höchstens von Typen kenne, die mindestens dreißig Jahre alt sind und schon Erfahrung darin haben, 24 Stunden lang in einer Zelle sitzen zu müssen.

„Die Fragen liegen bei uns im Feld, Roland, tut mir leid. Du begnügst dich bitte nur mit den Antworten. Also: Wie eng warst du mit Amir Essa?“ Ohne es zu merken, bin ich nun doch wieder in den vertrauten Duz-Ton verfallen, aber ich werde den Teufel tun und mich korrigieren. Oder mich sogar dafür entschuldigen. Außerdem: Der Bursche kann froh sein, dass ich für meine Verhältnisse erstaunlich ruhig bleibe. Direktor Parzifal Stimpf hat mein Geduldepot also doch nicht vollkommen aufgebraucht.

„Entschuldigen Sie bitte.“ Nun ist er die Höflichkeit in Person. „Selbstverständlich. Der Amir ... der Amir ist ein entfernter Kumpel. Wir treffen … uns ab und zu. Dinge besprechen, Fußball … Mädchen … seine Schwester ist sehr nett, wissen Sie.“ Er lächelt mich herausfordernd an. „Das ist der Hauptgrund, warum ich manchmal bei ihm zu Hause bin. Sonst habe ich mit Amir keinen, sagen wir mal … übermäßigen Kontakt.“ Rolands Augen sind nun wacher. Er weiß, dass es um Drogen geht, weiß, dass wir aufgrund von Essas Tod vielleicht auch sein Leben ein wenig umkrempeln werden.

„Dass Amir tot ist, weißt du, oder?“, fragt Fabian.

Roland weicht einen halben Schritt zurück, aber diese Geste wirkt extrem unglaubwürdig. So wie die eines Laiendarstellers auf einer Theaterbühne, der seinem Mörder gegenübersteht und dabei aus allen Wolken fällt, obwohl das ganze Stück genau darauf hinausläuft.

Schlecht gespielt, Rolex, möchte ich ihm zurufen, *du weißt längst, dass Amir tot ist.*

„Im Ernst?", fragt er und hält sich tatsächlich eine Hand vor den Mund. Wenn er jetzt noch dieses girliehafte „Oh my god!" von sich gibt, fixiere ich ihn wirklich!

Glücklicherweise fragt er aber nur: „Was ist passiert? Das kann doch nicht wahr sein." Er schüttelt den Kopf.

„Ist es aber", unterbreche ich seine amateurhafte Anteilnahme. „Wann hast du Amir zuletzt gesehen?"

„Hm, den Amir… Schwer zu sagen, das ist schon etwas her, eine Woche sicherlich, vielleicht auch zwei? Ich weiß nicht mehr genau. Wir haben uns irgendwann die Tage an der Oper getroffen, unten am Rheinufer. Haben ein bisschen die Sonne genossen, den Rhein beobachtet, die Schiffe, die Mädchen, was man halt so macht dort." Er lächelt arrogant, als sei Casanova bei ihm in die Lehre gegangen.

Ich verdrehe die Augen. Wenn er nicht aufpasst, bringe ich ihm doch noch seinen Scheitel durcheinander, auch wenn ich dann Ärger mit seinem Kunstlehrer bekommen sollte. Allerdings: Vielleicht hoffen die schon länger auf so etwas in der Art.

„Das ist schön für dich!", sage ich. „Und hast du ihm dabei zufälligerweise eine besonders große Ladung Koks gegeben oder Meth oder irgendwas von dem anderen Dreck, den du so vertickst?" Dass Amir für Roland kleinere Dealerdienste erledigt hat, hat Peter Braun gestern auf Nachfrage von den Kollegen vom Rauschgift bestätigt bekommen (durch einen V-Mann) und an uns weitergegeben. Amir war einer von Rolands Laufburschen. Wir wissen das, und Roland wird ebenfalls wissen, dass wir das wissen.

„Drogen?" Jetzt hebt er unschuldig beide Hände Richtung Flurdecke, und seine protzige Uhr rutscht beinahe bis zum Ellenbogen. Sein ganzer Thorax ist ungeschützt, eine gute Gelegenheit, um ihm einen Magenschlag zu verpassen, aber ich lasse sie großzügig verstreichen. „Drogen?" Sein Lächeln kehrt zurück. „Liebe Kommissare, damit habe ich absolut nichts zu tun, ehrlich nicht. Teufelszeug!" Angewidert schüttelt er den Kopf, als wollte er jeden Augenblick den Kampf gegen diese Geißel der Menschheit aufnehmen, zur Not sogar ganz allein. „Gerade in meinem Alter, in dem man noch unentschlossen ist, wohin die Reise gehen soll. Nein, Drogen … nicht mit mir!“ Sein Lächeln wird noch breiter, er amüsiert sich jetzt wirklich.

Ich hätte nicht übel Lust, ihm einen der großen Bilderrahmen, die an der Flurwand hängen, über den Kopf zu ziehen.

„Wir glauben dir aufs Wort, Kleiner!“, meint Fabian trocken.

„Warum könnte jemand Amir umgebracht haben, was meinst du?“, frage ich.

„Da kann ich Ihnen leider nicht weiterhelfen, ehrlich, Frau Kommissar, keinen blassen Schimmer, wirklich nicht. Ich … ich kannte Amir ja auch, wie eben bereits gesagt, nicht so gut. Ein netter Kerl, ja sicher, aber ich gehörte nicht zu seinen engen Freunden, wissen Sie?“ Er kratzt sich am Ohr, als müsse er nachdenken. „Amir traf sich meist mit seinen Jungs am Bertha-von-Suttner-Platz, am McDonald's, und ehrlich: Da bin ich so gut wie nie.“ Wieder hebt er die Hände. „Die haben nur ungesundes Essen, wissen Sie? Viel zu viel Fleisch, Fett und Zucker. Das ist nichts für mich. Keine gute Ernährung in meinem Alter.“ Er taxiert Fabian, dessen Bauch sich einige Zentimeter über seinem Hosenbund wölbt. Der Kleine scheint sich wirklich langsam zu amüsieren mit uns, aber das ist gut so: Wer sich überlegen fühlt, macht häufig Fehler. Deswegen lassen wir ihn schwadronieren.

„Du weißt also nicht, ob er jemandem in die Quere gekommen ist bei seiner Dealerei? Oder ob ihr alle jemandem in die Quere gekommen seid?“

„Ich komme niemandem in die Quere, glauben Sie mir. Und mit Dealen habe ich wie gesagt nun wirklich nichts am Hut. Das ist nämlich ebenfalls schlecht für die Gesundheit, wissen Sie? Und ich kann mir das auch bei Amir absolut nicht vorstellen. Er war so ein vernünftiger Junge, ich kann es immer noch nicht glauben.“

„Das glaube ich dir aufs Wort“, sage ich nüchtern, „aber das ist nicht das Thema hier.“ Ich mache eine kurze Pause und gehe einen halben Schritt auf ihn zu. „Hör mir jetzt gut zu, Roland: Du bist volljährig, das heißt, wenn wir dich drankriegen, wirst du im ungünstigen Fall nicht mehr nach Jugendstrafrecht verurteilt. Und das heißt, du gehst dann eine lange Zeit in den Bau. Für was auch immer, uns fällt da schon meistens etwas ein."

Er schaut mich erstaunt an, weil ich plötzlich persönlich werde.

„Also, Roland, wir sind jetzt weg, aber ich gebe dir noch einen kleinen Tipp: Heute Mittag, wenn du hier aus der Schule gehst, dann sind mindestens zwei unserer Kollegen an dir dran. Und, mein Junge: Du wirst sie nicht sehen und du wirst sie nicht hören, aber sie sind da, immer. Und warten. Egal, wie lange. Tage oder Wochen, ganz egal. Und sie kriegen dich. *Wir* kriegen dich. Weil solche dummen kleinen Jungs wie du immer Fehler machen." Ich grinse breit. „Also, auf bald, Roland, wir sehen uns!"

Damit lassen wir ihn stehen und ich hoffe, dass er uns diesen zugegebenermaßen theatralischen Abgang halbwegs abnimmt.

Kaum sind wir um die Ecke, fasst mich Fabian am Arm. „Sag mal, Margot, spinnst du? Was sollte das denn jetzt? Habe ich irgendwas nicht mitgekriegt? Du willst den Kleinen observieren lassen? Wer soll dir denn dafür die Genehmigung geben, bitteschön? Von Blasierow lacht sich halbtot, wenn du ihm damit kommst."

Ich atme lange aus, um mich zu beruhigen. „Fabian, ich bin ja nicht blöd. Aber ich habe keine Lust, mich von solch einem kleinen Scheißer bloßstellen zu lassen, das musste einfach sein. Außerdem ist es gar nicht falsch, ihn ein bisschen unter Druck zu setzen, und ich sag dir: Spätestens in der großen Pause entsorgt der seine Vorräte. Der tut vielleicht cool, aber er ist es nicht, wetten? Und dann schnappen wir uns den Kleinen."

„Himmel, Margot, du hast sie nicht mehr alle!" Fabian schnauft laut, und ich lache ihn zuversichtlicher an, als ich mich fühle.

Kapitel 17

Margot:

Ich bin erleichtert und gleichzeitig auch ein bisschen stolz auf meine Menschenkenntnis, als ich sehe, wie der coole Roland „Rolex“ Hambitz direkt nach der Kunststunde Richtung Toilette im 2. Stock marschiert. Möglicherweise (ich hoffe nicht) haben wir ihm nur so viel Angst eingejagt, dass seine Verdauung etwas schneller arbeitet als gewöhnlich, aber ich spüre, dass er auf der Toilette etwas anderes vorhat. Fabian ist es trotz seines nicht unerheblichen Gewichtes gelungen, sich bei der Verfolgung des Schülers fast unsichtbar zu machen, und ich schleiche Roland hinter einer Gruppe lang aufgeschossener Jugendlicher nach, die sich laut über Bonns Baseball-Team, die *Capitols*, auslassen. „Den hätte meine Oma gefangen!“, höre ich eine kieksende Stimmbruchstimme. „Jaja, deine Oma, da erzählst du ja immer gerne von, keine Ahnung, was du mit der hast!“, antwortet eine andere. „Oh, das kann ich dir schon sagen, was der mit seiner Oma hat!“, lästert eine dritte, noch helle Stimme. Solch witzige Dialoge dringen an mein Ohr, als ich Roland Richtung Toilette verfolge.

Als die Tür mit dem groß aufgemalten W und C hinter ihm zuschlägt, warte ich noch eine halbe Minute, dann öffne ich sie. Fabian stellt sich davor, damit Roland und ich auch ganz ungestört bleiben. Er stellt sich breitbeinig hin und verschränkt die Arme, genau wie die mit Anabolika angereicherten Typen diverser Wachdienste.

Ich lache lautlos, ehe ich die Tür vorsichtig ins Schloss ziehe. Dann aber denke ich, dass mir vielleicht sogar eine Anzeige blüht, sollte der nette Roland hier und jetzt doch nur urinieren müssen. Sei's drum.

Vor einem der zwei Waschbecken steht ein Fünft- oder Sechstklässler und starrt mich entgeistert an. Seine Hände verharren reglos unter dem Wasserstrahl. Der Kleine ist dermaßen erstaunt, als sei ich Arielle, die Meerjungfrau. Mit einem Finger auf den Lippen deute ich ihm an, still zu sein, aber so wie er aussieht, bringt er eh kein Wort raus. Der Kleine trocknet seine nassen Hände in Windeseile an den grauen Papiertaschentüchern ab, dann stürzt er aus der Toilette, als hätte ich ihn beim Onanieren erwischt.

Hoffentlich steht Roland jetzt nicht vor einem Urinal, dann sieht er mich sofort, und wenn ich Pech habe, gibt er meinen Besuch hier im Herren-WC sofort an die Schulleitung weiter. Zwei Schritte mache ich nach vorne, luge in den Raum und bin erleichtert, als ich niemanden an einem der fünf Pinkelbecken stehen sehe. Der Duft nach Klosteinen steigt mir in die Nase. Ich gehe in die Hocke und schaue, in welcher der vier Kabinen ein paar saubere braune Halbschuhe zu sehen sind. Ganz links am Fenster erkenne ich Rolands schnieke Treter. Ein Rascheln ist zu hören, aber nicht das von Kleidung oder Toilettenpapier, dieses Rascheln klingt eher nach Kunststoff, nach Plastik.

Ich denke, es ist höchste Zeit, dem Burschen einen gehörigen Schrecken einzujagen. Ich öffne die Kabinentür neben Roland. Kurz bleibt es ruhig, aber als ich die Kabinentür zuziehe, den Riegel schließe und den Toilettendeckel nach unten klappe, vernehme ich erneut das Rascheln. Vorsichtig stelle ich mich auf das Klosett, lege die Fingerspitzen auf die obere Begrenzung der Trennwand und schaue auf Roland herab.

Eine Gefühl tiefster Zufriedenheit durchströmt meinen Bauch. Ich erkenne den Grund, warum sich dieser kleine Angeber teure Uhren, vielleicht sogar tatsächlich eine Rolex leisten kann: Auf dem geschlossenen Klodeckel vor Alex liegen fünf fingerlange Päckchen aus Alufolie und mindestens zehn Päckchen aus durchsichtigem Plastik in der Größe einer halben Spielkarte. Zum Teil angefüllt mit weißem Pulver, zum Teil mit milchig-weißen Kristallen.

Ich lasse mich wieder vorsichtig auf den Boden herab, betätige die Spülung, öffne die Türe, atme tief durch und – mir bleibt nichts anderes übrig, wenn ich nicht riskieren will, dass Roland die Päckchen in den Abfluss spült – setze vorsichtig den Schlüssel an, den Fabian und ich uns vorhin vom Hausmeister besorgt haben.

Der Riegel dreht sich fast lautlos, aber leider eben nur fast. Als die Tür aufschwingt, versucht Roland die Päckchen, die er auf die Schnelle zu fassen kriegt, ins Klo zu werfen. Dazu muss er allerdings zuerst den Klodeckel aufklappen, und diese Zeit hat er nicht.

Ich drehe seine Arme auf den Rücken, fixiere die Gelenke mit Kabelbinder (endlich darf ich!) und drücke seinen Kopf nach unten mitten auf den Klodeckel. Ich hoffe, hier ist länger nicht gewischt worden!

„Was, verdammt …", keucht er, dann dreht er sich halb zu mir und weiß, wer hinter ihm steht.

„Hallo Roland, mein Freund!", sage ich etwas außer Atem, aber auch ehrlich erfreut.

Hinter mir höre ich jetzt Fabian. „Hey, alles okay?" Dann sieht er die weißen Päckchen auf und neben dem Toilettendeckel liegen. „Ach, was haben wir denn da? Schau mal einer an! Ja wem gehört denn das?" Fabian gluckst zufrieden vor sich hin.

„Mir nicht!", kommt es protestierend von Roland. „Das wollen Sie mir doch nur unterschieben!"

„Junge, du hast zu viele Krimis gesehen!", sage ich. „Wir haben dich am Arsch!" Auch ich fühle mich ziemlich gut.

„Scheißbullen!", ist alles, was Roland dann noch sagt. Ich rufe Kollegen von der Streife, die zehn Minuten später eintreffen. Wir händigen ihnen Roland und seine gesammelten Päckchen aus.

Wenig später stehen Fabian und ich wieder vor dem roten Gebäude im strahlenden Sonnenschein. Irgendeine Pause hat begonnen, ich komme mir vor wie im Fußballstadion.

„Willst du nochmal zurück und dem Direktor die Situation erklären?", fragt mich Fabian.

Kurz überlege ich, dann schüttle ich den Kopf. „Nachher bekommt der noch mitten auf dem Podium einen Kollaps. Ich denke, er sollte sich weiter auf seinen *Unterricht heute, morgen und übermorgen* konzentrieren. Damit das wirklich bald jeder kennt."

„Sehr witzig, Margot!", meint Fabian, dann suchen wir seinen alten Cherokee.

Die Sonne blendet mich, weil sie sich in den vielen Autodächern, die hier am Wegrand stehen, spiegelt. Wahrscheinlich Lehrerautos und die von Anwohnern und vielleicht auch von ein paar volljährigen Schülern. Die Hitze ist bereits jetzt am Vormittag so groß, dass die Luft über einem freien Feld neben der Schule vibriert. In den trockenen Gräsern und Sträuchern summen Insekten, und die in diesem Jahr wohl allgegenwärtigen Grillen sind wieder zu hören. Fabian hat ungefähr einen Kilometer entfernt geparkt. Aber das macht mir heute Vormittag trotz der Hitze ausnahmsweise mal nichts aus. Alles scheint so friedlich im Augenblick.

Kapitel 18

Margot:

Im Büro erledigen wir einen Teil des Papierkrams. Obwohl das ja heutzutage kein Papierkram mehr ist, sondern ein Aufrufen von Dateien, ein Eingeben von Schlüsselwörtern und Codes. Mittlerweile denke ich, dass es vielleicht doch keine so gute Idee gewesen ist, Roland Hambitz festzunehmen. Vielleicht hätten wir ihn einfach nur nach seinem Alibi für den Todeszeitpunkt von Amir Essa fragen und ihn dann weiter beobachten sollen. Das ist jetzt hinfällig, der Junge wird entweder vorerst die Finger vom Dealen lassen – oder so vorsichtig sein, dass wir nicht an ihn herankommen. Zu spät. Ich bin froh, dass mir das Fabian nicht unter die Nase reibt.

Die Kollegen, ich bin nicht im Bilde, ob Bierganz und Braun auch dabei waren, haben Roland bereits vernommen. So wie es aussieht, saß er zu der Zeit, als Amir Essa getötet wurde, im Siegburger Kinopolis. Irgendeine Frühvorstellung. Den Filmtitel habe ich mir irgendwo notiert, aber schon wieder vergessen. Danach ist Roland angeblich mit seiner Freundin durch die Innenstadt geschlendert und hat eingekauft. Jeans und andere Klamotten. Keine Uhren. Seine Freundin wird das angeblich bezeugen können, hat er den Kollegen versichert. Davon bin ich überzeugt.

Im Augenblick spreche ich mit dem Kollegen Deister von der Drogenfahndung. Er ist von unserem, sagen wir einmal, „Eingreifen“ alles andere als begeistert. Aber ich argumentiere, dass wir in einem möglichen Mordfall ermitteln und Deister grummelt leise vor sich hin, dass Frauen bei der Polizei noch nie wirklich viel gebracht hätten außer Scherereien. Wenn er glaubt, ich hätte schlechte Ohren, hat er sich getäuscht. Aber ich übergehe den Affront, halte nur Daumen und Zeigefinger meiner rechten Hand einen Zentimeter auseinander. Er lacht tatsächlich und die Situation ist entschärft.

Die Dealerszene, sagt er, sei im Augenblick im Großen und Ganzen sehr ruhig. Die Gebiete verteilt, die Grenzen abgesteckt und akzeptiert, momentan gebe es niemanden, der etwas austesten wolle. Er fragt mich, warum also jemand aus der Szene Essa hätte töten sollen. Vorsichtig nippt er an einem großen dampfenden Becher Kaffee, eindeutig ein Artikel aus dem Fanshop des FC Bayern. „Meiner Ansicht nach müsst ihr eher im privaten Umfeld suchen. Wo kommt der Junge her? Hat er außerhalb der Szene Freunde gehabt? Wem ist er vielleicht auf die Füße getreten?"

Ich bin skeptisch und frage, ob es in den vergangenen Monaten ungewöhnlich viele Drogentote gegeben hat.

Deister überlegt kurz und verneint. Seines Wissens seien dieses Jahr bislang 11 Drogentote registriert worden, in einem üblichen Berichtsjahr seien es meist so um die zwanzig.

„Und wie häufig tretet ihr solchen Leuten wie Roland auf die Füße?", frage ich.

Deister stellt seinen Bayernbecher auf dem Knie ab. „Da kannst du sicher sein, dass wir da jeden Tag unterwegs sind. An den Brennpunkten halt: Hauptbahnhof, Stadthaus, Hofgarten, Alter Zoll, Schulen, Berufsschulen, Uni, eigentlich überall. Ich schätze mal, wir bearbeiten dann konkret so um die 250 Delikte."

„Illegaler Handel und Schmuggel von Betäubungsmitteln?"

Er nickt und nippt wieder an seinem Becher. „Genau."

„Hört sich nett an", sage ich einfach so in den Raum rein, ohne mir etwas dabei zu denken.

„Ist es aber nicht!", fährt er mich an. „Das ist nicht witzig, Margot, das weißt du!" Dabei hält er mir seinen ausgestreckten Arm mit dem Becher fast direkt vor die Nase.

„Hey, entschuldige, das war vielleicht etwas zu flapsig", versuche ich mich zu entschuldigen. Ich wollte ihn nicht in seiner Berufsehre kränken, Himmel nochmal, aber dieses Bürokraten- und Jahresberichts-Deutsch vermittelt so gar nichts von dem, was tatsächlich passiert – die ganzen kleinen und großen Tragödien, die hinter jedem einzelnen Fall und jeder einzelnen Ziffer stehen.

„Schon gut", meint er und nimmt sich und seinen roten Becher wieder zurück. „Das ist eh ein Fischen in trübem Gewässer. Da kommen immer neue, so schnell kannst du gar nicht gucken. Die Szene wächst immer weiter. Und das schon seit Jahren."

„Aber sag mal, Heinz," schaltet sich Fabian ein, und wieder fällt mir auf, dass er den Kollegen, wie so viele andere auch, mit Vornamen kennt. „Gab es die vergangenen Wochen oder Monate einen Fall, der besonders schlimm war oder ganz tragisch? Der nicht in die üblichen Muster passte?"

Sicherlich eine halbe Minute ist es ruhig, wir hören nur ein paar Kollegen auf dem Gang sprechen.

Heinz Deister nippt an seinem Kaffee, dann setzt er sich gerade. „Was meinst du mit *übliche Muster*?"

„Na ja, die typische Fixerkarriere eben. So ganz allmählich im Drogensumpf versinken. Von leichten bis zu den schweren Drogen. Du weißt schon: Abhängigkeit, Arbeitslosigkeit, Obdachlos, Ende Gelände."

Jetzt ist Fabian flapsig, aber Deister bemerkt es nicht, oder er lässt es Fabian durchgehen, weil er ein Mann ist, wer weiß das schon. Auf jeden Fall geht er auf Fabians „Ende Gelände" nicht ein.

„Den gab es wirklich, Fabian. Junges Mädchen, noch ein Kind eigentlich. 15 Jahre. Vanessa. Wohlbehütet, der Vater Professor, die Mutter Sozialarbeiterin. Und die Kleine haben wir eines Morgens an der Hofgartenwiese gefunden. Klassisch. Auf einer der Parkbänke. Voller Tabletten, frag mich nicht, was für welche. Die Liste von dem Scheiß, den sie nicht genommen hat, ist kürzer als der Mist, den sie geschluckt hatte. Dann Zusammenbruch, Kreislaufkollaps, keiner hat's gesehen, keiner hat geholfen … und vorbei. Die Eltern natürlich fassungslos. Meinten, ihre Tochter habe noch nie Drogen genommen. Aber das sagen sie ja meist alle, weil sie es als Eltern so gut wie gar nicht mitbekommen. Auf jeden Fall: Die Kleine, diese Vanessa, war sehr gut in der Schule, hatte mehrere Hobbys, soweit ich mich erinnere. Reiten … Tennis …" Er schaut in seinen mittlerweile leeren Kaffeebecher. „Was ich sagen will: Die hatte eigentlich gar keine Zeit, Trübsal zu blasen und sich Drogen zu besorgen."

„Dazu braucht man nicht immer Trübsal", sage ich leise. „Aber das muss ich dir ja nicht erzählen. Und vielleicht war sie … keine Ahnung … einfach überfordert? Oder unglücklich verliebt, was weiß ich. Manchmal sehen Eltern gar nicht, was sie von ihrem Kind verlangen. Schule und Hobbys und hier noch und da noch. Und das Kind wehrt sich nicht. Weil es den Eltern gefallen will. Und wenn es dann an die falschen Freunde gerät …"

„Na ja, Margot, das hört sich aber schon bisschen einfach an. So schnell geht das auch nicht. Da muss mehr dazu kommen. Also normalerweise. Und meines Wissens gab es so gar keine Berührungspunkte, soweit ich mich erinnere. Also, zu der Szene, meine ich." Er schlürft den letzten Schluck aus seinem Bayernbecher.

„Kannst du uns den Fall mal raussuchen?", frage ich. „Und gucken, wo diese Vanessa zur Schule gegangen ist?"

„Klar, mach ich gleich." Er schaut auf die Uhr. „Aber erst nach dem Mittag." Er schaut Fabian und mich fragend an. „Reicht das? Oder habt ihr noch was, womit ihr mich nerven könnt?"

„Das reicht vollkommen, danke dir!", sagt Fabian und wirft mir einen warnenden schnellen Blick zu. Ich soll bloß still sein, soll das heißen, und den Kollegen nicht weiter verärgern. Aber den Gefallen tu ich Fabian natürlich nicht.

„Ach, Heinz, eine Frage hätt ich dann doch noch."

Deister ist schon fast an der Tür und dreht sich missmutig um. Ihm ist deutlich anzusehen, dass er mich weit wegwünscht. Wahrscheinlich erwartet er, dass ich ihn bitte, uns auch noch andere Fälle rauszusuchen.

„Sag mal, wie kann man denn hier so leben … in dieser Gegend … als Bayernfan? Wo doch alles außer den Vereinten Nationen durch und durch Kölsch ist?"

Deister lacht sichtlich entspannt. „Ach, weißt du, Margot, als Bayernfan lässt es sich überall auf der Welt gut leben. Und weißt du auch warum?" Er hält seinen Bayernbecher hoch. „Weil wir die Besten sind! Wir können in jedem Stadion der Welt gewinnen! Und das wissen alle!“ Damit zwinkert er mir zu, macht das Victory-Zeichen und schlägt die Tür hinter sich zu. Sag doch bitte nochmal einer, ich kann nicht mit Kollegen!

Kapitel 19

Margot:

Die Kollegen Braun und Bierganz starren so angestrengt in das leere Python-Terrarium, als sei die Aufklärung des Todes des Reptilienpflegers allein durch intensives Starren in das verlassene Schlangenareal möglich. Beide Kollegen wirken so regungslos, als seien sie eingefroren. Nur Peter Braun hebt kurz den Kopf in unsere Richtung, als er uns hört.

Der kleine Zoo ist heute natürlich geschlossen. Frau Rosenberg hätte diese Woche sowieso nicht mehr geöffnet, sagt sie, als wir sie vorne am Eingang begrüßt haben. Sie will hier keine Besucher haben, die nur Fotos des Python-Terrariums machen und sich durch die Vorstellung dessen, was Aaron Darzi passiert ist, aufputschen. Dabei hätte der kleine Zoo seine Tageseinnahmen heute sicherlich verdoppeln, wenn nicht sogar verzehnfachen können. Bereits auf dem großen Parkplatz auf halbem Weg zum Zoo waren alle Parkplätze belegt, als wir dort vorbeigefahren sind. Und das, obwohl die Schulkinder mit ihren Eltern frühestens gegen Mittag ins Lemmerzbad kommen. Scharenweise pilgern Spaziergänger Richtung Reptilienzoo, Fabian schafft es kaum, seinen Cherokee zwischen den Menschenmassen Richtung Eselsweg zu manövrieren.

An der kleinen Wegbiegung wenige Meter vor der Nibelungenhalle stehen Dutzende Autos kreuz und quer rund um das kleine Gedenkkreuz auf dem Weg. Fabian hält kurzentschlossen am Straßenrand, ohne sich um die obligatorischen Ausrufe, dass man hier nicht parken könne, zu kümmern. Vor allem ältere Männer mit Baseballkappen und Frauen in längeren Röcken und Blusen stehen herum, als würde hier gleich André Rieu loslegen. Zur Sicherheit setze ich unser Blaulicht aufs Armaturenbrett, damit niemand von der Stadt Königswinter auf die Idee kommt, uns abzuschleppen.

„Was gibt's denn?", fragt Fabian, als wir B&B begrüßt haben. Die Luft ist im Zoo noch drückender als draußen und es riecht nach Reinigungsmitteln. Wahrscheinlich nutzt Gaby Rosenberg den Tag, um sämtliche Spuren der Kollegen der Spurensicherung zu beseitigen.

Arthur Bierganz und Peter Braun sind zwar schon ein paar Jahre im Präsidium, aber sie haben, wie erwähnt, noch nie eigenständig eine Ermittlung geführt. Vielleicht wirken sie deswegen beide im Augenblick so unruhig.

„Wir haben gestern noch die Angaben von Raddatz überprüft", meint Arthur. „Ihr wisst schon, der zweite Pfleger. In dem Supermarkt, wo er angeblich war nach der Arbeit, da hat sich keiner an ihn erinnern können. Es gibt auch leider keine Videoüberwachung, die länger als zwölf Stunden gespeichert wird. Aber er hat einen Kassenzettel, den er angeblich einfach nach seinem Einkauf in seinen Wagen geworfen hat. Aber das entlastet ihn trotzdem natürlich nicht hundertprozentig."

„Hm", mache ich, denn das ist ja jetzt nicht wirklich was Neues, und auch nichts, weswegen man unruhig sein müsste.

„Aber jetzt wird's interessant", meint Peter Braun, als habe er meine Gedanken erraten. „Die Frau von Raddatz, Anne Aitel, die war gar nicht singen."

Ich schaue ihn fragend an, weil ich im Augenblick nicht weiß, auf was er hinauswill.

„Raddatz hat doch angegeben, dass seine Frau nicht zu Hause war, als er nach dem Dienst gestern Abend nach Hause gekommen ist. Er hat uns doch gesagt, seine Frau sei singen, erinnert ihr euch? In einem Chor." Er schaut uns triumphierend an. „Aber da war sie gar nicht. Arthur hat vorhin mit der Chorleiterin gesprochen, einer Frau Leonhard, und die hat gesagt, dass Raddatz' Frau gestern Abend gar nicht da war."

„Aber wo war die denn–" fragt Fabian, aber Peter Braun unterbricht ihn.

„Die Gute war sonst wo, aber nicht singen." Er macht eine kleine

Pause. „Und Frau Rosenberg …“ Er dreht sich kurz zur Besitzerin des Reptilienzoos, die mittlerweile mit einem Scheuerlappen versucht, die Markierungen der Kollegen vom Boden zu entfernen. „Frau Rosenberg hat uns eben erzählt, dass nach dem Dienstplan eigentlich Kai Raddatz Frühdienst gehabt hätte und nicht der Kollege Darzi, den es dann erwischt hat. Also, eigentlich hätte gestern Morgen Kai Raddatz hier sein sollen.“

Ich drehe mich zur Seite und beobachte zwei dunkle Anakondas, die halb in dem kleinen Wasserbecken in ihrem Terrarium liegen. Diese Biester jagen mir wirklich Angst ein. Anders als zum Beispiel bei Hunden oder Katzen kann ich nicht erkennen, was sie vorhaben. Und das stört mich.

„Und du meinst, Raddatz' Frau wollte ihren Mann töten, indem sie hier das Terrarium manipuliert? Dass sie angibt, zu ihrem Chor zu fahren, stattdessen aber hierherkommt und die Scheibe zum Terrarium öffnet, weil sie davon ausgeht, dass ihr Mann am nächsten Morgen der Erste sein wird, der hier reinkommt?“ Das scheint mir etwas sehr kompliziert, aber vollkommen abwegig ist es natürlich nicht. „Habt ihr schon mit der Frau gesprochen?“, frage ich.

„Nein, wir wollten erst mit euch überlegen, was wir machen.“

„Also, ihr wisst ganz genau, dass sie nicht bei der Chorprobe war?“, hake ich nach. Ehe wir jetzt jemand verwechseln und damit grundlos verdächtigen, müssen wir sicher sein, dass wir uns auf den Richtigen konzentrieren. Oder in diesem Fall die Richtige. Dass das gar nicht so einfach ist und es bei den auch eher einfachen Dingen zu Verwechslungen kommen kann, beweisen jeden Tag auf der Welt Ärzte, die versehentlich gesunde Organe, Arme und Beine entfernen, nur, weil sie die Krankenakte nicht richtig gelesen haben oder der Arzt vor ihnen eine dermaßen undeutliche Schrift besaß, dass statt der Milz die Niere entfernt wird.

„Die haben eine Homepage und da ist eine Telefonnummer der Chorleiterin. Wie gesagt: Die hab ich angerufen. Die kann sich genau erinnern, dass Kai Raddatz' Frau nicht da war. Weil denen nämlich damit eine wichtige Stimme gefehlt hat, frag mich aber nicht, welche."

„Okay, dann wissen wir das." Ich nicke den beiden zu. „Dann schlage ich vor, wir besuchen diese Frau Aitel einfach und fragen sie, wo sie denn gewesen ist. Ist doch am einfachsten."

Ich schaue mich zwischen den Dutzenden Terrarien, Becken und Bassins um. „Ist denn Kai Raddatz heute hier? Oder hat Frau Rosenberg ihm heute freigegeben? Wisst ihr das?" Ich schaue Arthur an. Der Gute lehnt an einer Glasscheibe, was mir einige Sorgen bereitet. Arthur ist wie Fabian nicht gerade der Dünnste und im Geiste sehe ich ihn schon durch das Glas in die Schlangen fallen.

„Nein, Raddatz ist hier. Also draußen bei den Alligatoren. Verfüttert tote Tauben."

„Und, habt ihr Raddatz das mit seiner Frau schon gesagt? Dass sie nicht singen war?", fragt Fabian etwas leiser.

„Quatsch, natürlich nicht. Denkst du, wir posaunen alle Infos raus oder was? Fabian, wir machen das auch nicht zum ersten Mal, okay?" Arthur ist eingeschnappt. Was ich allerdings auch verstehen kann.

Um die Lage etwas zu entspannen, lege ich Arthur – ganz Mediatorin, die ich war und bin – kurz die Hand auf die Schulter. „Das wissen wir! Entschuldige bitte, Fabian hat das sicher nicht so gemeint." Ich lächle Arthur so gewinnend an, wie ich dazu gerade in der Lage bin. „Also, ich schlage vor, ihr beide fahrt jetzt zu Ben in die Rechtsmedizin und schaut, ob er inzwischen vielleicht irgendetwas weiß, das uns weiterhilft. Vielleicht stand Aaron Darzi ja unter Drogen und hat das Terrarium selbst aufgehebelt." Ich weiß, wie schwach sich das anhört, aber die Möglichkeit besteht natürlich trotzdem. „Vielleicht hat er irgendwelche Drogen im Blut, die Wahnvorstellungen und … was weiß ich verursachen. Das ist wichtig, okay? Das müssen wir ausschließen." Ich sehe die beiden ernst an, und ich hoffe, sie kaufen mir mein unglaubwürdiges Geplapper ab. Dabei geht es mir in erster Linie nur darum, mich vor der Rechtsmedizin zu drücken. Die Räume, in denen Ben Mateus jeden Tag am Stiftsplatz Leichen untersucht, sind mir zuwider, ich kann es nicht oft genug wiederholen. Ich habe jedes Mal das Gefühl, gleich zusammenzubrechen, wenn ich vor einem seiner langen Stahltische stehe und auf die dunkelgrünen Laken herabschaue, die Ben dann mit sichtlichem Vergnügen lüftet, um mich zu schockieren.

Arthur und Peter grummeln etwas, dann nicken sie. „Und? Treffen wir uns wieder hier oder im Präsidium?", fragt Arthur.

„Ich denke, wir kommen ins Präsidium." Dann fällt mir ein, dass wir gar nicht wissen, wo wir Kai Raddatz' Frau finden. „Habt ihr eine Adresse von Anne Aitel? Ist sie zu Hause oder hat sie einen Job, bei dem sie jetzt ist?"

Peter Braun kramt einen jener Notizblöcke aus seiner Hosentasche, die ich auch bei Fabian immer wieder sehe. Er blättert sich durch mehrere Seiten Gekritzel, das noch krakeliger wirkt als das von Fabian. „Hauptstraße 431 in Königswinter. Ist eine Agentur. Gehört irgend so einem Werbefritzen. Die vertreten vor allem Schauspieler der B-Kategorie."

„B-Kategorie?", frage ich ahnungslos.

„Na, B-Promis halt. Die es grad so in die Vorabendserien bei VOX schaffen oder so. Oder sich bei *Schlag den Star!* zum Affen machen dürfen."

„Ich liebe das Showbiz!", seufzt Fabian, und ich muss lachen. Wir beide sind genau die richtigen, um den B-Promis und ihren Agenten einen Besuch abzustatten.

Kapitel 20

Margot:

Die Kulisse für einen deutschen Spielfilm aus den 1960er oder 1970er Jahren würde wohl nicht anders aussehen: Kleine, ein wenig vernachlässigte Häuschen, ohne Luft zwischen ihnen aneinandergebaut. Die Fassaden, zum Teil mit Stuck oder Putten verziert, wirken kleiner, aber auch freundlicher als in einer Großstadt: die Breite der Gasse, die Länge der Schaufenster, die Werbetafeln für Bäckerei und Café. Alles sieht so aus, als sei die Welt hier noch in Ordnung.

Soweit der erste Eindruck. In Wahrheit ist die Kriminalität hier genauso hoch wie in anderen Kommunen des Rhein-Sieg-Kreises. Vor ein paar Wochen hat Jörn Berg, unser Pressesprecher, die Jahreszahlen der einzelnen Gemeinden präsentiert, und da Fabian und ich beim Termin mit dabei waren, kann ich mich an ein paar Einzelheiten erinnern, die Jörn ziemlich eintönig vorgetragen hat. Es waren, wenn ich mich nicht irre, etwas weniger als 2000 Delikte insgesamt in Königswinter. Das ist tatsächlich besser als der Durchschnitt, aber auch nicht überragend gut. Die Zahl der Einbrüche stieg, und auch bei den Sexualdelikten ging es bergauf. Was aber zum Teil wohl daran liegt, dass die Definition, was ein Sexualdelikt ist, gesetzlich geändert wurde: Mittlerweile werden Belästigungen wie Grapschen dazugezählt, auch Exhibitionismus ist demnach ein Sexualdelikt. Berechtigterweise. Ich hätte als Schulkind auch einen Schock fürs Leben bekommen, hätte ich zum Beispiel an der Bushaltestelle oder vor einem Schaufenster den ersten nackten Mann meines Lebens sehen müssen.

Die Agentur, in der Anne Aitel arbeitet, heißt „Up 'n away!" Mit Ausrufezeichen. Das macht mir das Unternehmen bereits etwas unsympathisch. Ich stehe nicht auf Nachdruck ohne erkennbaren Sinn. Die Büros der Agentur haben wir am Ende der Fußgängerzone entdeckt, in einem kleinen, beige gestrichenen Häuschen aus den 70er Jahren, dessen einziges nennenswertes Merkmal es ist, einen schönen, ausladenden Erker im ersten Stock zu besitzen. Drinnen empfängt uns dunkelgrauer Teppichboden, helle, fast weiße Wände, funktionale, eckige Möbel, das übliche *new-modern-office*-Ambiente eben. Von irgendwoher erklingt leise Musik, anschließend beginnt eine Frauenstimme mit den „Nachrichten aus der Region".

Die Empfangsdame hinter einem dunkel polierten Holztisch, der bis auf ein Laptop und zwei Telefone absolut staubfrei und leer ist, frage ich nach Frau Aitel. Eigentlich ist die Empfangsdame eher ein Empfangsmädchen, denn wenn die Frau die 20 überschritten haben sollte, müsste ich mich arg täuschen. Auch wenn sie mit ihrer weißen Bluse und den straff in einem Zopf nach hinten gebundenen braunen Haaren versucht, etwas reifer auszusehen.

„Die Anne, ja, die müsste gleich hier vorne sein. Schauen Sie doch mal links in unseren *think tank*." Sie schafft es tatsächlich, in diesen unglaublich lächerlichen Begriff zwei Betonungen zu legen.

„Den was?", fragt Fabian ungläubig

„Unseren *think tank*." Sie schaut Fabian an, als sei er gerade aus einem Altenheim geflohen. „Sie können … auch … Konferenzraum sagen, aber der Chef spricht lieber von *think tank*, und das hat sich dann auch bei uns so … so eingespielt."

„Aha." Fabian wirft mir einen Blick zu, der genau das sagt, was ich denke. Was mich allerdings ein wenig wundert, da er ja zwei halbwüchsige Töchter hat, deren Wortschatz sich wahrscheinlich nicht wesentlich von dem der Empfangsdame unterscheidet.

„Vielen Dank, wir schauen dann mal, ob wir Frau Aitel finden." Damit schiebe ich Fabian vorwärts, ehe er eine weitere Frage stellen kann, die dem jungen Ding offenbart, dass wir beide aus einem anderen Jahrhundert stammen.

Ein heller Flur erstreckt sich über die nächsten acht bis zehn Meter, links hinter der Glasfront ist der angesprochene *think tank*, altertümlich auch Konferenzraum genannt. Die Jalousien in dem weiß gestrichenen Raum sind halb heruntergelassen, die Sonnenstrahlen erhellen gerade einmal die Hälfte des sicherlich vier Meter langen, blank polierten Kirschholztisches, der bestimmt ein Vermögen gekostet hat. Im Raum sitzt eine einzelne Frau an einem der mindestens zwanzig Chromstühle. Sie telefoniert und dreht uns den Rücken zu. Ich betrachte die abstrakten Gemälde an den Seitenwänden. „Bestimmt ein echter Bolko!", sagt Fabian, und wir beide lachen, weil uns das an einen jüngst vergangenen Fall erinnert.

Der Dorn im Türschloss kratzt unangenehm laut, als ich die Klinke herunterdrücke. Die Frau vor uns trägt ein blaues Sommerkleid. Sie blickt erstaunt zu uns hoch, als sie das Geräusch wahrnimmt. Auch hier ist aus einem unsichtbaren Lautsprecher die Nachrichtenfrau zu hören, im Augenblick spekuliert gerade jemand über den Ermittlungsstand der Bonner Mordkommission. Damit sind dann wohl wir gemeint.

Ich lächle die Frau an, die sich von ihrem Gesprächspartner verabschiedet und dann aufsteht. „Guten Tag, was kann ich für Sie tun?", fragt sie leise. Ihre großen Augen sind dunkel, die dunkelblonden Haare schulterlang und offen. Eine gut aussehende Frau in den Vierzigern, eine Mischung als Kelly Reilly und Heidi Klum. Zweifellos attraktiv, denke ich neidisch. Etwas älter als ihr Mann Kai Raddatz, der jetzt nicht mehr um seinen Job als Tierpfleger fürchten muss. Die Frau lächelt mich schüchtern an. Sie besitzt eine Anmut, die auf Männer sicherlich sehr anziehend wirkt.

Ich stelle Fabian und mich vor, ohne meinen Ausweis zu zücken. Sie wird erfahren haben, was oben am Drachenfels passiert ist, wenn sie mit ihrem Mann spricht, und warum sollte sie das nicht? Er wird ihr erzählt haben, welchen Tod Aaron Darzi gestorben ist.

„Frau Aitel, wir untersuchen den Todesfall oben im Echsengarten. Sie wissen darüber Bescheid, ja?"

Anne Aitel bietet uns einen Stuhl an und ich setze mich zu ihr. Fabian dagegen schlendert um den langen Tisch herum, betrachtet weiter die Gemälde und setzt sich dann langsam uns gegenüber. Aus der Karaffe mitten auf dem Tisch schüttet er sich ein großes Glas Wasser ein. Als er uns fragend anschaut, nicke ich und er füllt ein zweites, das er zu mir herüberschiebt. Anne Aitel möchte nichts trinken.

„Ja, wie sollte ich nicht?" Sie deutet auf ein Kästchen in der Zimmerecke, dem Lautsprecher, aus dem weitere Stimmen zum „Schlangenmord", wie er mittlerweile in den Medien genannt wird, zu hören sind. Sie schüttelt den Kopf. „Entsetzlich … ich … ich habe die Nacht kaum geschlafen. Der Aaron … ich weiß nicht, wie so etwas passieren konnte." Sie schaut mich offen an und ich glaube ihr, dass sie das gezeigte Mitgefühl nicht heuchelt.

„Das versuchen wir gerade herauszufinden, Frau Aitel, und … vielleicht können Sie uns dabei helfen."

„Ich?" Anne Aitel weicht zurück, als hätte ich ihr eine riesige Spinne vors Gesicht gehalten. „Wie sollte ich Ihnen dabei helfen können?" Ihre Stimme klingt tatsächlich erstaunt. Und vielleicht sogar ein wenig schrill.

„Ihr Mann hat uns gesagt, dass er nach seiner Spätschicht kurz nach 21 Uhr in Königswinter einkaufen gegangen und danach sofort nach Hause gefahren ist. Können Sie das bestätigen?" Das kann sie natürlich nicht, wie wir ja auch von ihrem Mann wissen, aber strategisch günstig ist es natürlich, sie in eine Verteidigungsposition zu manövrieren, indem wir sie etwas fragen, was sie automatisch in die Defensive drängt.

„Also, ich … haben Sie nicht mit meinem Mann …?" Sie wird tatsächlich rot, und zum ersten Mal kommt mir der Verdacht, dass der Grund, warum Anne Aitel die Chorprobe geschwänzt hat, männlich sein könnte. Fast hilfesuchend schaut sie mich an. „Ich war ja gar nicht zu Hause, ich war doch bei der Chorprobe. Ich singe in einem Frauenchor, und wir haben–"

Es ist Zeit, zu unterbrechen. Die Frau ist mir sympathisch, und ich will nicht, dass sie uns Lügen auftischt, die wir schon im Ansatz erkennen. Einfach, weil wir es besser wissen. Oder die Wahrheit genauso gut kennen wie sie.

„Frau Aitel, ehe Sie jetzt weiter über Ihren Chor sprechen: Wir wissen, dass Sie dort singen, aber wir wissen auch, dass Sie zumindest vorgestern Abend dort nicht gesungen haben." Ich schaue sie streng und prüfend an. „Sie haben sogar bei Ihrer Chorleiterin angerufen und gesagt, dass Sie keine Zeit haben, zu kommen. Dass Sie verhindert sind, wobei Sie den Grund dafür nicht genannt haben. Also, wo waren Sie?"

Meine Menschenkenntnis sagt mir, dass die Frau nichts mit dem Tod von Aaron Darzi zu tun hat, auch wenn sie gerade versucht, uns anzulügen, aber ausschließen aus dem Kreis der Verdächtigen können wir sie aufgrund meiner wunderbaren Intuition natürlich auch nicht.

Als sie gerade antworten will, stürzt eine von Anne Aitels Kolleginnen in den Raum. „Anne, der Pastewka ist am Telefon, kannst du mal kommen?"

Frau Aitel schaut mich hilfesuchend an. Ich blicke zu der Kollegin und mein Blick sagt ihr hoffentlich, dass ich solche Störungen während eines Gespräches üblicherweise nicht dulde. „Fragen Sie Herrn Pastewka, ob es dringend ist. Wenn nicht, dann ruft Frau Aitel in zehn Minuten zurück. Und jetzt machen Sie bitte die Türe wieder zu und stören uns nicht, ja?" Meine Stimme wird schneidend und die Kollegin verlässt eingeschüchtert den Raum. Ich hoffe, dass Herr Pastewka etwas Geduld aufbringt und sich auch in zehn Minuten mit Frau Aitel unterhalten wird.

„Also, wo waren Sie vorgestern Abend?"

Außer dem Gluckern, mit dem Fabian sich ein weiteres Glas Wasser einschenkt, gibt es kein Geräusch im Raum. Ich betrachte die Frau, die nicht weiß, was sie sagen soll. Was darf sie zugeben, was nicht? Welche Konsequenzen hat es für sie, wenn sie die

Wahrheit sagt? Wie ein beim Abschreiben erwischtes Schulkind schaut die Frau erst auf ihre Knie, auf ihre Hände, schließlich zu mir. „Können wir das vertraulich … ich meine, wird mein Mann davon erfahren?“ Gequält schaut sie mir nun ins Gesicht und ihre dunklen Augen schwimmen in Tränen. Jetzt erinnert sie mich an Audrey Hepburn, das zerbrechliche Reh.

Ich schaue sie an und seufze: Natürlich, das alte Spiel … Treue und Untreue. Wobei ich dem Spruch, dass Treue in erster Linie keine Frage des Charakters, sondern der Gelegenheit ist, vollkommen zustimme. Denn jemand, der hässlich ist wie die Nacht, kann sehr leicht treu sein, sollte sich seiner oder ihrer endlich jemand erbarmen. Ein attraktiver Mensch dagegen, ob Mann oder Frau, bekommt sehr viel mehr Angebote und Möglichkeiten, ist wesentlich mehr Versuchungen ausgesetzt als ein weniger attraktiver, und muss ihnen widerstehen. Oder eben auch nicht. Deswegen sind die eher begrenzt gut aussehenden Damen und Herren, die Untreue als Charakterschwäche verurteilen, meiner Ansicht nach nicht allzu ernst zu nehmen. Es ist so, als würde ein katholischer Priester über guten Sex sprechen. Vorausgesetzt, er lebt den Zölibat.

Ich lächle sie gütig an, ganz katholischer Priester. „Das kann ich Ihnen leider nicht hundertprozentig versprechen, Frau Aitel. Aber wenn es nicht notwendig ist, dann bleibt das hier vertraulich.“ Ich schaue kurz zu Fabian, der nickt. „Aber wenn es für die weiteren Ermittlungen relevant oder wesentlich sein sollte, muss das natürlich festgehalten werden.“

Sie seufzt und knetet ihre Hände. „Also, ich … ich habe da jemanden kennengelernt. Und … und bei diesem Mann war ich vorgestern Abend.“ Sie spricht so leise, dass ich sie kaum verstehen kann. Die Finger ihrer Hände prüfen unentwegt den Saum ihres Kleides.

„Wie heißt der Mann?“, frage ich.

„Müssen Sie das wissen?“ Sie scheint die Frage tatsächlich ernst zu meinen.

„Natürlich müssen wir das wissen, was denken Sie denn?“ Ich höre, wie Fabian seinen Notizblock zückt und wartet, dass sie weiterredet.

„Also … er arbeitet beim Fernsehen. In Bonn. Und: Er … er ist auch verheiratet. Wir haben uns vor einem knappen Jahr kennengelernt … bei einer Gala in der Oper. Von Hirschhausen, irgendeine Spendenaktion … Auf jeden Fall … ja …“ Sie seufzt in Erinnerung an diesen sicherlich sehr schönen, aber, wie sich spätestens jetzt herausstellt, auch sehr gefährlichen Abend. „Da habe ich ihn kennengelernt.“

„Und wie heißt der gute Mann?“, fragt Fabian mit einem ersten Anflug von Ungeduld. Ich denke daran, dass Fabian bis vor kurzem selbst eine Affäre hatte, er sollte also schön ruhig sein.

„Vince. Vince Müller. Er ist Autor für Phoenix. Ja, und … und irgendwie … ja, also, wir treffen uns ab und zu … und vorgestern Abend eben auch ...“

„Wie können wir Ihren … wie können wir Herrn Müller erreichen? Und wo haben Sie sich vorgestern getroffen? Und von wann bis wann?“ Fabian kritzelt bereits eifrig in seinen Block.

Anne Aitel hält den Kopf gesenkt, fast züchtig schaut sie in ihren Schoß. Mit den Fingerspitzen spielt sie weiter am Saum ihres Kleides, verlegen, ertappt, voller schlechtem Gewissen. „Wir haben uns gegen acht Uhr getroffen, im Kameha Grand. Das ist in Ramersdorf neben–“ Sie hält inne, als ihr bewusst wird, was sie sagen will. Genau: Das Kameha liegt in unmittelbarer Nähe des Polizeipräsidiums. „Ach, Sie kennen das ja sicher.“

Ich nicke. „Und wie lange waren Sie dort? Und kann das jemand außer Ihrem Freund bezeugen? Ein Kellner? Oder haben Sie jemanden an der Bar getroffen oder so etwas?“

„Nein.“ Sie unterdrückt ein wohl eher verzweifeltes Lachen. „Es ist ja der Sinn, dass man eben niemanden trifft, den man kennt.“ Dann fängt sie sich wieder. „Ich mochte da auch gar nicht hin, es ist so nah an unserem Wohnort. Da kann immer jemand sein, der einen kennt, deswegen gehe ich lieber–“ Wieder hält sie inne, weil sie wohl erkennt, dass sie gerade dabei ist, uns das 1 x 1 des Fremdgehens zu erklären.

„Geben Sie uns bitte die Mobilnummer von Herrn Müller und wo wir ihn jetzt finden können, ja?“

„Muss das wirklich sein? Ich meine, Vince ist auch–“

„Frau Aitel, ich denke mal, solange es keine Bedeutung für unseren Fall hat, ist das Ihre Privatangelegenheit, aber das entscheiden dann wir, ja?“

Zögernd nickt sie und nennt uns eine Adresse in Friesdorf, dazu eine Mobilnummer. Fabian notiert das Gesagte und beginnt zu telefonieren. Wenig später hat er Peter Braun am Apparat, der sich sofort von der Rechtsmedizin, wo ihn Fabian erreicht, aufmacht, um Richtung Godesberg in den Langen Grabenweg zu fahren. Wir bleiben solange bei Anne Aitel, um sicherzugehen, dass sie ihren Liebhaber nicht warnt.

Nach einer Viertelstunde Wartens meldet sich Peter. Er sagt, es sei vollkommen zwecklos, jetzt Richtung Godesberg zu fahren, es gebe zwei Unfälle mit Radfahrern auf der B9, alles würde sich stauen. Deswegen habe er mit Müller telefoniert und der habe Frau Aitels Angaben und damit ihr Alibi bestätigt – auch, wenn das noch nicht definitiv heißt, dass die beiden nichts mit Aaron Darzis Tod zu tun haben. B&B werden noch beim Kameha Grand nachfragen, aber ich denke, diese Spur wird sich erledigt haben.

Fabian und ich verabschieden uns und hinterlassen eine verängstigte schöne Frau. Zu viel Anmut und Sinnlichkeit ist auch nicht gut, denke ich, als ich sie betrachte. Aber tröstlich finde ich das trotzdem nicht.

Kapitel 21

Margot:

Ich möchte noch einmal persönlich mit Kai Raddatz sprechen. Auf Gesprächsprotokollen, die wir anfertigen, kann ich keine Gefühlsregungen erkennen, der Befragte bleibt zweidimensional, die Intuition, die man möglicherweise während einer persönlichen Begegnung bekommt, kann beim Lesen eines Protokolls gar nicht aufkommen. Fabian und ich wollen von Raddatz wissen, aus welchem Grund er gestern Morgen nicht die Frühschicht im Reptilienzoo übernommen hat, warum er den Dienst mit Aaron Darzi getauscht hat und auf wessen Initiative hin das geschehen ist. Auf die von Aaron hin oder auf seine? Außerdem hätte ich gerne gewusst, ob Kai Raddatz Geldsorgen hat, ob er seinen Job deswegen dringend behalten muss. Kurz kommt mir sein Auto (ein BMW?) in den Sinn, mit dem er am Tag nach dem Todesfall den Berg heraufgeprescht ist und uns beinahe überfahren hätte.

Wir finden den Pfleger am Ende des Ganges, an dem die Besucher einen freien Blick auf die kleineren Krokodile hinter der Glasscheibe haben. Ihre spitzen Mäuler sind alle in unsere Richtung gereckt, was aber daran liegt, dass Kai Raddatz den Tieren tote Mäuse zuwirft.

„Wo bekommen Sie die ganzen toten Tiere her?“, frage ich, weil ich unsere Begegnung unverfänglich beginnen möchte. Im hinteren Bereich habe ich nicht bemerkt, dass Gaby Rosenberg außer den Kaninchen noch weitere Tiere hält.

„Müssen Sie die Chefin fragen!“, kommt es unwirsch aus seiner Richtung. Raddatz hat uns nur einen kurzen Blick zugeworfen, als wir um die Ecke gebogen sind, jetzt widmet er sich wieder der Reptilienfütterung. Mit halb geöffneter Schnauze warten die Krokodile auf die nächsten Happen. Die Mäuse, die durch die Luft fliegen, berühren nicht mehr den Boden, die Krokodile fangen sie alle im Flug und schlingen sie hinunter.

„Herr Raddatz, warum haben Sie und Aaron Darzi den Dienst getauscht? So dass Sie gestern Morgen nicht die Frühschicht gemacht haben, sondern er. Von wem kam der Vorschlag?"

Raddatz hält mit dem Mäusewerfen inne und starrt Fabian ungeduldig an. „Mann, das hab ich doch alles schon Ihren Kollegen gesagt. Der Aaron wollte das, keine Ahnung warum, vielleicht hatte er einen Arzttermin oder was weiß ich. Auf jeden Fall kam das nicht von mir. Das hab ich auch Ihren Kollegen gesagt. Und die Chefin kann das wahrscheinlich auch bestätigen, weil Aaron mit dem Vorschlag erst kam, als er das mit ihr abgesprochen hatte. Aber Frau Rosenberg macht da auch kein Gewese drum, die weiß, dass wir beide unsere Arbeit gut erledigen, egal, ob in der Früh- oder Spätschicht." Wieder wirft er eine Handvoll Mäuse zu den wartenden Krokodilen.

Ich betrachte den Mann: Er wirkt sehr sportlich in seinem blauen Shirt und der Safarihose mit den ungefähr zwanzig Taschen und Laschen. Durch und durch wie ein Abenteurer. Ich frage mich, warum Anne Aitel fremdgeht. Aber dafür gibt es ja wohl immer Gründe, und verstehen können sie meist nur diejenigen, die fremdgehen.

„Trotzdem hätten Sie sich ja bald einen neuen Job suchen müssen, oder?", frage ich. Eine Maus landet jetzt doch im Wasserbecken vor den Krokodilen, und eines der Tiere taucht blitzschnell nach vorne und verschlingt das weiße Fellknäuelchen noch unter Wasser. Diese Tiere sind so unglaublich schnell, dass sie einfach faszinierend wirken, egal, was man sonst von ihnen hält.

Mit einem Stirnrunzeln betrachtet mich Kai Raddatz. „Wie meinen Sie das?", fragt er, und er wirkt tatsächlich überrascht, was mich allerdings verwundert. Hat Frau Rosenberg doch noch nicht mit ihren Pflegern über die gekürzte Stelle gesprochen?

„Was glauben Sie, wie wir das meinen? Ist doch ganz einfach: Ihre Chefin wollte sich von einem ihrer beiden Pfleger trennen, und Sie haben den Kürzeren gezogen. Ende des Monats wäre

Schichtende gewesen." Ich lache ihn verächtlich an. „Jetzt tun Sie mal nicht so überrascht!"

„Ich tue nicht überrascht, hören Sie, ich bin es!" Raddatz wird etwas lauter und ich freue mich, dass ich ihn aus der Reserve gelockt habe. Er schaut uns noch einen Augenblick böse an, dann fliegen die letzten toten Mäuse durch die Luft. Der leere Eimer landet mit einem lauten Scheppern auf dem Boden. „Hören Sie, der Aaron und ich, wir haben uns gut verstanden, wirklich gut." Kurz starrt er auf den Boden vor sich, dann wieder zu uns. „Und noch was: Zum einen wusste ich gar nicht, dass ich meinen Job angeblich verlieren sollte. Wenn das überhaupt stimmt und nicht nur so ein mieser Trick von Ihnen ist, um mich aus der Reserve zu locken. Und zum anderen: Wenn ich das gewusst hätte mit dem Job, wäre das sicherlich kein Grund gewesen, den Python rauszulassen. Halten Sie mich für so … so … niederträchtig? Dass ich einen Kollegen töte, nur um meinen Job zu behalten?" Er tippt sich mit einer Hand an die Stirn. „Wenn Sie das denken, dann sind Sie wirklich nicht mehr zu retten! Ich meine, wer kann schon auf eine so blöde Idee kommen? Ein Python als Mordwerkzeug. Der bewegt sich doch kaum! Dass der den Aaron tatsächlich angegriffen hat, das ist so was … so was von einem Zufall, das gibt's eigentlich gar nicht."

Ich gehe nicht auf seine Beleidigung ein, sondern versuche zu erkennen, ob die Empörung des Mannes gespielt ist oder nicht. Ein kurzer Blick zu Fabian verrät mir, dass wir wieder einer Meinung sind: Der Mann lügt nicht. Zwar profitiert er vom Tod seines Kollegen, aber mit dem Mord hat er meiner Ansicht nach nichts zu tun.

Auf dem Weg zurück zu Fabians Cherokee kommt uns eines der Fernsehteams entgegen, die mir schon bei unserer Ankunft aufgefallen sind. Drei Übertragungswagen stehen auf Höhe des Wegekreuzes unterhalb der Nibelungenhalle, auf dem Dach der Kleintransporter suchen metergroße Satellitenschüsseln nach dem besten Empfang.

Direkt hinter dem Absperrband, das das Areal der Tennishalle samt Echsengarten von der Straße trennt, erwartet uns eine junge Dame. Ohne sich vorzustellen oder mich zu fragen, ob ich gewillt bin, ihr überhaupt irgendeine Auskunft zu geben, fragt sie mich: „Frau Kommissarin, wie ist der Stand der Ermittlungen?“

Schräg hinter ihr steht ein großer Kameramann mit Bürstenhaarschnitt, der seine Schulterkamera in meine Richtung hält. Ich sehe das Rotlicht leuchten und weiß, dass alles, was ich jetzt sagen werde, wahrscheinlich verwendet werden wird, egal ob ich das genehmige oder nicht. Manche Fernsehstationen kalkulieren eine entsprechende Strafe im Vorfeld bereits ein. Hauptsache, sie können ihren Zuschauern irgendetwas zeigen, entbehrt es auch jeglicher Substanz.

Ich bleibe stehen, obwohl ich merke, dass mich Fabian an der Frau vorbeiziehen will. „Wer sind Sie denn überhaupt, wenn ich fragen darf?“ Ich bleibe freundlich, lächle aber nicht.

„Esther Kord, WDR. Was können Sie uns zum Ermittlungsstand mitteilen?“ Sie ist eifrig, sie ist bemüht, wahrscheinlich hat sie selber eine Menge Druck, überlege ich in einem Anflug von Milde, und entscheide mich, ihr ein paar Worte zu sagen. Die Kollegen der anderen Stationen, die weiter um ihre Wagen herumlungern, Schatten suchen und dabei Kaffee oder Cola trinken, haben halt Pech.

„Frau Kord, im Augenblick können wir noch so gut wie nichts sagen. Wir gehen mehreren Spuren nach, mehreren Hinweisen, aber etwas Konkretes vermelden kann ich während der laufenden Ermittlung nicht, da bitte ich um Ihr Verständnis.“

„War der Tod des Pflegers denn ein Unfall oder ein Mord? Was können Sie uns bestätigen?“ Wieder hält sie mir dieses blaue Mikrophon vor das Kinn.

„Unsere Rechtsmedizin untersucht das Opfer zur Stunde, und die Ergebnisse dieser Untersuchung möchten wir auf jeden Fall abwarten.“

„Wann rechnen Sie denn mit ersten Ergebnissen?“

Ich überlege. „Das ist ganz schwer zu sagen, da möchte ich mich nicht festlegen."

„Eine persönliche Frage: Haben Sie so etwas schon einmal gesehen, nimmt Sie so etwas nicht auch persönlich mit?"

„Tatsächlich handelt es sich um einen außergewöhnlichen Todesfall, und die Umstände, unter denen der Mann hier zu Tode gekommen ist, sind ganz fürchterlich. Da muss ich leider in diesem Zusammenhang an die zunehmende Zahl von Menschen denken, auch bei uns hier, die sich Schlangen halten oder Großkatzen oder giftige Tiere wie Spinnen und Skorpione. Das kann sehr schnell sehr gefährlich werden, und die zunehmende Zahl der Unfälle zeigt, dass diese Tiere keine Haustiere sind."

„Aber die meisten dieser Tiere sind auch nicht sechs Meter lang, so wie dieser Python hier, oder?"

„Das stimmt", gebe ich zu. „Aber eine Würgeschlange muss nicht sechs Meter sein. Zwei, drei Meter reichen da vollkommen. Und wenn Sie kleine Kinder im Haus haben, dann kann die Schlange noch kürzer sein, um Ihnen gefährlich werden zu können. Diese Viecher gehören nach Asien oder sonst wohin, aber nicht hierhin."

„Auch nicht in einen Reptilienzoo?"

„Ich denke, dass die Tiere hier im Zoo auf jeden Fall gut aufgehoben sind. Die Besitzerin, Frau Rosenberg, ist ja quasi die Auffangstation für Menschen, die denken, sie müssten sich zu Weihnachten eine Schlange oder eine Spinne anschaffen, und dann zu Neujahr plötzlich alles langweilig oder ekelhaft finden. Ehe die Tiere dann eingeschläfert oder – das passiert auch – im Wald oder sonst wo entsorgt werden, schafft es Frau Rosenberg häufig noch, irgendwo etwas Platz zu finden. Schon allein deswegen halte ich diesen Zoo hier für notwendig."

Dabei belasse ich es. Beinahe hätte ich gesagt, dass der Riegel am Python-Terrarium aufgebrochen wurde, dass die freie Python also Folge eines Vorsatzes war, also nicht durch Nachlässigkeit freigekommen ist. Aber dann hätte ich den Medien neues Futter gegeben. Aus dem Unfall, den wir bisher nach außen thematisieren, wäre plötzlich Mord geworden, und die Schlange ein Mordinstrument. Von Blasierow hätte mich geköpft, wenn ich mich verplappert hätte.

„Frau Lukas, Sie ermitteln ja gleichzeitig auch noch in einem anderen Todesfall, Stichwort Oper-Parkhaus. Wie ist da der Stand der Ermittlungen?"

Ich atme durch. Die Frau ist wirklich hartnäckig. Mittlerweile haben sich zwei weitere Kollegen zu uns gestellt, die mir ebenfalls ihr Mikro unter die Nase halten. „Tut mir leid, auch zu diesem Fall kann ich nur sagen, dass wir verschiedenen Ansätzen nachgehen, aber aus ermittlungstaktischen Gründen darf ich im Augenblick dazu keine Stellung nehmen."

Ich nicke ihr zu und laufe Fabian hinterher, der ein paar Schritte vorgegangen ist. Ich sehe, dass er telefoniert und jetzt gerade das Gespräch beendet. „Komm, Margot, das war Ben. Wir müssen in die Rechtsmedizin. Es gibt was Neues."

Rechtsmedizin … prima, habe ich es also doch nicht geschafft, mich davor zu drücken.

Kapitel 22

Margot:

Wie so häufig, finden wir vor der Rechtsmedizin einen Parkplatz. Sind Bonns Parkhäuser auch häufig überfüllt, irgendwo findet man meist noch auf dem Stiftsplatz ein Plätzchen, den Wagen abzustellen. Die Dame an der Infotheke Rechtsmedizin lächelt mich an, als wir an ihr vorbei Richtung Untergeschoss gehen. Ich bin etwas irritiert, denn ich habe sie noch nie gesehen, soweit ich mich erinnere. Hoffentlich hat es sich nicht bis hier oben hin herumgesprochen, dass es eine Kriminalkommissarin gibt, die beim Anblick von Leichen jedes Mal beinahe in Ohnmacht fällt. Und dass ich diejenige bin.

Hinter der Milchglasscheibe eines der Autopsieräume bewegen sich mehrere Silhouetten. Ben Mateus ist bei der Arbeit. Fabian schiebt die schwere Stahltür auf, und ich erblicke unseren Rechtsmediziner im Gespräch mit B&B. „Das ging aber jetzt mal schnell!“, wundert sich Kollege Arthur Bierganz, und ich weiß nicht, ob das sarkastisch sein soll oder nicht.

Die drei stehen vor einem der langen Stahltische, auf dem Tisch liegt ein Körper unter dem dunkelgrünen Laken. Der Geruch nach einer Mischung aus Blut und Reinigungsmittel lässt meine Knie weich werden. Die anderen beiden Seziertische sind leer und so sauber, dass sie von meiner Position aus wie Spiegel wirken.

„Gut, dass ihr kommt!“, sagt Ben. Das sagt er eigentlich immer. Genauso wie „Komm näher, Margot!“ Auch das höre ich jetzt und mir bleibt nichts anderes übrig, als mich zu fügen und zu den Kollegen zu gehen.

„Liebe Freunde. Ich habe zwei Ergebnisse zu verkünden.“ Falls ich es noch nicht erwähnt habe: Ben Mateus ist ein Freund kurzer Sätze. Einschübe und mehr als einen Nebensatz habe ich von ihm während eines Gespräches noch nie gehört.

„Erstens: Aaron Darzi hatte keine Rückstände von Drogen

im Blut. Kein Schlafmittel, kein Beruhigungsmittel. Auch kein Amphetamin oder Meth. Nichts. Etwas Alkohol. 0,2 Promille. Im Magen des Toten haben wir Reste von Bier gefunden. Zweitens, und das ist das Außergewöhnliche: Dieser Mann ist nicht gestern Morgen gestorben. Dieser Mann hier ist etliche Stunden früher verschieden. Ich würde den Todeszeitpunkt auf circa 0 bis 2 Uhr festlegen." Damit schaut er Fabian und mich triumphierend an.

Zuerst bin ich verwirrt, weil ich das Gesagte nicht einordnen kann, dann beginne ich laut zu denken: „Das heißt, Aaron Darzi ist in der Nacht gestorben und nicht erst am Morgen, als sein Frühdienst begonnen hatte? Da war er schon lange tot?"

„Das ist richtig, Margot."

„Ja, aber was wollte er mitten in der Nacht im Zoo?", fragt Fabian und schaut zuerst mich, dann Ben fragend an.

„Diese Frage zu beantworten, ist eure Aufgabe, meine Lieben." Ben verschränkt die Arme vor der Brust und lächelt uns an, als würde er uns wünschen, dass die Beantwortung dieser Frage hoffentlich besonders schwer ist.

Konsterniert betrachte ich das dunkelgrüne Laken, unter dem sich die Umrisse der Leiche von Aaron Darzi abzeichnen. Ratlosigkeit erfasst mich. Warum ist Darzi mitten in der Nacht zu seiner Arbeitsstelle gekommen, obwohl sein Dienst erst fünf oder sogar sechs Stunden später begann? Das ergibt keinen Sinn.

„So ein Mist!", flucht Fabian. „Das heißt, wir müssen noch einmal völlig neu überlegen!"

Ich nicke ihm zu. Gleichzeitig frage ich mich, wie wir zwei vorsätzliche Tötungsdelikte gleichzeitig bewältigen sollen, ohne etwas zu übersehen; das ist schon fast fahrlässig. Zum ersten Mal kommt mir der Gedanke, dass uns von Blasierow absichtlich unsere Ermittlungen vor die Wand fahren lässt. Aber vielleicht sehe ich auch Gespenster, denn so viel Raffinesse traue ich ihm eigentlich doch nicht zu.

Fabian stupst mich leicht in die Seite. „Was ich mich jetzt natürlich frage, ist, warum uns seine Frau nicht erzählt hat, dass er bereits mitten in der Nacht weg war. Oder hat sie etwas in die Richtung gesagt und ich habe das nicht mitbekommen?“

Ich überlege kurz. „Nein, wir haben sie aber auch gar nicht in diese Richtung befragt. Wir haben ja mehr oder weniger nur die Todesnachricht überbracht. Davon, dass ihr Mann schon am Abend oder in der Nacht zur Arbeit ist, davon hat sie nichts gesagt. Daran hat sie sicher auch gerade nicht gedacht, als wir plötzlich vor ihr standen.“

„Kinder, wisst ihr was?“ Ben Mateus zückt eines seiner grauenhaften Instrumente, die neben ihm auf einer Art Buffetwagen liegen – ein überdimensionales Skalpell, das aber eine Art Sägeklinge besitzt. „Eure Mutmaßungen macht dann doch bitteschön draußen, ja? Ich habe nämlich zu arbeiten.“ Damit lüftet er das dunkelgrüne Laken vor sich, aber ich wende mich rechtzeitig ab, so dass mir der Anblick des toten Aaron Darzi erspart bleibt.

Kapitel 23

Zwischentakt

Dass Tarek Hamin verunsichert war, geschah selten. Nun war es passiert. Seit sein Freund Amir vor zwei Tagen im Parkhaus an der Oper ermordet worden war, wankte das Bild, das er sich vom Leben in dieser Gesellschaft gemacht hatte. Gewalt? Ja! Aber als derjenige, der sie ausübte, der sie verbreitete, nicht als derjenige, der sie einsteckte. Täter ja, Opfer nein! Sie waren diejenigen, die zuschlugen. Die anderen waren die, die bluteten! Und jetzt? Scheiße, Alda, Amir war tot! Tarek konnte es immer noch nicht glauben.

Gestern waren zwei Bullen bei ihm zu Hause aufgetaucht, hatten gefragt, wann er und sein Bruder Junis den Ermordeten zuletzt gesehen hatten und so weiter. Das übliche nichtssagende Scheißgelaber der Bullen, die von nichts eine Ahnung hatten und nur allen auf den Zeiger gingen. Die nervten nur, die blöden Wichser! Wie gut, dass sie allein in diesem Land waren. Wenn Tareks Vater das mitbekommen hätte ... Der hatte Amir nie leiden können. Der hätte ein Riesentheater veranstaltet und Tareks Handy für zwei Wochen eingefordert. Dabei war er sonst so ein Waschlappen! Wenn Tarek die Wahl hatte, so zu werden wie sein Vater oder wie Amir, dann würde er auf jeden Fall Amirs Weg wählen. Was hatte sein Vater denn schon erreicht? Ging jeden Morgen um sechs Uhr aus dem Haus, arbeitete als irgendeine Hilfskraft, die ausgenutzt wurde, und kam erst abends gegen sieben wieder zurück. So müde, dass er meist im Fernsehsessel einschlief, bevor ihm Tareks Mutter noch etwas zu essen machen konnte. Und wofür? Für weniger Geld, als Amir in der Woche verdiente. So sah es aus! Und nicht anders.

Tarek schaute aus dem Fenster auf den Bertha-von-Suttner-Platz. Der Hamburger vor ihm war kalt geworden. Allerdings schmeckte der Fraß auch warm nicht. Eines der Mädchen am

Nebentisch hatte sich umgedreht und starrte zu ihm rüber. Eine hässliche kleine Ziege mit Haarspange und einem Justin-Bieber-Shirt.

„Was los?“, raunzte er in ihre Richtung. Sollte er hier vielleicht Autogramme geben?

Das Mädchen lächelte. „Entschuldige, aber ich dachte, ihr esst kein Schweinefleisch?“ Dann drehte sie sich wieder zu ihren Freundinnen um und alle lachten, als habe die Kleine einen großartigen Witz gemacht.

Tarek verdrehte die Augen. „Ey, Kleine, hör ma.“ Er warf eine Fritte in ihre Richtung.

Das Mädchen drehte sich wieder zu ihm, das Gelächter war verebbt. „Was denn?“, fragte sie, jetzt schon nicht mehr ganz so forsch.

„In Hamburger ist Rindfleisch, du Dummkopf, kein Schweinefleisch, weißt du das nicht?“ Damit zog er die Nase hoch und hätte ihr den Inhalt am liebsten mitten ins Gesicht gespuckt, aber er wusste, dass ihn diese blöde Fresse von Filialleiter wieder beobachtete. Wie ein Hai lauerte der Typ schon einige Minuten hinter der Theke, sein rotes Hütchen auf dem Kopf, und schien nur darauf zu warten, ihn aus einem noch so blöden Grund rausschmeißen zu können.

Das Mädchen wurde rot und drehte sich weg. Jetzt lachte niemand mehr. Gut so. Wie doof waren diese deutschen Chicks eigentlich? Jeder Idiot wusste, dass in Hamburgern Rindfleisch war. Und wenn schon: Er aß auch Schweinefleisch. Obwohl das sein Vater nicht gerne sah. Aber warum denn nicht? Dieser ganze Mist mit Halal und Haram, meine Fresse, wen juckte das? Das war Gequatsche aus dem Mittelalter, das galt doch längst nicht mehr.

Amir hatte immer gesagt, er glaube nur an sich selbst, an niemanden sonst. Und genau das war es. Kein Allah, kein Gott, kein was-auch-immer hatte ihm geholfen, als er zusammen mit Amir und Junis fast verdurstet war in dem Boot. Und als sie beinahe gekentert waren, weil die Luft in dem Drecksding immer weniger wurde und –! Ach, Scheiß drauf, das war Vergangenheit. Er war hier und ihm konnte keiner was! Keiner! Oder doch?

Dass Amir tot war, richtig tot, nicht so wie im Fernsehen oder auf der Konsole, sondern richtig erstochen, Mann, das konnte doch einfach nicht sein! Wo war da der Sinn? Welches Arschloch tat denn so was? Tarek wusste nicht viel von Amirs anderen Freunden, seine Dealerclique hatte er Tarek und Junis mehr oder weniger vorenthalten. Wahrscheinlich hatte er Angst gehabt, dass Tarek selbst Kontakte knüpfen und ihm dann irgendwann das Geschäft vermasseln würde. Da war Amir ein Arsch gewesen, nur auf seinen eigenen Vorteil bedacht, sogar seinen Freunden gegenüber. Na ja, das war jetzt vorbei.

Vielleicht sollte er die nächsten Tage mal bei der Schule in Beuel vorbeigehen. Tarek dachte an Amirs alten BMW und daran, dass so ein Auto ja schon mal ein Anfang sein könnte. Ein paar Drogen verticken, Leute anquatschen, Mann, das konnte er auch. Da hatte er keinen Schiss vor, warum auch? Aber verdammt, in was war Amir da reingeraten? Vielleicht war es doch keine so gute Idee gewesen, sich mit diesen Deutschen einzulassen. Die taten immer so korrekt, aber dieser eine Kerl, den Tarek einmal mit Amir gesehen hatte, ein Bursche mit einer protzigen Uhr … der war ihm nicht geheuer gewesen. Der hatte so komisch geguckt, so emotionslos. Der Typ hatte ihm … nein, keine Angst gemacht, aber Tarek hatte sich unwohl gefühlt, als er den Kerl gesehen hatte. So einen wollte man nicht unbedingt als Feind haben. Auch wenn es ein Deutscher war.

Tarek schmiss eine Fritte in seine Cola. Winzige Kohlesäurebläschen saugten sich wie hungrige Piranhas fest und zerplatzten. Scheiße, und jetzt? Ohne Amir? Noch zwei Stunden, ehe Junis kam. Sein kleiner Bruder hatte tatsächlich ein Chick aufgetan, mit dem er länger als zwei Tage zusammengeblieben war.

Ein Gesicht draußen an der Fensterscheibe, das ihn länger zu betrachten schien als ein vorbeigehender Passant. Tarek schaute hoch. Aber die Person war weitergegangen. Tarek reckte den Hals, aber draußen stand niemand mehr vor dem Fenster. Kein Wunder, dazu war es auch viel zu heiß.

Kapitel 24

Margot:

Fabian und ich biegen in die Zipperstraße, bis es rechts in die Adrianstraße geht. Wir müssen noch einmal mit Aaron Darzis Witwe sprechen. Die Frau hat bei unserem ersten Zusammentreffen nicht erwähnt, dass ihr Mann schon am späten Abend Richtung Echsengarten aufgebrochen ist und nicht erst am frühen Morgen, also zu seinem regulären Dienstbeginn. Aber wie ich bereits erwähnt habe: Im ersten Gespräch mit ihr ging es ja in allererster Linie nur darum, ihr schonend vom Tod ihres Mannes zu berichten.

Der kleine verdorrte Vorgarten ist weiterhin übersät mit Kinderspielzeug. Ich habe den Eindruck, dass noch ein paar bunte Decken und Bausteine dazugekommen sind. Wieder fällt mir auf, dass die Grillen hier besonders laut zirpen. Vielleicht liegt es daran, dass viele der kleinen Vorgärten nicht gemäht sind, so dass die vertrockneten Gräser und Sträucher zum Teil meterhoch stehen. In der Ferne ist ein Martinshorn zu hören. Laut General-Anzeiger ist die Zahl der Kreislaufzusammenbrüche durch das heiße Wetter in den vergangenen Tagen stark angestiegen. Vor allem ältere Menschen sollen betroffen sein.

Wir klingeln an der Haustür. Von drinnen nähern sich kurz darauf Schritte. Das Klacken erinnert an Pfennigabsätze, an schöne, rote Schuhe, und mir kommen dünne Riemchen eines teuren Frauenschuhs in den Sinn, warum auch immer.

Yasmin Darzi öffnet die Tür. Sie trägt ein luftiges rotes Kleid, so kurz, dass ihre braunen, muskulösen Beine gut zur Geltung kommen. An ihren Füßen sehe ich tatsächlich teuer aussehende Damenschuhe mit hohen Pfennigabsätzen. Allerdings sind die Schuhe nicht wie in meiner Vision rot, sondern glänzend goldfarben. Die Frau scheint überrascht und zögert für wenige Sekundenbruchteile, dann bittet sie uns herein. Ich halte Ausschau nach ihrer kleinen Tochter, aber die ist nicht zu sehen oder zu hören. Möglicherweise ist die Kleine noch in der Kita, obwohl wir schon Nachmittag haben. Aber es liegt meiner Meinung nach viel zu häufig im Trend bei Eltern, sich Kinder anzuschaffen, um sie dann, wenn sie gerade einmal ein Jahr alt sind, für acht Stunden und mehr in ein Tagesheim zu stecken. Ich frage mich dann immer, welche Bindung solch ein Kind zu seinen Eltern aufbauen soll. Wir werden sehen …

Yasmin Darzi führt uns erneut in das helle Wohnzimmer. Die breite Fensterfront gibt den Blick frei auf einen grünen Rasen, der wahrscheinlich jeden Abend bewässert wird, anders ist die satte Farbe nicht zu erklären. Hier liegen keine Spielzeuge kreuz und quer verteilt. Rosensträucher begrenzen den Garten nach hinten zum nächsten Garten. In der Ferne erhebt sich der Ennertwald. Eine wunderschöne Aussicht für solch ein kleines Häuschen, finde ich.

Der Fernseher läuft, irgendeine Kochshow. Yasmin Darzi schaltet den Apparat aus, als wir uns setzen.

„Frau Darzi, wann haben Sie Ihren Mann zum letzten Mal gesehen?“, fragt Fabian unvermittelt.

Ich horche immer noch, ob ich die Tochter vielleicht oben spielen höre, aber alles ist still im Haus.

„Warum, ich meine, ist das wichtig?“ Sie beugt sich näher zu Fabian, als spräche er so leise, dass sie ihn anders nicht verstehen könne. „Haben Sie irgendetwas entdeckt?“

„Nein, wir müssen unsere Ermittlungen nur mit denen der … der Rechtsmedizin abgleichen, und deswegen ist die Frage wichtig. Also … wann haben Sie Ihren Mann zum letzten Mal gesehen?“

Bevor sie antwortet, schaut Yasmin Darzi lange aus dem Fenster. Entweder muss sie tatsächlich nachdenken, oder die Erinnerung an die letzte Begegnung mit ihrem Mann nimmt sie mehr mit, als ich bislang vermutet habe.

„Also, ehrlich gesagt, ich bin mir nicht sicher. Wir … wir haben mit der Kleinen zu Abend gegessen, und ich habe sie dann nach oben gebracht.“ Fast vorsichtig verrückt sie zwei Fernsehzeitschriften auf dem Wohnzimmertisch. Jeweils eine junge Frau mit großen Brüsten und schneeweißen Zähnen strahlt uns an. Seltsame Karrieren. „Ich … ich bin eingeschlafen neben Daileen, und als ich aufgewacht bin, war es schon dunkel. Das passiert mir häufiger. Ich wache dann irgendwann mitten in der Nacht auf und bin erst mal vollkommen desorientiert.“

„Aber dann sind Sie sicher in Ihr Bett gegangen, oder?“, frage ich.

„Ja“, sagt sie zögernd, „das stimmt. Ich bin dann rübergegangen. Ich hab die Tür zu Daileen aufgelassen, wie immer, dann war ich noch kurz im Bad. Und dann bin ich selbst ins Bett.“

„Und Ihr Mann? Lag der da auch noch im Bett oder war er schon weg?“

Wir sehen, wie sie sich windet, und ich weiß, was sie sagen wird.

„Also, Aaron und ich, also … Aaron schnarcht so stark, und seit einem halben Jahr schläft er unten.“

„Wo unten?“, frage ich verblüfft. „Im Keller?“

„Nein, hier auf der Couch. Er kommt ja meist auch spät, wenn er noch länger im Zoo bleiben muss, oder er muss halt sehr früh raus, so gegen fünf. Deswegen schläft er dann meist unten, und außerdem, wie gesagt, er schnarcht auch laut. Da kann ich dann häufig gar nicht schlafen.“

Sie sagt das so, als würden getrennte Betten einem Ehebruch gleichkommen. Dabei glaube ich, dass getrennte Betten im Gegenteil dazu führen, dass Ehen länger halten. Deswegen freue ich mich ja auch, dass Daniel so eigenständig ist und nicht einer jener Männer, die nach dem zweiten Date schon zusammenziehen wollen. Allerdings war Aaron Darzi ja erst ein Jahr mit seiner Frau verheiratet, und da sind getrennte Betten vielleicht doch ein Zeichen, dass nicht unbedingt alles stimmt. Zudem war er auch erst zwei Jahre in Deutschland, was darauf schließen lässt, dass er es ziemlich eilig hatte. Innerhalb zweier Jahre verheiratet – und ein Kind, wobei ich davon ausgehe, dass die Kleine möglicherweise nicht von ihm ist. Zumindest lässt das Kinderspielzeug im Vorgarten auf ein etwas älteres Kind schließen.

Fabian neben mir nickt, als hätte er die Erfahrung mit dem lauten Schnarchen auch schon bei seiner Partnerin gemacht.

„Das heißt, Sie haben Ihren Mann zuletzt beim Abendessen gesehen?", frage ich.

„Ja, also, stimmt. Als ich am Morgen runterkam, da war er … na, es war wie immer alles gefaltet, Kissen und Plumeau, so dass ich die Sachen nur wegpacken musste, und in der Küche hatte er sich eine Tasse Kaffee gemacht. Also … wie immer."

„Aber die Tasse Kaffee hätte er sich auch spätabends machen können, oder?" Fabian betrachtet Yasmin Darzi prüfend. Wahrscheinlich vergleicht er das Eheleben des Opfers mit seinem eigenen. Allerdings weiß ich nicht, ob Fabian nach seiner Affäre neulich besser dasteht als Aaron Darzi auf der Wohnzimmercouch, wir haben nicht mehr darüber gesprochen.

„Ja … ja, natürlich. Aaron hat immer Kaffee getrunken, morgens, mittags, abends. Ich kann das nicht, da könnte ich abends niemals einschlafen, aber Aaron …" Zum ersten Mal höre ich so etwas wie Trauer in ihrer Stimme. Allerdings passt diese Stimmung nicht so recht zu dem luftigen, tief ausgeschnittenen Kleid, das sie trägt. Und zu ihren Schuhen. Andererseits: Wie gut, dass die Zeiten vorbei sind, als Frauen mindestens ein Jahr lang nur schwarz tragen durften, wenn ihr Mann gestorben war. Und wir haben Yasmin Darzi ja nicht dabei überrascht, dass sie gerade eine große Party feiert.

„Das heißt, Ihr Mann kann das Haus also auch schon am späten Abend verlassen haben?" Ich merke, die Frau kann uns leider nicht helfen, anders als Fabian und ich gehofft haben.

„Ja, das stimmt. Wie gesagt, ich habe ihn nicht mehr gesehen, nachdem ich mit Daileen nach oben gegangen bin."

„Wo ist denn die Kleine jetzt?", frage ich, und es soll ahnungslos und gleichzeitig neugierig klingen.

„Na, in der Kita. Ich hole sie meist um vier ab." Sie schaut auf die schmale Armbanduhr an ihrem Handgelenk, als könnte sie diesen Termin gerade noch in ihre Tagesplanung quetschen. Tägliche Kinderlandverschickung.

Fabian und ich nicken wieder einträchtig. Wir beide sind die besten Kinderversteher. Und Elternversteher noch dazu.

Kapitel 25

Zwischentakt

Tarek Hamin stolziert durch die Wenzelgasse Richtung Marktplatz. Die Hitze des Tages staut sich in der engen Gasse. Kaum einer der Passanten schlendert, die meisten versuchen schnell im Schatten oder in einem Geschäft etwas Kühlung zu bekommen. Vielen ist anzusehen, dass sie schwitzen und sich in ihrer Kleidung unwohl fühlen. Ein mittelalter Mann mit Haarkranz hat sich sein Jackett über die Schulter geworfen und die vier oberen Knöpfe seines weißen Hemdes geöffnet, eine ältere Frau hat die Ärmel ihrer ohnehin kurzärmligen Bluse fast bis zu den Schultern hochgeschoben. Nicht mal mit Hitze können diese Deutschen umgehen! Allerdings kommt es Tarek in den Sommermonaten hier tatsächlich heißer vor als zu Hause in Damaskus. Er bemerkt die Blicke der anderen. Vor allem die Männer taxieren ihn misstrauisch, manche feindselig. Sie sind ein komisches Volk, diese Deutschen: Zutiefst verunsichert und gleichzeitig unterschwellig aggressiv. Tarek weiß nicht viel über den Holocaust, aber die Videos, die er zusammen mit Junis und Amir bei YouTube gesehen hat, haben ihn ziemlich fassungslos gemacht. Das war das erste, was er über die Deutschen gelernt hat: wie sie damals die Juden umgebracht haben, ganz systematisch und kalt. Perfekt organisiert. Das war schon brutal. Er hat nichts gegen Juden, aber auch sicher nichts für sie, sie sind ihm genauso egal wie die Deutschen oder die Griechen oder die Engländer. Aber die Deutschen sind seiner Ansicht nach das widersprüchlichste Volk. So still, so duldsam, so unscheinbar wie ein Häufchen Schießpulver. Aber wenn jemand den richtigen Funken daran hält, explodiert alles, da ist er sich sicher.

Auf dem Marktplatz bauen die ersten Beschicker ihre Stände ab. Tarek holt sich für einen Euro vier Äpfel. Der ältere, sehr müde aussehende Mann mit rotem Gesicht und grauen, verschwitzten Haaren reicht ihm lächelnd eine Papiertüte über die feilgebotenen Bananen und wünscht ihm einen schönen Abend. Tarek lächelt zurück. Manchmal können sie ja auch nett sein.

Mit Amir und Junis hat er oft drüben an der Rathaustreppe gesessen. Einfach nur dagesessen und den Tag zu Ende gehen lassen. Die Geräusche des Tages wurden anders, entspannter, mehr so wie zu Hause. Manchmal sind sie dann zu dritt ins Kino gegangen, das „Stern" war klein und gemütlich, und hier liefen gute Filme, außerdem gab es erstklassiges Popcorn. Genauso wie im WOKI unten am Bertha. Aber Kino ging nicht so oft, kostete zu viel Geld, und Amir, der immer mindestens zehn Scheine in der Tasche hatte, lud sie nur selten ein. Schon wieder denkt er an Amir. Amir! Scheiße, Mann, sein Freund war tot, wirklich tot. Plötzlich hat er wieder das Gefühl, beobachtet zu werden. Genauso wie eben, als er die kleine Göre am Nebentisch über die Eigenschaften eines Hamburgers aufgeklärt hat. Er bleibt stehen und dreht sich um, aber zwischen den Dutzenden Passanten, die ihm ausweichen und teilweise böse Blicke zuwerfen, kann er kein bekanntes Gesicht ausmachen. Er überlegt gerade, nach Hause zu fahren, da sieht er den Kerl, mit dem Amir Geschäfte gemacht hat. Diesen unheimlichen Buchhaltertyp, unscheinbar und böse, der ihn so merkwürdig angeguckt hatte, der Bursche mit der protzigen Uhr. Er steht oben auf der Rathaustreppe, vornübergebeugt, im Rücken die hohe Tür zum Alten Rathaus, und redet mit einem anderen Kerl. Blond, soweit er das sehen kann, weil der Blonde eine Baseballkappe verkehrt herum auf dem Kopf trägt. Die beiden lachen miteinander, sie benehmen sich, als würde das Rathaus ihnen gehören.

Tarek stellt sich hinter den Obelisken und beobachtet die beiden. Er mag diesen Rolex, wie ihn Amir immer nannte, nicht. Was, wenn der Kerl Amir auf dem Gewissen hat? Die vergangenen Stunden hat sich Tarek gefragt, welche Feinde Amir gehabt haben könnte, aber ihm war niemand eingefallen. Nur diese

Clique um Rolex. Aber was hat Amir gemacht, dass er dafür … umgebracht wurde?

Kurz wirft er noch einen Blick auf das Stern-Kino, dann geht er die Wenzelgasse zurück Richtung Bertha-von-Suttner-Platz. Es sind die letzten Meter, die Tarek Hamin in diesem Leben gehen wird.

Kapitel 26

Margot:

Ich brauche eine Pause! Fabian und ich haben deswegen am Café Breuer Halt gemacht. Ich habe Fabian gebeten, auf dem kleinen Parkplatz gegenüber zu parken, und jetzt sitze ich vor einem Stück Schwarzwälder-Kirsch und Fabian vor einer mächtigen Herrentorte. Um uns herum schläfert mich das Gemurmel der älteren Damen allmählich ein. Das Café Breuer ist über fünfzig Jahre alt, und ungefähr so alt wirken auch die Tischchen und Stühlchen. Aber alles ist gemütlich und liebevoll gestaltet, so dass ich mich zurücklehne und die Augen schließe. *Wo machen wir weiter?*, frage ich mich, besser noch: *Wo fangen wir überhaupt an?* Fabian kann mir da wahrscheinlich im Moment keine Antwort geben, er stopft die Herrentorte in sich hinein, als gäbe es ein zweites Stück gratis, wenn er das erste in weniger als drei Minuten verschlingt. Nun, das wird ihm auf jeden Fall gelingen, wenn er weiter dieses Tempo vorlegt.

„Fabian, mach langsam, bitte, ich möchte hier noch etwas sitzen." Er schaut mich an, als wollte ich ihm den Rest seines Kuchenstückes wegnehmen. Etwas irritiert betrachtet er meine Kirschtorte. Ich habe noch nicht einmal angefangen zu essen. Der Cappuccino in der großen geschwungenen Tasse aus Sissis Kaiserzeiten ist heiß und sahnig. Ich nippe vorsichtig und verbrühe mir doch fast die Lippen. Aber endlich mal kein lauwarmes Gesöff wie bei den To-go-Ketten.

„Schon gut, ich hab halt Hunger!", nuschelt Fabian und zuerst weiß ich nicht, was er meint. Aber es ist wohl nur die Antwort auf meine Feststellung, dass er nicht schlingen soll wie ein Wal.

„Na, bei Hunger ist Herrentorte natürlich genau das Richtige." Ich versuche einen zweiten Schluck Cappuccino. „Hauptsache, dein Cholesterinspiegel ist in Ordnung!", schulmeistere ich. Tut mir leid, manchmal kann ich mir diese Spitzen einfach nicht verkneifen. Frauen sind so, denke ich dann, wir müssen einfach ein bisschen bemuttern und glucken, das liegt wohl immer noch in unseren Genen – sogar bei einer Frau, die keine Mutter geworden ist.

„Ja, der ist top." Er grinst mich an. „Deswegen bestell ich mir gleich noch eins. Aber diesmal Erdbeer."

„Obst!", nicke ich anerkennend und applaudiere vorsichtig. „Du machst echt Fortschritte ... Obst und Vitamine! Ich bin stolz auf dich!"

„Sehr witzig." Eine ältere Dame mit unglaublich kurzen grauen Haaren möchte an einen der beiden Tische am Fenster und Fabian rutscht mit seinem Stuhl ein Stück nach vorne. Dabei schwappt der Kaffee in seiner Tasse etwas über, was er aber nicht bemerkt. Ich reibe mir über die Augen und merke, wie müde ich bin. Dann balanciere ich vorsichtig mit der Gabel ein Stückchen Kuchen zum Mund ... köstlich! Bei Schwarzwälder-Kirsch bin ich sehr verwöhnt, weil meine Mutter die zu Hause häufig samstags gebacken hat. Die hier ist nicht ganz so gut, aber sie kommt doch nah dran. Mir fällt ein, dass ich das Rezept zu ihrer Torte zu Hause bei mir in der Schublade liegen habe, und nehme mir vor, es die kommenden Tage zu suchen. Vielleicht fange ich ja bald an zu backen.

„Was meinst du, wen müssen wir näher unter die Lupe nehmen?", frage ich.

Fabians Blick wandert kurz zu der Dame mit den kurzen Haaren, die nun an einem der beiden Tischchen am Fenster Platz genommen hat, dann schaut er mich an. „Die Eingangstür war wahrscheinlich auch aufgebrochen. Das bedeutet, da wollte unbedingt jemand in den Zoo. Das grenzt die Zahl der Personen natürlich nicht grade ein. Das kann jeder gewesen sein, auch die Beschäftigten des Zoos, um eine falsche Spur zu legen."

„Ja, es kann natürlich trotzdem auch jemand sein, der im Zoo lebt, also jemand, der einen Schlüssel besitzt", ergänze ich, auch wenn ich nicht glaube, dass Gaby Rosenberg ihren eigenen Pfleger von einer Schlange hat erwürgen lassen. Ich erkenne kein

Motiv, auch wenn wir die Chefin des Echsengartens noch nicht eingehender befragt haben.

„Ja, aber zum Beispiel die Rosenberg …“, zweifelt Fabian und denkt wohl genauso wie ich. „Welches Motiv sollte sie haben?“

„Okay, wer bleibt dann, wenn es einer von intern sein könnte?“, frage ich und überlasse Fabian die Antwort, weil der Kuchen wirklich sehr gut schmeckt und ich gerade ein großes Stück esse.

„Na, wer wohl? Raddatz! Und, ehrlich gesagt: Ich finde diesen Kerl etwas zu smart. Okay, er benimmt sich nicht verdächtig, aber irgendwie … irgendwie traue ich ihm das zu.“

„Na ja“, sage ich ironisch, „das wird für eine Verurteilung aber wahrscheinlich nicht reichen.“

Fabian hat mit seiner Herrentorte gekleckert und versucht nun gerade mit dem Fingernagel, die Reste eines Schokokrümels von dem weißen Tischdeckchen zu kratzen.

„Jaja, ich weiß. Und dass er kein wasserdichtes Alibi hat, ist auch eher ein Punkt für und nicht gegen ihn. Trotzdem: Durch Darzis Tod behält er seinen Job, das ist ein Motiv, ein dickes!“ Damit lässt er Krümel Krümel sein und steckt sich den Rest Herrentorte in den Mund.

Die ältere Dame am Fenster winkt nach der Kellnerin, die aber weiter die Kundschaft vor der Kuchentheke bedient. Viele Kunden kommen hierher, um genug Kuchen für Geburtstage oder andere Feiern zu kaufen, hat mir eine der Bedienungen das letzte Mal gesagt, als ich sicherlich fünf Minuten warten musste, weil ein Mann den halben Laden leergekauft hatte.

„Ja, stimmt, aber warum so kompliziert?“, frage ich. Warum dieser qualvolle Tod? Als Rache? Wofür? Oder sind wir mit unseren Vermutungen auf dem völlig falschen Dampfer?

„Warum ist das kompliziert?“ Fabian schaut mich an. „Im Gegenteil. Das sieht nach Unfall aus, und er braucht nur mal eben vergessen, das Terrarium zu schließen.“

„Aber der Riegel war aufgebrochen“, erinnere ich ihn.

„Ja klar, aber wie gesagt: Wenn ich einen Schlüssel dafür hätte, würde ich den auch schön in der Tasche stecken lassen. Ist doch klar: Wenn am offenen Terrarium keine Aufbruchsspuren sind, musst du dafür einen Schlüssel haben, und dann ist sicher, dass es jemand Internes war."

„Stimmt!", räume ich ein. Der Cappuccino hat nun die richtige Temperatur und ich lehne mich zurück und schließe die Augen. *Raddatz?*, denke ich, *wirklich Raddatz?*

„Was ist mit Darzis Frau?", frage ich und schaue Fabian an. „Die schlafen nicht in einem Bett, sie weiß nicht, wann ihr Mann das Haus verlassen hat an diesem Abend." In Gedanken sehe ich wieder ihr Sommerkleid und die auffallend schicken Schuhe. „Und die Dame machte vorhin nicht wirklich den Eindruck einer zutiefst unglücklichen Witwe."

„Die ist vielleicht noch geschockt und hat das noch gar nicht realisiert", nimmt Fabian wie fast immer die weiblichen Verdächtigen in Schutz.

„Zugegeben, das ist ein bisschen dünn", seufze ich. „Lass uns gleich doch nochmal hoch fahren Richtung Drachenfels."

Jetzt schiebt sich die Bedienung an Fabian vorbei und die ältere Dame kann endlich ihren Kaffee bestellen. Und Fabian nutzt die Gelegenheit und bestellt sich tatsächlich noch ein Erdbeerstück. Ich verzichte auf eine weitere Kalorienbombe und nehme nur noch ein Mineralwasser.

„Ich denke, wenn uns jemand etwas über den Zoo und seine Mitarbeiter sagen kann, dann ist es die Chefin." Prüfend betrachte ich den Kuchenteller, der Fabian gerade serviert wird.

„Okay", lächelt er mich an, als stehe er kurz vor der Weihnachtsbescherung, „aber tu mir den Gefallen und lass mich bitte noch in Ruhe meine Vitamine essen, ja?"

Kapitel 27

Tarek:

Die Fußgängerampel zeigt rot. Tarek betrachtet die Farbe um Beethovens Kopf, dessen Schattenriss jeweils vor das rote und grüne Leuchtsignal gesetzt wurde. Eine kleine Erinnerung der Bonner Stadtverwaltung, dass wir uns in der Beethovenstadt befinden. Rat und Verwaltung lieben solche vermeintlich verspielten oder auch nur zutiefst fehlgeschlagenen Hinweise auf den großen Komponisten. Sei es mit dem Beethovenplatz hinter dem Bahnhof, der in erster Linie als Hundetoilette genutzt wird, oder auch der Beethovenskulptur, wie sie die Bonner ertragen müssen, wenn sie sich in der Nähe des Alten Zolls aufhalten. Dort steht ein von Markus Lüpertz scheinbar lieb- und gedankenlos zusammengepresstes Machwerk, das an den Versuch eines unter Alkohol stehenden Kindergartenkindes erinnert, aus Knetgummi ein außerirdisches Wesen zu verfremden. Aber es zeigt eindrucksvoll: Wenn auch diese Kunst tatsächlich von Können kommt, kann Kunst jeder!

Wer glaubt, dass Tarek nun auf die Straße geschubst wird, liegt … falsch. Zwar erfreut sich diese Art des feigen Mordes zunehmender Beliebtheit, aber gerade stößt niemand Tarek vor einen der kreuzenden Busse oder SUVs. Stattdessen spürt er, umringt von einem Dutzend Passanten, plötzlich einen heftigen Schmerz in der rechten Pobacke. Ein Stich wie von einer Wespe, vielleicht etwas weniger schmerzhaft. Erst vor einer Woche hatte ihn eines dieser Insekten zu Hause auf dem Balkon gestochen, nur weil er mit einem Handtuch auf das Vieh losgegangen war. Irgendwie hatte sich die Wespe zwischen dem Handtuch und seiner Hand verfangen, einen Sekundenbruchteil nur, und trotzdem hatte sie sofort zugestochen. Seine Hand war fast augenblicklich angeschwollen und er war ins Badezimmer gelaufen, wo Junis, der auf der Toilette saß und einen Comic las, heftig protestierte. Tarek hatte seinen Bruder nicht beachtet, nur vor sich hingeflucht und die Hand unter kaltes Wasser gehalten, bis der Schmerz etwas nachgelassen hatte.

Und fast genau solch einen Schmerz fühlt Tarek jetzt in seiner Pobacke. *Wieder so ein Mistvieh!,* denkt er, und wischt mit der Hand schnell über die Stelle, aber … da ist nichts. Stattdessen lässt der Schmerz jetzt nach, ebbt genau in dem Augenblick ab, als der Beethovenkopf grün wird. Gemeinsam mit den anderen Passanten setzt sich Tarek in Bewegung, wobei der Schmerz weiter abebbt. *Vielleicht doch keine beschissene Wespe!,* denkt Tarek erleichtert, *vielleicht nur irgendein verkacktes, schmerzhaftes Muskelticken.* Obwohl Tarek jetzt das Gefühl hat, als würde sein Kopf anschwellen. Auch sein Hintern fühlt sich taub an, vor allem die Seite, auf der er eben den Stich verspürt hat. Tarek will sich mit der Hand über die Stirn fahren, weil ihm plötzlich schummrig wird, aber sein Arm tut ihm diesen Gefallen nicht. Das Teil ist plötzlich derart schwer, dass er ihn unmöglich nach oben bewegen kann. Wie ein Fremdkörper fühlt sich der Arm an, taub, als habe ihm jemand ein Dutzend Mal mit einem schweren Buch darauf geschlagen. Tarek überquert die Gleise der Stadtbahn, leicht torkelnd bereits, und er nimmt die näher kommende Stadtbahn gar nicht mehr wahr. Sein Sehvermögen lässt nach, vibrierende Streifen kreuzen sein Sichtfeld, es ist, als erlebe er eine Fata Morgana. Auch das laute Schrillen der Bahn registriert er nicht. Eine junge Frau zieht ihn im letzten Moment vom Gleis, sonst läge er jetzt zerquetscht unter der Bahn.

Unwillig reißt sich Tarek los von der Frau, die er nur noch verschwommen wahrnimmt. Sie schaut ihn verblüfft und dann verärgert an. Unsicher überquert Tarek die Oxfordstraße, er stürzt fast über eine winzige Unebenheit im Straßenbelag, sein Sehvermögen lässt Sekunde um Sekunde nach, es ist, als liefe ihm andauernd Wasser ins Auge, so verschwommen ist plötzlich alles. Auch sein Gleichgewichtssinn ist nun beeinträchtigt, ruckartig zieht es ihn von links nach rechts und wieder zurück, das Atemholen fällt ihm schwer, und er zwingt sich, tief einzuatmen, aber er kann seinen Brustkorb nicht heben und beginnt zu japsen. Die Taubheit hat sich nun auch mehr und mehr auf seine Beine ausgebreitet. *Was ist das?*, denkt er noch, dann bricht er auf Höhe des WOKI schließlich zusammen. Seine gesamte Muskulatur verweigert jetzt den Dienst, und da die gesamte Muskulatur auch Tareks Atmung mit einschließt, verstirbt der Freund von Amir Essa und ältere Bruder von Junis Hamin wenige Minuten später qualvoll auf dem schmutzigen Pflaster des Bertha-von-Suttner-Platzes. Unter den teils neugierigen, zumeist aber abschätzigen und misstrauischen Blicken vorübergehender Passanten, die Alkohol- oder anderen Drogenkonsum am helllichten Tage schon immer für gefährlich gehalten haben. Dieser junge Mensch hier ist wieder einmal der lebende Beweis dafür!

(… äh … streichen Sie bitte das „lebende“!)

Kapitel 28

Margot:

Es ist später Nachmittag. Die Sonne steht immer noch hoch am Himmel, die Luft vibriert tatsächlich, sie flimmert dort, wo die Luft mit dem Boden oder etwas anderem in Berührung kommt. Manchmal kommt es mir fast vor, als stände ich neben einem großen Feuer – die Luft, die ich einatme, brennt in meiner Lunge. Mittlerweile haben wir uns an die Hitze gewöhnt, anders kann ich es nicht sagen Die Sommer hier sind nun zeitweise heißer als in Südeuropa. In Griechenland waren die Temperaturen zumindest nicht so hoch wie jetzt hier in Bonn.

Ich setze meine neue Sonnenbrille auf, eine schwarze Angeber-Ray-Ban und warte darauf, dass Fabian den Wagen aufschließt. Daniel hat mir die Brille kurz vor unserem Urlaub geschenkt, und ich weiß nicht, ob sie echt oder gefälscht ist. Fragen wollte ich Daniel nicht, das hätte ihn vielleicht in Verlegenheit gebracht. Aus dem Café habe ich mir ein Brot mitgenommen. Meist kaufe ich abgepacktes, weil ich es abends nicht rechtzeitig in eine Bäckerei schaffe, und jetzt freue ich mich darauf, den frischen Geschmack eines Brotes zu genießen, das aus keiner riesigen Fabrik kommt. Als Fabians Handy bimmelt, male ich mir gerade aus, zu Hause Quark mit frischem Schnittlauch anzurühren. Seinem bestürzten Gesichtsausdruck entnehme ich jedoch, dass aus dem Essen wahrscheinlich so schnell nichts werden wird.

Fabian beendet das Gespräch, lässt das Handy sinken und schüttelt den Kopf. „Langsam wird's unheimlich." Als ich nichts sage, ihn nur anschaue und warte, schüttelt er den Kopf. „Tarek Hamin ist am Suttner-Platz zusammengebrochen. Er ist zwar sofort in die Uni-Klinik gebracht worden, aber der Junge war wohl schon tot, ehe der Notarzt etwas machen konnte. Keine Chance auf Wiederbelebung." Er schaut mich an und sein Blick ist leer und müde.

„Unser Tarek?", frage ich ungläubig. Das kann nicht sein. Der

Freund von Amir Essa, auch wenn Tarek das abgestritten hat. Spätestens jetzt ist mir klar, dass die beiden in irgendetwas gesteckt haben, dass mindestens eine Nummer zu groß für sie gewesen ist – dass sie sich mit jemandem angelegt haben, der keine Gnade kennt. Augenblicklich sehe ich das alles analysierende Gesicht von Roland Hambitz vor mir.

„Ja, unser Tarek." Fabian wirft die Wagentüre wieder zu. „Verdammte Scheiße!" Er lehnt sich gegen den alten Jeep Cherokee, der leise protestiert. Konsterniert bleiben wir sicherlich eine Minute stehen, keiner von uns sagt etwas. Ich spüre nur die Hitze und denke, dass wir das allein nicht schaffen können.

Eine ältere Dame, die mit einem Kuchenteller und einer Tüte Brötchen beladen ist, schaut uns misstrauisch an, als sie zu ihrem Wagen geht. Ich höre, wie sie ihr Auto von innen verschließt, nachdem sie Brötchen und Kuchenteller hastig verstaut hat und eingestiegen ist. Ihre Augen beobachten uns noch, als sie vom Parkplatz fährt.

„Das ist zu viel für uns!", stelle ich sachlich fest. „Wie sollen wir das schaffen? Wir haben zwei, jetzt drei Todesfälle. Wie sollen wir das schaffen?" Jetzt bin ich doch lauter geworden.

Fabian schaut mich an, ohne etwas zu sagen. Er wirkt genauso müde wie ich. B&B unterstützen uns, aber die Hauptarbeit bleibt doch an uns beiden hängen. Zum ersten Mal habe ich das Gefühl, dass wir versagen könnten. Die Furcht, immer zu spät zu kommen und dann die entscheidenden Hinweise zu übersehen, ist größer als das Vertrauen in unser Können. Zumindest im Augenblick.

„Was ist da los, Margot?" Fabian sieht so erschöpft aus, als stände er vor einem Berg, den er nie und nimmer erklimmen könnte. Und ich habe keine Antwort. Zumindest noch nicht. Es macht den Eindruck, als habe jemand einen genau konstruierten Plan, nach dem er vorgeht. Und als fühle sich derjenige der Polizei haushoch überlegen, so dass er uns ignorieren kann. Das macht mir Angst. Wir setzen uns in den Jeep und fahren Richtung Bertha-von-Suttner-Platz.

Die Stelle, an der Tarek Hamin gestorben ist, ist weiträumig abgesperrt. Rot-weißes Flatterband hängt traurig in einem 10 x 10-Meter-Quadrat herab. Der Tatort selbst ist unter einem weißen Zelt verborgen, das die Kollegen aufgebaut haben, damit nicht jeder Idiot Fotos ins Internet stellen kann. Dutzende Neugierige stehen trotzdem staunend hinter dem Flatterband, aufgereiht wie die Besuchergruppen im Louvre, begierig darauf, vielleicht doch einen Blick auf etwas zu erhaschen, das sie nie und nimmer betrachten würden, wäre hier jemand aus ihrer Familie betroffen. Vier uniformierte Kollegen passen auf, dass keiner der Bluttouristen noch näherkommen kann. Fabian hält das Band für mich in die Höhe. Ich nicke einem der Kollegen zu, der mich erkannt hat, und Fabian und ich gehen auf den Pulk der Kollegen zu, die am Eingang des Zeltes stehen.

Ben Mateus ist wieder einmal schneller da als wir. Diesmal allerdings ist das kein Wunder, die Rechtsmedizin liegt rund 200 Meter entfernt auf der Rückseite des Häuserblocks. Dort, wo Tarek gelegen haben muss, ist nicht mehr viel zu sehen. Durchsichtige Plastikverpackungen zeugen noch von der Soforthilfe, wahrscheinlich hat der Notarzt Tarek etwas gespritzt, um ihn wiederzubeleben. Dass wir so früh informiert worden sind, ist reiner Zufall: Einer der Beamten, die zuerst hier waren, hat Tarek erkannt und war auch über die Geschichte des ermordeten Amir Essa informiert. Deswegen hat er sofort Fabian verständigt. Der Notarzt ist, als er Tarek untersuchte, wahrscheinlich zuerst von einem Kreislaufzusammenbruch ausgegangen, da haben auch die Einwände des Kollegen, der Fabian verständigt hat, nicht geholfen. Dem Notarzt ging es verständlicherweise zuerst darum, ob er oder die Ärzte in der Klinik Tareks Leben möglicherweise noch retten konnten. Ich betrachte die Menschen, die hinter der Absperrung stehen. Fotos der Zaungäste sind bereits gemacht, ich habe eben bei den Kollegen nachgefragt. Es bleibt mir unverständlich, was es hier jetzt noch zu sehen gibt. Kein Blut, keine Waffe, ja, nicht einmal einen Sarg. Aber die Anwesenheit des Todes, sei er auch schon weitergezogen, scheint für die meisten Menschen eine magnetische Wirkung zu haben. Als könnten sie so mehr über ihn erfahren, als seien sie dann besser gewappnet, wenn er auch vor ihnen steht.

Ich schaue zu Fabian, der sich einen Schweißtropfen von der Stirn wischt. Durch die Sonne ist seine Stirn und die kahle Stelle auf seinem Kopf rot geworden, und ich denke, dass er demnächst Sonnenschutzmittel benutzen sollte. Allerdings haben wir im Augenblick andere Sorgen: innerhalb von zwei Tagen drei Tote. Und eine wirkliche Spur gibt es in keinem der Fälle, nur eine Ahnung: Das Verhalten von Junis, seine zögerliche, stockende Art, als wir bei ihm und Tarek zu Hause waren und nach Amirs Freunden gefragt haben. Mehr denn je bin ich mir sicher, dass Junis etwas über das Motiv für Amirs Tod weiß. Und sollte er nun vom Tod seines Bruders erfahren, wird er möglicherweise panisch werden und sich verstecken, weil er befürchten muss, der Nächste zu sein. Wir müssen so schnell wie möglich zu ihm.

Fabian und ich verabschieden uns von den Kollegen und machen uns auf die Suche nach Junis. Zum zweiten Mal werden wir ihn schockieren, dieses Mal noch mehr als bei der Todesnachricht von Amir. Ich verdränge den Gedanken, wie wir ihm diese zweite Nachricht beibringen sollen.

Vom Handy aus erkläre ich Peter Braun, dass er und Arthur Bierganz so schnell wie möglich das Alibi von Roland Hambitz überprüfen sollen. Vielleicht versucht dieser Mensch, seine Hilfsdealer alle nacheinander auszuschalten. Aber was ergibt das für einen Sinn? Oder ein konkurrierender Dealer versucht, das Geschäft von Rolex zu zerstören. Aber auch das ist weit hergeholt, so gut wie niemand tötet skrupellos einen Menschen, nur um bessere Geschäfte zu machen. So etwas kommt, bis auf Ausnahmen, nur in Filmen vor. Außerdem sagte der Kollege der Drogenfahndung, im Augenblick seien alle Claims abgesteckt. Was also ist das Motiv für dieser Morde?

Kapitel 29

Margot:

Wir halten direkt vor Tareks und Junis' kleiner Mietwohnung in der Stiftsgasse. Es sieht so aus, als sei die Wohnung früher einmal ein Tante-Emma-Laden gewesen, anders kann ich mir die große Glasfront zur Straße hin nicht erklären. Wieder klingeln wir, wieder gehen wir über einen dunklen Flur nach rechts auf die Wohnung der beiden jungen Männer zu. Junis steht bereits in der halb geöffneten Tür und erwartet uns, im Hintergrund hören wir arabische Musik.

„Mein Bruder ist nicht da!" Ängstlich wirkt er, schmal und schüchtern fast, beinahe so, als wollten wir ausstehende Schulden eintreiben und dafür auch nicht vor verdrehten Fingern oder brechenden Knochen Halt machen.

„Das wissen wir!", sagt Fabian und schiebt die Türe weiter auf. In Türstehermanier geht er an Junis vorbei in die dunkle Wohnung. Ohne ein Wort folge ich ihm und Junis bleibt nichts anderes übrig, als hinter uns herzukommen.

Wieder sitzen wir in der kleinen, unaufgeräumten Küche, der Tisch voller Tassen und Gläser, auf dem Boden neben dem Mülleimer mehrere Pizzakartons. Auch zu dieser Tageszeit nimmt der Schatten der großen Kirche dem Raum das Licht, allerdings ist es dafür auch jetzt relativ kühl hier.

„Setz dich!", sage ich freundlich zu Junis, und der Junge nimmt zögernd an einem der vier Holzklappstühle Platz. Die arabische Musik ist weiter zu hören, aber sie stört mich nicht bei dem, was wir jetzt sagen müssen. Der Junge schaut uns abwechselnd an, und vielleicht ahnt er durch unser langes Schweigen, um was es geht.

„Junis, es tut mir sehr leid, aber dein Bruder … Tarek ist tot." Ich beobachte ihn, versuche ihm in die Augen zu schauen, aber sein Blick bleibt niedergeschlagen, irgendwo auf den Boden gerichtet.

Fabian stützt sich mit einem Ellenbogen auf den Tisch, auch er sagt kein Wort.

Ich bin auf sehr Unterschiedliches gefasst, wenn wir solche Nachrichten überbringen, auf Schreikrämpfe, auf Weinattacken, auf ungläubiges Staunen, auf Leugnen. Aber was mich am ratlosesten zurücklässt und mich gleichzeitig am meisten beunruhigt, ist das Schweigen mancher Hinterbliebener. Eigentlich sollte man meinen, dass Stille erträglicher ist als ein Schreikrampf, aber die Stille nach einer Todesnachricht ähnelt häufig der Welle nach einem Seebeben. Sie baut sich langsam auf, wird größer und größer, überschlägt sich und richtet am Ende großen Schaden an.

„Hast du das verstanden, was Frau Lukas gerade gesagt hat?" Fabian beugt sich vor und berührt Junis vorsichtig an der Schulter.

Der Junge schaut langsam hoch, dreht seinen Kopf zu Fabian und nickt zweimal. Noch immer sagt er kein Wort. Seine Augen sind dunkel und wirken leer.

„Junis", beginne ich vorsichtig, „kannst du mir irgendetwas sagen?" Ich warte auf eine Reaktion von ihm, aber er blickt wieder unter den Tisch, als würde dort ein kleiner Hund um ein Leckerchen betteln. „Junis, kannst du uns einen Grund nennen, warum das passiert sein könnte?" Ich warte einen Augenblick. „Was haben Amir und Tarek getan? In was sind sie da hineingeraten?"

Noch immer rührt sich Junis nicht. Fabian und ich schauen uns ratlos an.

„Was hat Tarek heute vorgehabt?", frage ich.

Nach zehn, fünfzehn Sekunden zuckt Junis fast unmerklich mit den Schultern. „Keine Ahnung, ich bin erst heute Mittag aufgestanden, da war er schon weg. Ich habe keine Ahnung, was er gemacht hat." Mit einer Hand spielt er mit einer Gabel, die auf dem Tisch liegt. Er dreht sie immer wieder um. Das Klackern macht mich nervös, aber ich unterlasse es, ihm das zu verbieten.

„Hast du Freunde, zu denen du gehen kannst?", frage ich stattdessen. Ich weiß, dass seine Eltern und Schwestern noch in Damaskus leben, Junis ist mit Tarek allein nach Europa geflohen.

„Jaja, alles gut", sagt er, obwohl das natürlich blanker Unsinn ist. Wieder habe ich den Eindruck, dass der Junge sehr viel mehr über die Morde an Amir und seinem Bruder weiß, als er uns gegenüber zugibt.

„Nein, Junis, gar nichts ist gut." Ich fasse ihn an der Schulter, und nun schaut er mich doch an, widerwillig zwar, aber immerhin. „Dein Bruder ist tot, Junis, und einer deiner Freunde auch. Sag uns, was da los ist, Junis! Wer verfolgt euch? Und warum? Ist es dieser … dieser Rolex? Macht der euch Ärger? Oder habt ihr ihm Ärger gemacht?"

Junis dreht weiter seine Gabel, als sei sie ein Spieß auf einem Grill. Die arabische Musik ist nicht mehr zu hören, so dass es nun fast vollkommen still in der Wohnung ist.

Ich atme tief aus. „Junis, du musst mit uns reden, hörst du?"

Jetzt lächelt er mich an, aber sein Lächeln ist bitter, so als habe er selbst einen Großteil Schuld am Tod seines Bruders. „Was soll ich reden, Frau Lukas?", fragt er leise. „Da gibt es nichts zu reden. Das ist eine andere Welt, wissen Sie? Das verstehen Sie nicht."

„Wie meinst du das, eine andere Welt? Du bist in keiner anderen Welt mehr, du bist hier."

Er nickt, um mich damit zu beruhigen, das spüre ich. Ich dringe nicht zu ihm durch, keine Chance. Er steckt in irgendeinem Film, den ich nicht kenne, von dessen Inhalt ich nicht einmal die leiseste Ahnung habe. Wieder schaue ich zu Fabian, aber der scheint genauso ratlos zu sein wie ich.

„Kommst du mit uns in die Rechtsmedizin?", fragt Fabian, und im ersten Augenblick frage ich mich, ob das der richtige Augenblick ist, aber natürlich muss Tarek identifiziert werden, und das kann am ehesten Junis.

Der Junge nickt. Er lässt die Gabel fallen und steht auf. Sein Stuhl schrammt über das Linoleum und wir erheben uns ebenfalls. Ich betrachte den schmalen Jungen von der Seite. Irgendwie muss ich einen Weg finden, um Junis zum Sprechen zu bringen, irgendwie.

Kapitel 30

Margot:

Allein der Geruch schafft es, dass mir schwindlig wird: Dieses Gemisch aus diversen Reinigungsmitteln und … ist es Fisch? Oder verwesendes Fleisch? Ich möchte gar nicht weiter darüber nachdenken. Sobald ich mich den Sektionsräumen von Ben Mateus nähere, versteinere ich innerlich. Ben hat Tarek bereits aus einer der Kühlzellen geholt, der Tote liegt nun auf einer Bahre vor uns. Es ist kühl hier unten, aber diese Kühle hat im Gegensatz zur Kühle in Junis' Küche etwas Unnatürliches und Künstliches. Ben trägt eine weiße Kunststoffschürze, wahrscheinlich, um nicht ständig mit Wasser und Blut bespritzt zu werden. Ich werde nie begreifen, wie man solch einen Beruf ausüben kann. Noch liegt Tareks Körper unter dem dunkelgrünen Laken. Junis steht links neben mir, rechts von ihm schaut Fabian auf das Laken herab. Ben schaut mich von der anderen Seite der Bahre fragend an, als er einen Zipfel des Lakens ergreift.

„Okay?", frage ich Junis.

„Ja!", sagt der Junge leise.

Langsam zieht Ben das Laken von Tareks Gesicht. Der Tote ist blass, auf seiner rechten Wange ist eine etwa drei Zentimeter große Schürfwunde zu erkennen, die aber kaum geblutet hat. Ben hat gesagt, sie stamme höchstwahrscheinlich vom Sturz auf das Straßenpflaster. Einen Augenblick stehen wir schweigend über dem Toten. Wie so viele Tote, die nicht erdrosselt, erschossen oder erstochen wurden, sieht Tarek friedlich aus. Seine Augen sind geschlossen, die Gesichtszüge prägnant und entspannt. *Es hat ein Ende,* sagt dieses Gesicht, *hier ist nichts mehr, nur noch eine Hülle.*

„Ist das Tarek?", frage ich Junis, und der Junge nickt. Ich beobachte, ob er schwankt oder anfängt zu weinen, aber er scheint genauso ruhig und gefasst zu sein wie in der kleinen Wohnung, in der wir vor zehn Minuten noch mit ihm gesessen haben.

„Woran ist er gestorben?", fragt Junis. Es ist das erste Mal, dass er Interesse zeigt, Einzelheiten erfahren will. Ich werte das als gutes Zeichen, dass er die ersten Auswirkungen des Schocks überwunden hat.

Ben schaut mich an, weil er in Gegenwart eines Angehörigen nicht konkret auf die Todesumstände eingehen möchte. Ich nicke ihm zu, und er versteht, dass er etwas Allgemeines sagen soll.

„Ihrem Bruder ist etwas gespritzt worden. Ein Gift, das die Muskulatur lähmt."

„Ist das schnell gegangen? Ich meine … hat er … hat er starke Schmerzen gehabt?" Junis legt beide Hände auf den Edelstahl der Bahre. Er berührt seinen Bruder nicht, aber das muss er auch nicht: Die Kälte, die von einem Toten ausgeht, würde ihn nur verstören.

„Ja, das ist schnell gegangen, er hat wahrscheinlich gar nicht mitbekommen, was passiert ist." Das ist Bens Standardantwort auf solche Fragen. Er sagt das jedes Mal, nicht, weil es stimmt, denn das tut es in den überwiegenden Fällen nicht, aber weil es das ist, was die Angehörigen, was wir alle, hören wollen. Der Tod soll schnell kommen, er soll uns schnell mitnehmen, wie ein Blitz soll er einschlagen und dann wieder verschwunden sein.

„Okay!", sagt Junis. Er macht Anstalten zu gehen.

Ich halte ihn kurz am Arm fest. „Wir müssen reden, Junis, das weißt du!" Ich habe die Hoffnung immer noch nicht aufgegeben, dass er mir das, was er weiß, erzählen wird.

Er dreht sich zu mir, seine Augen sind ausdruckslos. Kein Lächeln, keine Trauer ist zu sehen. „Ja, kommen Sie vorbei. Ich bin zu Hause."

„Okay!", sage ich leise. „Es tut mir leid für dich."

„Ja, mir auch." Wieder wirkt er seltsam unbeteiligt. Damit verlässt er den Raum und Ben deckt den Toten wieder zu.

Dann schaut er Fabian und mich an. „Liebe Kollegen, auch wir müssen reden!"

„Ja gerne", sag ich mit Blick auf die vielen Skalpelle, Scheren,

Pinzetten und Zangen, „aber wenn möglich, nicht hier. Treffen wir uns oben im Café?“

„Ja.“ Ben schiebt die Bahre zurück in den Raum mit den Kühlzellen. „Bestellt mir bitte einen Kakao und ein Rosinenbrötchen, ja?“

*

Fasziniert beobachte ich, wie Ben sein Rosinenbrötchen in die große Kakaotasse taucht. Der Mann ist mir ein Rätsel. Ich kann im Augenblick beim besten Willen nicht ans Essen denken, auch wenn ich gar nichts wirklich Schlimmes gesehen habe. Fabian scheint ebenfalls Appetit zu haben, er löffelt an einem Eisbecher, den ihm das junge Mädchen hinter dem Tresen vorhin zusammengestellt hat. Soweit ich das erkennen kann, hat er mindestens zehn hellrote, blassgelbe, grüne, hell- und dunkelbraune Kugeln im Becher. Ben will mir zwei Euro für Kakao und Rosinenbrötchen zuschieben, aber ich winke ab.

Während er an seinem Kakao nippt, schlägt er die Kladde auf, die er uns eben auf den Tisch geworfen hat, und ich wappne mich innerlich: Wahrscheinlich zeigt Ben uns nun anhand diverser Organe die genaue Todesursache von Amir Essa oder Tarek Hamin. Zögerlich werfe ich einen Blick auf die Papiere und stelle fest, dass ich mich getäuscht habe. Zu sehen sind sechs Diagramme, darunter mathematische Formeln und ein Konglomerat an medizinischen Fachbegriffen, die mir Ben bei jeder Obduktion übersetzen muss. Kurz schaue ich auf die Hieroglyphen, dann zu Ben. „Kannst du mir das bitte auf Deutsch sagen?“, frage ich und überlege mir nun doch, einen Cappuccino zu bestellen. Jetzt, wo ich sicher bin, dass er mich nicht mit irgendwelchen Horrorfotos konfrontieren will, geht es mir gleich besser.

Mit seinem angebissenen Rosinenbrötchen tippt er in meine Richtung. „Succinylmonocholin!“ Dabei lächelt er, als habe er endlich sein persönliches Glückswort gefunden.

„Succi-was?“ Fabian hält kurz mit dem Löffeln inne und die Hälfte einer gelben Eiskugel rutscht vom Löffel zurück in seinen Becher.

„Succinylmonocholin!“ Ben strahlt, als müsste ich ihm mindestens einmal anerkennend auf die Schulter klopfen. Was ich aber nicht mache.

„Okay, und was ist das?“, frage ich stattdessen. Das Mädchen hinter der Theke schaut kurz zu uns herüber und ich bestelle einen Cappuccino.

„Succinylmonocholin, wie soll ich das erklären? Hm … also, das ist ein Medikament, das häufig bei den Kollegen zur Narkoseeinleitung bei OPs benutzt wird.“

„Also, du meinst, bei den richtigen Ärzten? Bei denen die Patienten noch leben!“ Fabian ist merkwürdigerweise zu Späßen aufgelegt, vielleicht hat er einen Zuckerschock.

Ben und ich ignorieren ihn. „Also, Succinylmonocholin lähmt die Muskulatur, Margot. Aber nur die Muskulatur. Deinen ganzen Bewegungsapparat und auch deine Atmung. Aber … und jetzt kommt das große Aber … nicht dein Bewusstsein. Das bedeutet, wenn es dir gespritzt wird – falls du nicht betäubt und damit bewusstlos durch die Anästhesie bist –, dann bekommst du alles mit, kannst dich aber nicht bewegen. Keinen Millimeter. Deine Lunge atmet nicht und du erstickst, während du alles um dich herum glasklar mitbekommst. Die Kollegen bezeichnen das auch gerne als Wachlähmung.“

„Um Gottes willen!“ Fabian hat aufgehört zu essen und starrt Ben ungläubig an. „Das heißt, du erstickst und kannst nichts dagegen tun?“ Er schüttelt den Kopf. „Meine Fresse!“

„Aber das Problem bei Succinylmonocholin ist, dass es sehr schnell abgebaut wird. Es gibt ja auch noch chemische Reaktionen nach dem Tod, wie ihr vielleicht wisst. Oder euch zumindest denken könnt. Um es kurz zu machen: Succinylmonocholin spaltet sich dann nach mehreren Zwischenschritten in Cholin und Bernsteinsäure.“

Ich weiß nicht, worauf er hinauswill. Hat er den Stoff jetzt nachgewiesen oder nicht? Ich bin ungeduldig, versuche aber ruhig zu bleiben und ihm weiter zuzuhören. Mittlerweile hat er den Rest seines Rosinenbrötchens in den Kakao getunkt und den letzten Bissen verschlungen.

„Nun gut, aber mittlerweile sind wir hier so weit, das heißt, es gibt medizinische Geräte, die Succinylmonocholin auch noch nach einem gewissen Zeitpunkt nachweisen können. Und zwar nicht im Blut, sondern … was denkt ihr?"

Ich schaue Ben etwas genervt an. Im Augenblick habe ich wirklich keine Lust, aus diesem Todesfall ein Ratequiz zu machen.

Fabian schaut Ben treuherzig an. „In den Muskeln?", fragt er, obwohl ihn die Antwort gar nicht interessiert. Mittlerweile ist er dabei, die letzten Reste seines Mammuteises aus dem Becher zu kratzen.

„Urin?", frage ich ahnungslos, weil mir nichts anderes einfällt. Genauso gut hätte ich auch *Gehirn?* sagen können. Oder *Ägypten?*

„Meine Musterschülerin!" Ben strahlt mich an, als hätte ich gerade die wichtigste Prüfung zur Chefpathologin bestanden. „Genau, Margot, im Urin! Ich habe die Blase aufgeschnitten und mir den Urin des Patienten angeschaut. Also analysiert. Und was habe ich reichlich gefunden?" Ben schaut Fabian an, aber der hat natürlich nicht zugehört.

Ich erbarme mich, um Ben seine gute Laune nicht zu vermiesen. „Na, du hast dieses Succinylmono-dings gefunden, oder?"

„Genau! Genau das habe ich. Der Junge hatte keinen Totalzusammenbruch aufgrund irgendwelcher organischer Defizite, keinen Herzschlag, Kreislaufzusammenbruch, was ihr wollt, der Bursche ist eindeutig vergiftet worden." Er macht eine kurze Pause, um dann weiterzureden: „Und ehe ihr fragt: Ja, ich habe mir den Jungen genau angeschaut und dabei eine Einstichstelle in Höhe seines Gesäßes gefunden. Fast unsichtbar, wahrscheinlich nicht zu bemerken, wenn man nicht danach sucht, aber ich …" Er lächelt breit. „Ich habe ja danach gesucht."

„Himmel, Ben, du bist echt der Beste!“ Ich lächle zurück. Auch Fabian murmelt ein „Wirklich klasse!“, ehe er seinen Löffel zur Seite legt, den Eisbecher über Kopfhöhe hält, um das letzte flüssige Eis direkt in seinen Mund fließen zu lassen. Manchmal denke ich wirklich, er ist nicht mehr zu retten.

Dann frage ich Ben das, was mir zuerst in den Sinn kommt: „Das Zeug hat so einen komplizierten Namen, das gibt es doch sicher nur in Apotheken, oder?“

Ben schüttelt den Kopf, obwohl er sagt: „Das kann vielleicht schon sein, aber Succinylmonocholin ist eigentlich nur für den Bedarf von Arztpraxen und Kliniken bestimmt. Der Gebrauch wird streng kontrolliert, da kommst du als … sagen wir mal … allgemeine Person gar nicht ran.“

„Hm!“, mache ich, denn das kreist unsere Ermittlungen natürlich sehr stark ein. Frage: Wer kann mit einem Gift töten, das nur für Arztpraxen und Kliniken bestimmt ist? Antwort: All diejenigen, die Zugang zu Medikamentenschränken in Arztpraxen und Kliniken haben. Und das sind nicht so viele: Ärzte, Pfleger, Krankenschwestern, Sprechstundenhilfen.

Fabian hat den Kampf um den letzten Tropfen Eis gewonnen. Zufrieden stellt er den leeren Becher vor sich auf den Tisch. Plötzlich aber verfinstert sich seine Miene. „Das heißt, wir klappern die nächsten Tage jetzt jede Arztpraxis und jedes Krankenhaus in der Umgebung ab, oder was?“

„Ich denke, am sinnvollsten ist es, zuallererst Junis zu fragen, ob sein Bruder mit jemandem Ärger hatte, der vielleicht zu diesem Succidings Zugriff hatte. Vielleicht eine Krankenschwester, ein Pfleger, vielleicht sogar nur ein Patient, der seinen Krankenhausaufenthalt dazu genutzt hat, den Medikamentenschrank auszuräumen …“

Ben Mateus erhebt sich, schließt die Kladde und klemmt sie sich unter den Arm. „Das ist jetzt eure Sache, meine Lieben.“ Damit winkt er dem Mädchen hinter der Theke kurz zu. Dann dreht er sich noch einmal zu uns. „Ach, und tut mir einen Gefallen, ja?“

„Welchen denn?“, frage ich stirnrunzelnd.

„Lasst mich die nächsten Tage erst mal in Ruhe mit weiteren Leichen, ja? Was ihr da rangeschafft habt die vergangenen Tage, das reicht. Irgendwelche Reporter belagern jeden Morgen meinen Eingang zur Rechtsmedizin, ich komme mir allmählich vor wie … wie Michael Jackson.“ Er lacht noch einmal kurz auf, dann ist er verschwunden. Ich runzle die Stirn: Michael Jackson? Der ist schon lange tot. Aber möglicherweise weiß Ben das gar nicht. Manchmal denke ich, er ist einfach nicht von dieser Welt.

Fabian und ich sitzen uns eine Weile still gegenüber und versuchen einen Plan zu erstellen, wie wir weiter vorgehen. Als Erstes müssen wir unbedingt mit den Kollegen sprechen.

Kapitel 31

Margot:

Als wir ins Präsidium kommen, gehen die meisten bereits in den Feierabend. Lachend in Grüppchen oder allein in Gedanken versunken kommen uns die Kollegen auf dem kleinen Vorplatz entgegen. Der eine oder andere grüßt oder nickt mit dem Kopf und wir grüßen zurück. Ich habe über allem die Zeit vergessen. Trotzdem hoffe ich, dass Braun und Bierganz noch im Haus sind.

Wir treffen die beiden dann auch in ihrem Büro, bei offenem Fenster und im T-Shirt. Aus einem kleinen alten Radio kratzt Popmusik, der Sender ist nicht richtig eingestellt. Ein kleiner Ventilator auf einem Aktenstapel summt leise vor sich hin und bringt immer wieder die Papiere auf dem Tisch in Bewegung. Zu viert setzen wir uns in eines der Konferenzzimmer. Das Haus ist viel leerer als noch am Morgen, die meisten der Kollegen sind jetzt zu Hause oder im Freibad, der Eisdiele oder sonst wo. Fabian hat aus der Kantine oder einem der Automaten auf dem Flur zwei Tüten Orangensaft und drei Flaschen Mineralwasser geholt. Mehr kann er nicht tragen. Ich hole vier Gläser und ein Schälchen mit Eiswürfeln aus der Etagenküche.

B&B schauen uns ungläubig an, als wir ihnen von dem Gift erzählen, durch das Tarek Hamin wahrscheinlich gestorben ist. Die beiden notieren alle Infos artig in ihre Blöcke. Wir trinken und diskutieren, was wir als Nächstes tun müssen. Allerdings möchte ich so schnell wie möglich nach Hause, um endlich zu duschen.

An der Tür hält mich Arthur Bierganz noch einmal auf. „Margot, ich habe die Eltern von Vanessa erreicht: Du oder ihr könnt morgen früh zu ihnen fahren."

„Vanessa?", frage ich und schaue an ihm vorbei aus dem Fenster. Wer war Vanessa? Ich kann den Namen im Augenblick nicht zuordnen.

„Das Mädchen, die Drogentote, die so überraschend an einer Überdosis gestorben ist." Er schaut mich tadelnd an. „Hatten wir doch drüber gesprochen, Margot: Das Mädchen, das wir an der Hofgartenwiese gefunden haben, vorher absolut unauffällig, gute Schülerin, 1a-Elternhaus, und dann tot."

Ich nicke. „Stimmt." Kurz blicke ich zu Fabian. „Wenn Fabian einverstanden ist, rufen wir da morgen früh als Erstes an und fahren dann hin. Und da ist jemand zu Hause?"

Arthur nickt. „Wie gesagt, der Vater ist Prof hier an der Uni, und der hat morgen Zeit, also vorlesungsfreie Zeit, meint er."

„War Vanessa das einzige Kind?", frage ich. Das macht den Verlust nicht weniger schrecklich, aber wenn es noch weitere Kinder in der Familie gibt, können sie vielleicht ein Trost sein, denke ich. Aber vielleicht ist das auch zu naiv gedacht, ich habe schließlich keine Kinder.

„Nein, da gibt es noch eine kleine Schwester, soweit ich mich erinnere."

„Und die Kollegen sind da nicht weitergekommen? Das war ja, wie du sagst, nicht gerade ein … üblicher Fall?", stelle ich zögernd fest. Es sollte zwar nicht sein, aber ein junges Mädchen aus einem, sagen wir, geordneten Elternhaus … Da ist die Aufmerksamkeit der Polizei automatisch höher, als wenn jemand stirbt, der die übliche Drogenkarriere hinter sich hat.

„Ja, die Kollegen haben da sehr viele Befragungen gemacht. In der Schule, bei ihren Lehrern, bei ihren Freundinnen vom Reiten und Tennis. Aber nix, da sind sie wohl nicht weitergekommen, keinen Schritt." Arthur kratzt sich an der Stirn. „Wenn du mich fragst: Es sieht fast so aus, als habe sie sich das Zeug aus einer Laune heraus gespritzt."

„Na ja", wende ich ein, „wer sich aus einer Laune heraus derart mit Drogen vollpumpt, der ist nicht mehr ganz gescheit, wenn du mich fragst. Auch wenn der Papa Professor ist." Ich schüttle den Kopf. „Das glaube ich einfach nicht."

Arthur und Peter heben fast gleichzeitig die Schultern. „Ja klar, aber trotzdem. Das kam so aus heiterem Himmel, für alle. Niemand hat da eine Erklärung gehabt, am wenigsten die Eltern."

Ich gehe noch einmal zurück zu meinem Platz und trinke mein Glas Mineralwasser leer. „Und keine Spuren von Gewalt an dem Mädchen? Dass es festgehalten wurde? Schürfwunden, blaue Flecken?"

Arthur Bierganz schüttelt den Kopf. „Nada, nichts! Die Rechtsmedizin hat sie untersucht, der Fall war ja auch wochenlang in den Medien, aber wir haben nichts gefunden."

Ich nicke. Dann müssen wir das erst einmal so hinnehmen, denke ich, obwohl ich mir nicht sicher bin, ob hinter dem Tod des Mädchens nicht doch mehr steckt. „Und Vanessa war auf der Gesamtschule Bonn-Beuel, ja?" Ich meine mich daran zu erinnern, gleichzeitig sehe ich wieder Roland „Rolex" Hambitz vor mir, den kleinen kalten Dealer.

„Ja, in der 9. Klasse. Wir haben euch die Befragungen der Lehrer und Mitschüler drüben ins Büro gelegt."

Ich schaue zu Fabian. „Hm. Ich schlage vor, ich rufe die Eltern morgen früh an und wir fahren einfach vorbei. Vielleicht ergibt sich trotzdem etwas."

Arthur schaut mich lange an, dann fragt er zögerlich: „Sag mal, warum bist du so erpicht darauf, da nochmal zu insistieren? Ich meine, die Eltern … na ja, das war schon schwer genug für die Eltern und jetzt willst du da nochmal alles aufwühlen? Warum?"

„Ganz ehrlich, Arthur? Ich habe ein … sagen wir, merkwürdiges Gefühl. Eine Spitzenschülerin, die plötzlich tot mit einer Heroinspritze gefunden wird. Ich will ihre Geschichte kennen. Was dahintersteckt. Und außerdem gehören die Eltern des Mädchens für mich zu den Kandidaten, die am meisten Hass auf die kleinen Dealer haben, von denen zwei jetzt bei uns in der Rechtsmedizin liegen." Ich nicke vor mich hin, als wollte ich mir das, was ich sage, schönreden.

„Da ist was dran!", meint Peter und steht auf.

Für heute ist es genug. Wir alle brauchen erst einmal eine Pause.

Zwischentakt

Die kleine Küche in Tareks und Junis' Wohnung liegt mittlerweile vollständig im Dunkeln. Der Schatten der Stiftskirche hat das Zimmer in eine Dunkelheit getaucht, bei der die Gläser auf dem Tisch, die Teller im Hängeschrank und die Poster an der Wand nur noch schemenhaft zu erkennen sind. Aber Junis will kein Licht einschalten. Die Dunkelheit, so denkt er, schützt ihn ein wenig, hüllt ihn ein, macht ihn fast unsichtbar. Für sich selbst, aber auch für andere. Seitdem die beiden Polizisten weg sind, hat sich der Junge kaum bewegt. Junis starrt weiter auf den Boden unter dem Tisch, als gäbe ihm das grau-schwarze Linoleum eine Antwort auf die Frage, was als Nächstes passieren wird. Er ist paralysiert und zu Tode erschrocken, alles auf einmal. Wie ein Beutetier vor einer Schlange hofft Junis noch inständig, durch Bewegungslosigkeit seinem Schicksal zu entgehen. Was selbstverständlich ein Trugschluss ist.

Innerhalb von zwei Tagen hat sich sein Leben vollständig geändert. Bislang war es selbstverständlich, morgens aufzuwachen und in den Tag hinein zu leben. Dieses Leben war zwar relativ langweilig, aber es war einfach, im Gegensatz zu dem in Damaskus, an das er sich kaum noch erinnert. Hier in Deutschland gab es keine Aufgaben, die zu erfüllen waren, keine Herausforderungen, keine Probleme. Zusammen mit Tarek ließ er die Tage herankommen und an sich vorbeiziehen. Es schien manchmal so, als kämen sie mit nichts in Berührung, als würden sie das Leben nur beobachten und kein Teil davon sein. Manchmal verdienten sie ein bisschen Geld zusätzlich, wenn Amir freigiebig, um nicht zu sagen gönnerhaft, war und sie für einen Dealerdienst einsetzte – kleine Sachen, nichts Schwieriges, Aufregendes oder Gefährliches. Ein paar Pillen verkaufen, hinter der Schule an der Bushaltestelle, wo auch immer. Nichts groß dabei. Mit dem Geld konnten sie auf neue Klamotten sparen, essen gehen oder am Wochenende ins Carpe Noctem oder in eine der anderen Bars in der Stadt.

Aber jetzt war alles anders. Plötzlich. Es droht Gefahr und sie ist größer als die in ihrer Heimat. Und wenn Junis auch keine Gewissheit hat, so ahnt er doch, aus welcher Richtung die Gefahr kommt. Er ahnt es, weil er jeden Tag an das denkt, was geschehen ist, an seine eigene Schuld, an die von Tarek und auch an die von Amir. Vor allem an die von Amir. Sie alle drei sind schuldig, ja, und jetzt ist es Zeit, dafür zu büßen. Junis hebt den Blick vom Boden und schaut hinaus auf die dunklen Umrisse der Kirche. Aber er will nicht büßen. Und er will nicht sterben. Es war doch nicht seine Schuld, oder? Während er nun aus dem Fenster in die sommerliche Dunkelheit hinausschaut, überlegt er, was er tun kann.

Er weiß, dass er nicht flüchten wird, das hat er noch nie getan. Er ist kein Feigling, er ist ein Kämpfer. Und er wird kämpfen. Und diese Gefahr ausschalten. Ehe sie ihn ausschaltet.

Kapitel 32

Margot:

Ich laufe. Wenn man das, was ich gerade versuche, tatsächlich laufen nennen kann. Wohl eher nicht, denn ich schleppe mich vielmehr von einem Schritt zum nächsten, versuche möglichst durch die Nase zu atmen und so meiner Umwelt nicht mitzuteilen, dass ich bereits nach zweihundert Metern völlig außer Atem bin. Ich spüre mein Herz ungesund schnell gegen den Brustkorb pochen. Wie also bin ich auf den absurden Gedanken gekommen, laufen zu wollen?

Vorhin, als ich mir vor der Wohnungstür die Laufschuhe gebunden habe, fand ich den Gedanken noch sehr reizvoll: Einmal vom Chinesenschiff rauf bis zur Südbrücke und wieder zurück. Gute acht Kilometer. Himmel, so etwas haben wir in der Ausbildung vor dem Frühstück gemacht. Nachdem wir in der Nacht zweimal geweckt wurden, um Übungen zu absolvieren, die keiner verstand. Doch jetzt bekomme ich kaum noch Luft, obwohl ich fast gehe, und ich muss nun doch durch den Mund atmen, um nicht zu ersticken. Ich habe das Gefühl, Mittelpunkt aller Gespräche derjenigen zu sein, die am Blauen Affen auf den Bierbänken sitzen, essen, trinken und sich wahrscheinlich über mich totlachen.

Ich halte den Blick starr geradeaus und versuche mich von der Weite, in der ich die Südbrücke erblicke, nicht abschrecken zu lassen. Dabei ist der Weg entlang des Rheins wunderschön. Die Blätter der großen Eichen rauschen leise in der Abendbrise, Frachtschiffe ziehen rechts auf dem Rhein an mir vorbei, alles wirkt idyllisch und friedlich. Alles, bis auf meinen japsenden Atem.

Auf Höhe der DLRG muss ich einen weiteren Gang zurückschalten, just in dem Augenblick, als mich ein alter Mann überholt. Im Vorbeilaufen wirft er mir einen Blick zu, der besagt, dass er Mitleid mit mir hat, großes Mitleid. Zumindest interpretiere ich ihn so. Trotz seiner mindestens 200 Jahre ist er doppelt so schnell wie ich. Und vollkommen anders gekleidet. Trotz der abendlichen Wärme habe ich mich in eine schwarze Trainingshose gezwängt, einen alten Sport-BH aus der Kommode geholt und ein weites graues T-Shirt übergezogen. Der alte Herr dagegen, der sich immer weiter entfernt, trägt knallenge neonfarbene Laufshorts, orangefarbene Schuhe und ein rotes ärmelloses Shirt. Ich frage mich, ob man auch aus Scham schneller werden kann, wenn man hofft, sich schneller den Blicken derjenigen zu entziehen, die über solche Farbvielfalt den Kopf schütteln. Wie ich zum Beispiel. Ich wollte laufen, um die viele Arbeit zu vergessen, und zumindest das gelingt mir sehr gut. Mein Gehirn bekommt so wenig Sauerstoff, dass ich keinen klaren Gedanken mehr fassen kann. Radfahrer kommen mir entgegen, schauen irritiert (zumindest interpretiere ich es so) und fahren an mir vorüber. Ein leichter Wind geht und die abendliche Hitze ist durchaus erträglich. Kurz denke ich doch an Morgen, an das Gespräch mit Vanessas Eltern, die ihr Kind verloren haben. Ich habe Fabian und mich für neun Uhr angekündigt, der Vater will extra später zur Arbeit fahren. Die Mutter hat am Telefon einen sehr gefassten Eindruck gemacht, als ich ihr sagte, wir wollten erneut wegen des Todes ihrer Tochter mit ihnen sprechen.

Ich gebe auf und beginne zu gehen. Egal, ganz egal. Mein T-Shirt klebt an meiner Haut und neidisch betrachte ich die Grüppchen junger Leute, die am Rheinufer grillen oder auf Decken sitzen, lachen, essen und trinken. Habe ich das auch gemacht, als ich so alt war wie sie? Gab es diese Zeit überhaupt für mich? Es ist so lange her, ich erinnere mich kaum, aber ich hoffe es. Und wenn es sie nicht gegeben hat, bin ich selbst schuld. Ich unterdrücke den Impuls, mich zu bemitleiden, nur weil ich Mitte vierzig bin und beim allerbesten Willen nicht mehr jugendlich aussehe. Und mich auch nicht mehr so fühle.

In meiner Trainingshose finde ich einen Zehn-Euro-Schein. Ich drehe um und gehe langsam zurück. Andere Läufer kommen mir entgegen, die meisten in Zweiergrüppchen, miteinander redend und flachsend, als würde ihnen das Laufen nicht im mindesten die Luft rauben. Ich hasse sie!

Als ich wieder auf Höhe des Blauen Affen bin, biege ich auf die Wiese ab und zwänge mich zwischen den Bierbänken hindurch zur Bierausgabe. Dabei versuche ich, einen sportlichen Eindruck zu machen. Ich hoffe, dass mich niemand beobachtet hat, als ich erst vor fünf Minuten in die andere Richtung gelaufen bin. Vor mir stehen drei Jungs, die sich über Fußball unterhalten. Ich versuche, nicht hinzuhören.

Als ich dran bin, bestelle ich mir ein Weizenbier mit Alkohol, wische mir routiniert über die Stirn, als hätte ich einen halben Marathon hinter mir, und suche nach einem Platz. Kurz denke ich daran, Daniel anzurufen, aber dann müsste ich wieder nach Hause, und ich möchte noch ein bisschen hierbleiben und nachdenken. Nicht über die Arbeit, den Tod, sondern über das Leben. Ich zahle mein Bier und setze mich zu einer Gruppe Studentinnen, die den Tisch mit Dutzenden Bänden Fachliteratur Jura bedeckt haben. Ihre jungen Gesichter wirken angespannt und konzentriert. Sie sind vielleicht Mitte zwanzig, aber auf der Stirn von drei der fünf jungen Frauen zeichnen sich erste Falten ab. Wie schön! Und ich bin zum ersten Male an diesem Tage froh, dass diese Zeit lange hinter mir liegt.

Zuhause, ich kann es selbst kaum glauben, beginne ich Kuchen zu backen. Die Wechseljahre müssen mich nun vollends im Griff haben. Als ich gerade mit quarkverklebten Händen über der Rührschüssel hänge, klingelt mein Handy. Ich lasse es klingeln und suche eine Zitronenreibe. Ich weiß, dass ich so eine hatte. Nach meinem Einzug hier habe ich sie in eine der Schubladen gesteckt. Aber das ist auch schon drei Jahre her.

Das Telefon klingelt erneut und ich schaue, wer mich da stört. Mein Kollege Peter Braun. Ich wische mir die Hände an einem Trockentuch ab und melde mich. Peter erklärt mir, dass ihm etwas aufgefallen sei. Ich seufze innerlich und frage mich, ob das nicht Zeit bis morgen gehabt hätte. Aber natürlich sage ich das Peter nicht. Stattdessen frage ich ihn, was ihm denn aufgefallen sei.

„Na, die sind alle erst zwei Jahre hier!" Dann schnauft er. Ich warte einen Augenblick, ob er noch etwas sagen möchte, aber da kommt nichts.

„Wen meinst du mit *die*?", frage ich vorsichtig.

„Na, unsere Opfer. Dieser …" Ich höre, wie er in irgendwelchen Unterlagen blättert. „Dieser Aaron Darzi, der Pfleger, dann Amir und jetzt Tarek. Alle sind erst seit zwei Jahren hier in Deutschland gemeldet."

„Hm!", mache ich, denn das ist wirklich interessant.

„Gibt es denn eine Verbindung zwischen dem Pfleger, zwischen Aaron und den beiden anderen?" Zwar macht das Umfeld von Aaron, seine Anstellung im Zoo, seine Frau, sein Kind, zuerst einmal nicht den Eindruck, als würde es zu einem Drogendealer passen, aber das kann natürlich täuschen.

„Hab ich ehrlich noch nicht geprüft." Ich höre den nörgelnden Unterton in Peters Stimme. Wahrscheinlich hat er nur auf ein Lob kurz vor Feierabend gehofft, und jetzt will ich ihm auch noch Extraarbeit aufbürden. „Aber ich kann das–"

„Nein, nein", unterbreche ich ihn, „darauf kommt es heute nicht mehr an. Ich dachte nur, du hättest da vielleicht schon etwas gefunden. Ob die drei vielleicht in irgendeinem Verein waren oder sich gemeinsam in einem Club getroffen haben oder so etwas. Irgendeine Gemeinsamkeit, von der wir noch nicht wissen. Vielleicht sogar über die Frau von Aaron und eine Freundin von Amir oder Tarek – falls die welche hatten, von denen wir noch nichts wissen."

„Also, wenn's recht ist, dann mache ich mich da morgen dran." Peters Stimme klingt enttäuscht.

„Okay, das reicht völlig. Und, Peter …" Ich mache eine bedeutungsschwangere Pause. „Super, dass du das herausgefunden hast, toll! Da müssen wir dranbleiben."

„Yeah, das mache ich morgen als Erstes, versprochen." Nun

klingt er schon wieder ein bisschen fröhlicher. Ich weiß doch, wie ich die Kollegen behandeln muss, damit sie gerne mit mir arbeiten wollen.

Wir verabschieden uns, ich lege das Handy erneut in den Flur und versuche mich wieder auf mein Käsekuchenrezept zu konzentrieren.

Zwischentakt

Wasser! Wasser! Und mittendrin Adams Stimme, sein Schreien. Erst nah, dann immer weiter entfernt. Sie weint im Schlaf, wird wach, weil sie sich wälzt, nassgeschwitzt, das Kissen wieder klamm. Sie wischt sich die Haarsträhnen aus der Stirn und hört leises Lachen auf dem Gang. Ob sie jemand gehört hat? Irgendjemand, der gerade an ihrer Türe vorbeigegangen ist, vielleicht von einer Party gekommen, von der Schicht oder von einem nächtlichen Spaziergang?

Sie hält den Atem an, aber nun ist niemand mehr zu hören. Einen Augenblick später entfernt sich das Geräusch, als eine Tür ins Schloss fällt. Dann wieder Stille.

Sie bleibt liegen, rührt sich nicht, fühlt die Nässe unter sich und lüftet das dünne Laken. Mit den Füßen schiebt sie es ans Fußende. Ruhig bleibt sie liegen. Heute lässt sie die Lampe an ihrem Bett aus, ihr ist nicht danach, den Mann am Kreuz zu betrachten. Heute nicht.

Kapitel 33

Margot: Dritter Tag

Die Stimmung im Cherokee ist bedrückt. Fabian hat entgegen seiner Art bislang kaum ein Wort gesagt, ich ohnehin nicht. Es ist acht Minuten vor neun, vor einer Stunde haben wir uns im Polizeipräsidium getroffen. In einem der kleinen Konferenzräume saßen wir mit B&B zusammen. Wie nicht anders zu erwarten, ist Warzer immer noch nicht genesen, und die anderen Kollegen sind entweder in Sommerurlaub oder ertrinken wie wir ebenfalls fast in Arbeit.

B&B waren im Gegensatz zu Fabian und mir bei unserem Eintreffen bereits hellwach, nippten an ihrem Kaffee und zeigten sich enthusiastisch und eifrig. Mir ist das vollkommen unverständlich. Diverse Interviewanfragen sind bei uns eingegangen, aber die hat das jeweilige Kommissariat an Jörn Berg weitergeleitet. Unser Pressesprecher hat den Reportern – wie immer – das erzählt, was sie bereits wussten, das aber geschickt verpackt und auf den nächsten Tag verwiesen.

„Was macht ihr jetzt als Nächstes?", fragt Arthur. Er benimmt sich ungefähr so eifrig wie ein Erstklässler, der zum ersten Mal für das Klassenbuch verantwortlich ist.

Ich unterdrücke ein Gähnen und lehne mich zurück. Beim besten Willen, so war ich selbst an meinem ersten Tag als Polizeibeamtin nicht. Nicht, als ich meine Pistole bekommen habe, nicht, als ich meinen Dienstausweis in Empfang nehmen durfte und auch nicht, als ich zum ersten Mal einen Täter überführt habe. Was soll's, Männer sind Kinder, jeder weiß es. Sie machen aus allem ein Spiel, das ist manchmal gut und manchmal nicht.

„Wir fahren zur Familie von Vanessa. Dem Mädchen, das–"

„Ich weiß", unterbricht ihn Peter, „hab ich dir doch gestern selbst gesagt. Die Kleine, die im Hofgarten gefunden wurde. Voll mit allem möglichen Mist."

Ich mag die Bezeichnung „die Kleine“ nicht besonders, bin aber noch zu müde, um zu insistieren. Als meine Augen vor Müdigkeit zu flattern beginnen, setze ich mich gerade hin und lege die Hände auf den Tisch.

„Genauer gesagt waren es Amphetamine, Beruhigungsmittel, Aufputschmittel, Antidepressiva und noch mehr“, zählt Arthur auf. „Wahrscheinlich Tabletten, die zerstoßen wurden.“

Ich muss wieder gähnen, was unangebracht ist. Ich halte mir die Hand vor den Mund und lehne mich wieder zurück.

„Fabian und ich wollen den Vater genauer unter die Lupe nehmen“, sage ich und versuche, einen engagierten Eindruck zu machen. Es ist ja schließlich nicht fünf Uhr morgens, ich weiß auch nicht, warum ich so zerschlagen bin. Nachdem der Käsekuchen gestern Abend fertig war, habe ich ihn auskühlen lassen und dann kurz vor zwölf noch ein Stück probiert. Danach bin ich ins Bett gegangen und habe sechs Stunden geschlafen. Warum also fühle ich mich so müde?

Fabian wirft mir einen leicht irritierten Blick zu. „Möglicherweise liegt ja ein Fall von … von Selbstjustiz vor. Also nicht bei Vanessa, sondern bei den männlichen Opfern. Ich habe mir gestern Abend die Akte angeschaut, und der Vater hat jeden Tag nach dem Tod seiner Tochter hier angerufen und sich nach dem Stand der Ermittlungen erkundigt.“ Er zieht umständlich eine der altmodischen Pappkladden unter einem Stapel hervor. „Und einmal wollte er wissen, wo wir suchen, wer dafür in Frage komme. Er wollte … “ Fabian blättert wild hin und her. „Er wollte die Nummer von den Kollegen im Drogendezernat haben … muss hier irgendwo stehen, ich find das jetzt nicht.“ Er klappt die Kladde wieder zu. „Auf jeden Fall war er so … so voller Trauer und Hass, interpretier ich jetzt mal, dass der Kollege hier eine entsprechende Notiz gemacht hat. Na ja, wir haben dann ja auch niemanden ermitteln können. Weder, ob sich Vanessa das Zeug selbst besorgt hat, noch, ob ihr das jemand heimlich in die Flasche gefüllt hat, die wir bei ihr gefunden haben. Eine Colaflasche, nur noch ein

Rest drin, aber dermaßen hochkonzentriert, dass sie das Bittere geschmeckt haben muss. Allerdings hatte sie auch 1,6 Promille Alkohol im Blut, was darauf hindeutet, dass sie vor dem Trinken dieser … dieser Substanz auf jeden Fall schon etwas stark Alkoholisches getrunken haben muss."

„Aber allein aus Rache drei Menschen umbringen?" Ich bin skeptisch. Nach einer kurzen Pause frage ich: „Hat denn niemand etwas gesehen, ist niemandem etwas aufgefallen?"

„Also, der Hofgarten war … sagen wir mal, belebt. Es muss zwar schon dunkel gewesen sein, aber da laufen noch bis zwei Uhr Studenten rum jetzt im Sommer, und beliebt bei den Obdachlosen ist das Areal auch." Fabian schnauft und ich merke, dass er sich langsam in Fahrt redet. „Wisst ihr, was mich ärgert? Die Leute nehmen jeden Dreck mit ihrem Handy auf, jeden noch so unnötigen Mist, den keiner braucht. Und weil sie glauben, alles Wichtige auf ihrem Mobiltelefon gespeichert zu haben, denken sie, sie müssten nicht mehr die Augen aufmachen und selbst sehen. Es ist zum Kotzen. Guckt euch die meisten Zeugenaussagen an. Die meisten … Ach, was reg ich mich auf?" Abrupt steht er auf. „Lass uns fahren, Margot!"

B&B bleiben sitzen und nicken kurz, als wir den Raum verlassen. Sie wollen erneut zum Echsengarten fahren, um noch einmal mit Raddatz zu sprechen. Das zeigt mir, dass die beiden in ihren Ermittlungen auch noch nicht viel weitergekommen sind als wir in unserem Fall.

Kapitel 34

Margot:

Wieder stehen wir vor einem Haus, dessen Bewohner einen entsetzlichen Verlust erlitten haben. Nichts kann das aufwiegen, nichts das vergessen machen.

Das Einfamilienhaus mit dem Zaun aus braun lackierten Holzlatten, die in der Sonne blass und trocken aussehen, wirkt wie aus einem schwedischen Kinderfilm. Die kleine Rasenfläche bis zum Haus ist ungepflegt, Löwenzahn reiht sich an Klee und einzelne Grasbüschel, die steil in die Höhe ragen. Hier hat schon lange niemand mehr gemäht. Die Straße ist eine ruhige Anliegerstraße, gegenüber erstreckt sich ein langer Bungalow aus den 60er oder 70er Jahren. Vor den beiden geschlossenen Garagentoren der Fassbursts stehen ein cremefarbener VW-Beetle und ein BMW X1 in der Hitze. Ein Namensschild ist an der Türe nicht auszumachen, nur eine Klingel, die im Haus mehrere Glockenschläge erklingen lässt. Wir warten. Ich blicke auf den alten Cherokee an der Straße, der in der Sonne glänzt und plötzlich wieder relativ frisch und fahrtüchtig aussieht.

Ich scheue mich davor, die Eltern erneut mit dem Tod ihrer Tochter zu konfrontieren, aber im Augenblick ist dieser Fall die einzige Spur, die wir haben. Wobei ich weiterhin daran zweifle, dass Vanessas Vater etwas mit dem Tod der jungen Männer zu tun haben könnte. Ein Professor, der das Recht selbst ausübt, weil er sich von uns alleingelassen fühlt … ich weiß nicht so recht. Zwar kündigt fast jeder, der sich vom Staat ungerecht behandelt fühlt, an, die Sache selbst in die Hand zu nehmen, aber glücklicherweise setzen das nur die wenigsten in die Tat um. Aber vielleicht verhält es sich bei Vanessas Vater anders, vielleicht war der Schmerz über den Verlust seiner Tochter so groß, dass er jedes Maß verloren hat. Ich kann das noch nicht beurteilen, ich habe den Mann noch nicht kennengelernt.

Wir hören Schritte und kurz darauf öffnet jemand die Haustür. Vanessas Vater (nehme ich an) ist groß und schlank. Er trägt ein weißes Hemd und eine dunkle Baumwollhose. Sein Gesicht wirkt zerknittert und faltig, obwohl er vermutlich nicht viel älter als vierzig ist. Vielleicht hat er auch nur letzte Nacht nicht geschlafen. Und die Nächte davor auch nicht.

Kurz scheint er irritiert, nicht zu wissen, wer wir sind, dann bittet er uns herein, noch ehe Fabian oder ich uns vorstellen müssen. Im Haus herrscht eine ähnlich kühle Atmosphäre wie im Wartebereich einer Arztpraxis, was vielleicht auch an dem weißen Rauputz im Flur liegt. An den Wänden hängen Fotos, die ich im Vorbeigehen betrachte. Momentaufnahmen, wie sie in fast jeder Familie zu sehen sind: kleine Kinder, größere Kinder, erwachsene Kinder. Nur dass es hier keine erwachsenen Kinder mehr gibt. Vanessa war fünfzehn, als sie starb.

Das Wohnzimmer, in das uns Herr Fassburst nun führt, gibt den Blick auf einen ebenso ungepflegten Rasen frei, wie wir ihn vor der Türe gesehen haben. Durch die große Panoramascheibe sehe ich an einem Tisch mit mehreren Holzstühlen eine Frau sitzen, die an einer Tasse Kaffee oder Tee nippt. Ihre dunklen Haare sind zu einem Pferdeschwanz zusammengebunden. Sie trägt ein elegantes dunkelblaues Kleid und wirkt, als sei sie auf dem Sprung zu einem wichtigen Meeting. Wir drei gehen nach draußen und die Frau erhebt sich, um uns zu begrüßen. Sie bemüht sich um ein Lächeln, aber diese Mühe ist ihr deutlich anzusehen. In einem schweren, silbernen Aschenbecher auf dem Tisch glimmt eine Zigarette.

In den kommenden Minuten versuchen Fabian und ich, Vanessas Eltern dazu zu bewegen, erneut über den Tod ihrer Tochter zu sprechen. Wir müssen ihre Einschätzung dazu hören, was passiert sein könnte. Allerdings gelingt es weder Fabian noch mir, Neues zu erfahren. Die beiden berichten nur stockend, immer wieder entstehen lange Pausen, in denen sie um Fassung ringen. Sie wissen nicht, warum Vanessa auf der Hofgartenwiese war, sie wissen nicht, welche Kontakte sie besaß und natürlich wissen sie auch nicht, wer ihr diese Drogen verkauft oder sogar geschenkt hat. Keine von Vanessas Freundinnen verkehre in solchen Kreisen, sagen beide fast gleichzeitig. Vanessa sei immer vernünftig gewesen, klug und vorsichtig. Ich frage nicht nach, welche Kreise sie meint, dass bringt uns nicht weiter.

Ich seufze innerlich, weil ich glaube, dass wir vergeblich gekommen sind, als der Vater plötzlich von seinem letzten Besuch bei Vanessa im Krankenhaus zu erzählen beginnt: „Ich wusste ja, wo sie liegt, und die Schwester hatte mir gesagt, ihr Zustand sei stabil, sie lag ja schon nicht mehr auf der Intensivstation, und ich bin in ihr Zimmer, und da stand dieser Junge an ihrem Bett.“ Kurz schaut er zu seiner Frau, die ihn neugierig anschaut. Vielleicht erzählt ihr Mann diese Geschichte jetzt gerade zum ersten Mal.

Ich beuge mich etwas nach vorne, um mein Interesse an der Geschichte zu signalisieren.

„Na, der Junge stand da, als wollte er ihr drohen.“ Er nickt vor sich hin, als habe er die Situation wieder deutlich vor Augen. „Na, hören Sie. Vanessa war bewusstlos! Trotzdem hatte der Kerl die Hand erhoben, als wollte er sie schlagen. Als er mich bemerkte, hat er aufgehört zu reden und auch seine Hand sofort runtergenommen. Ich bin zu ihm hin, hab ihn gepackt und ihn angeschrien, was das soll.“ Hilflos schaut er erneut zu seiner Frau. „Aber bevor er noch etwas sagen konnte, war schon eine Schwester im Zimmer und hat mich zurückgezogen. Fast so, als sei ich ein Verbrecher oder so was.“ Sein Blick wird hart. „Hören Sie, dieser Kerl hatte mit ihrem Tod vielleicht etwas zu tun, und diese Schwester hilft diesem Kerl.“

Harold Fassburst blickt auf die glimmende Zigarette im Aschenbecher, und es sieht so aus, als wolle er sie mit einem einzigen tiefen Zug komplett inhalieren. „Er hat sich sofort losgerissen und dann kam noch eine zweite Schwester ins Zimmer, so eine junge, schwarzhaarige. Und ein Arzt war auch schon da. Und dann sind ein paar Worte gefallen.“ Er zuckt die Schultern. „Ich weiß nicht mehr, und dann ist der Kerl abgehauen. Ich wollte noch hinterher, aber die ältere Schwester hat mich festgehalten. Und die junge ist hinter dem Mann her. Bis ich mich losgemacht hatte, war der Kerl längst weg aus der Station. Ich bin die Treppe runter und ihm nach, aber draußen hab ich ihn nicht mehr gesehen. Da stand nur noch diese andere Schwester, die junge." Er schüttelt den Kopf. „Das war vielleicht unsere einzige Chance, die Schuldigen zu finden, wissen Sie, und diese Leute, diese … die halten mich fest und helfen ihm. Helfen vielleicht Vanessas Mörder." Kurz zuckt sein Gesicht, seine Wangen zittern, als müsste er jeden Augenblick anfangen zu weinen, aber dann entspannt er sich wieder und schaut mich nur müde an. „Ich bin dann an die Info am Eingang und habe gefragt, ob es Kameras gibt, Überwachungskameras. Aber dieser Typ hat mich nur angeguckt wie ein Auto und den Kopf geschüttelt." Er seufzt, hebt die Hände und lässt sie langsam wieder sinken. Seine Augen sind rot unterlaufen und wässrig. „Ja, und das war's dann. Als ich wieder rein bin und auf die Station, will ich mich über die Schwester beschweren, aber die ist nicht mehr da. Wahrscheinlich, weil sie gemerkt hat, dass sie richtig Bockmist gebaut hat." Er reibt sich über sein kratziges Kinn, das tatsächlich eine Rasur vertragen könnte. „Ich hab mich dann aber trotzdem beschwert. Hab mich nach der Oberschwester erkundigt und die hat mir auch gesagt, dass ich Recht habe … Recht!" Er winkt ab. „Aber das ist ja häufig so: Recht hat man ja meist, aber Gerechtigkeit bekommt man deswegen noch lange nicht." Seine Finger greifen nach der Zigarette im Aschenbecher und ich bemerke, dass sie zittern.

Fabian holt sein Handy heraus und zeigt Vanessas Vater Fotos der ermordeten Jungen. Wir fragen ihn, ob er möglicherweise einen der drei wiedererkennt, ob es einer dieser drei gewesen ist, der an Vanessas Bett stand und sie bedroht hat. Vanessas Vater betrachtet die Fotos lange, ehe er den Kopf schüttelt. „Nein, keine Ahnung, tut mir leid. Der hatte eine dicke Jacke an, Kragen hoch, und eine Baseballmütze … und ehrlich, das könnten alle drei gewesen sein oder keiner, ich kann das nicht sagen. Tut mir leid."

Fabian sucht einen Parkplatz vor dem Johanniter-Krankenhaus. Die Scheiben sind geöffnet und der Fahrtwind macht die Hitze einigermaßen erträglich. Es ist kurz nach elf und die Patienten werden hier – wie in jedem deutschen Krankenhaus – wahrscheinlich gerade mit Essen vollgestopft. Ich erinnere mich, als mein Vater zum letzten Mal in einer Klinik lag, kam das Abendbrot bereits um fünf Uhr nachmittags. Wer kann denn da etwas essen? Aber es passt besser in die Organisationsabläufe, deswegen müssen sich die Menschen der Bürokratie und Technik anpassen und nicht anders herum. Unsinn, an den wir uns mittlerweile gewöhnt haben und als selbstverständlich hinnehmen.

Seitdem wir das Haus der Fassbursts verlassen haben, denke ich an den unbekannten Jungen, der Vanessa im Krankenhaus höchstwahrscheinlich unter Druck setzen wollte. Welche Panik muss er gehabt haben, dass er dem Mädchen drohte. Und warum hatte er diese Panik? Wahrscheinlich aus Angst, Vanessa könnte ihn verraten, wenn sie wieder aufwachte und sich an denjenigen erinnerte, der ihr die Drogen gegeben oder sogar verabreicht hatte. Ehrlich gesagt finde ich es sehr schade, dass die Schwester einen Konflikt zwischen Vanessas Vater und dem Jungen verhindert hat. Durch die Aufmerksamkeit hätten sich wahrscheinlich alle Beteiligten genauer an den Unbekannten erinnern können.

An der Rezeption erwartet uns eine Überraschung. Ich brauche nur den Bruchteil einer Sekunde, ehe ich die blonde Frau hinter der Infotheke erkenne: Katrin Kuhler, eine merkwürdige und unheimliche Person, die Fabian und mir bereits bei den Ermittlungen zu einem Mord in der Bonner Südstadt begegnet ist. Fabian hält sie für eine Soziopathin und Pyromanin, die zuletzt den Hund ihrer Nachbarin angezündet hat, ehe sie eine Zeitlang in der Psychiatrie verschwand.

Ein breites Lächeln erscheint auf ihrem Gesicht, als sie uns wiedererkennt. Ein Lächeln, das ich als liebenswürdig einstufen würde, würde ich Katrin Kuhler nicht einzuschätzen wissen. „Der Herr Kommissar und die Frau Kommissarin". Ihre Stimme verrät Hohn. „Tut mir leid, wir haben heute keine Brandopfer im Angebot, aber warten Sie, ich schaue noch mal …" Übertrieben neugierig starrt sie durch ihre großen, runden Brillengläser auf den Bildschirmmonitor, dann schüttelt sie den Kopf.

Die Frau erinnert mich weiterhin an Janis Joplin mit ihrer ungewöhnlichen Hippiebrille und der dünnen Gestalt.

„Nein, das tut mir wirklich leid, da sind Sie umsonst gekommen. Weil …" Kurz zögert sie und lacht kokett mit einem übertriebenen Augenaufschlag. „Ich habe mir das Zündeln schon lange abgewöhnt, wissen Sie." Ihr Lächeln verschwindet und ihr Blick wird hart, als er zu Fabian wandert. „Weil Ihr netter Kollege mich hat wegsperren lassen, wissen Sie? Fast ein Jahr saß ich in der Klapse zwischen all den Bekloppten. Tag und Nacht. Und als ich wieder rauskam …" Sie hält inne, als sei es nicht der Mühe wert, sich mit uns abzugeben. „Ach, lassen wir das." Die Frau wirkt jetzt ähnlich müde wie Vanessas Vater, allerdings machte der einen gebrochenen, resignierten Eindruck. Katrin Kuhler dagegen wirkt so, als könnte sie jedem immer noch sehr weh tun, wenn sie nur alle Energie zusammenziehen würde.

Ich erinnere mich an meine erste Begegnung mit ihr: Sie kam uns vor der Wohnung des Bonner Galeristen S. S. Schröder entgegen, in der wir die Leiche seiner Freundin gefunden hatten. Sie trug eine Hirtentasche, so eine, wie ich sie zur Zeit meiner Konfirmation herumgeschleppt habe, gewebt wahrscheinlich in Nepal, mit Fransen am unteren Ende, und einer Schnur für die Schulter. Genau so eine Tasche erkenne ich nun hinter ihr, an einen der Schränke gelehnt, in der vielleicht Ordner mit Patientenlisten und Papierberge verstaut sind.

Provokant lehne ich mich an die Infotheke und lächle sie an, als würde uns eine jahrelange Freundschaft verbinden. „Frau Kuhler, wir sind, so schwer es auch zu glauben sein mag, nicht wegen Ihnen hier.“ Ich mache eine kleine Pause. „Dieses eine Mal nicht. Wir suchen die Station, auf der Vanessa Fassburst lag, das ist jetzt …“ Ich schaue kurz zu Fabian, weil ich nicht sicher bin, ob mein Gedächtnis mich nicht im Stich lässt. „Das ist drei Monate her. Ein junges Mädchen, das–“

„Ich weiß, wer das war“, unterbricht sie mich. „Ich sitze zwar hier an der Info, ich kann mich aber an das Mädchen erinnern, der Flurfunk funktioniert sogar bis hierhin perfekt. Irgendwelche Arschlöcher haben die Kleine unter Drogen gesetzt und sie dann verrecken lassen. Wahrscheinlich wollten sie sie irgendwo anders vergewaltigen, aber die Kleine war direkt hinüber und konnte nicht mehr laufen.“ Soweit die Vermutungen von Katrin Kuhler, vorgetragen im Brustton einer überzeugten Social-Media-Nutzerin, die ausschließlich aus dem Netz ihre Nachrichten bezieht, seien sie auch noch so falsch und an den Haaren herbeigezogen. Aber sie als Facebook-Opfer einzuordnen, ist wahrscheinlich ebenfalls schon wieder eine Vorverurteilung.

„Woher wollen Sie das wissen mit der Vergewaltigung?“, frage ich.

Fabian hält sich weiterhin deutlich im Hintergrund. Ich erinnere mich an unserem letzten Fall, und wieder denke ich, dass er so etwas wie Angst vor der Frau zu haben scheint.

„Lebenserfahrung, Frau Kommissarin, reine Lebenserfahrung.“ Katrin Kuhler lächelt überheblich. „Die Welt ist nicht besser geworden die vergangenen Jahre, auch wenn Sie fleißig daran arbeiten, alles im Lot zu halten, das können Sie mir glauben.“

„Ach ja?“, frage ich, weil mir nichts Besseres einfällt. Ich will eigentlich gar nicht mit dieser Person diskutieren, ich will nur den Namen der Station und dann weg von hier. Katrin Kuhler verströmt eine Aggressivität, die mir missfällt.

„Ja!“ Ihre Augen funkeln mich an, als habe sie persönlich die Erfahrung einer Vergewaltigung gemacht. Bei jeder anderen würde ich deswegen nachfragen, bei ihr nicht. Außerdem:

Anscheinend hasst sie nicht nur die Polizei, sondern Menschen im Allgemeinen. Ach ja, und Hunde kann sie augenscheinlich ja auch nicht wirklich gut leiden, wenn ich mich daran erinnere, warum sie überhaupt im LKH am Kaiser-Karl-Ring saß.

„Sagen Sie uns den Namen der Station, dann sind Sie uns auch schon wieder los!“ Nervös tippe ich mit einem Fingernagel auf den Tresen. Langsam habe ich genug.

Katrin Kuhler senkt den Blick und beginnt etwas in die Tastatur zu hacken. Dann blickt sie auf ihren Monitor: „Station B2, zweiter Stock. Fragen Sie nach der Stationsschwester, die wird Ihnen wahrscheinlich weiterhelfen können.“

Ich bedanke mich und Fabian und ich suchen den Aufzug. Fabian hält sich dicht hinter mir, als habe er Angst, die Frau könnte hinter ihrem Tisch hervorspringen und ihn beißen. Kurz bevor sich die Türen für die Fahrt nach oben schließen, schaue ich noch einmal Richtung Info. Katrin Kuhler verfolgt uns weiterhin mit den Augen, ihr Blick ist kalt und abweisend.

Kapitel 35

Margot:

Auf der Station B2 teilen zwei extrem dünne Frauen in blauen Kitteln das Essen aus. Sie tänzeln mit den grauen Tabletts über den Gang und in die Patientenzimmer, als würde ihre Leichtigkeit automatisch gute Laune verströmen und den Heilungsprozess der Kranken beschleunigen. Bei mir wirkt es offenbar, mir scheinen sie direkt sympathisch.

Im Infokasten auf Höhe der Mitte des Stationsganges steht ein einzelner Arzt. Mit gesenktem Blick studiert er mehrere eng beschriebene Blätter, die an ein Clipboard geheftet sind. Als Fabian an die Scheibe klopft, schaut er auf. „Was kann ich für Sie tun?“ Sein Lächeln ist automatisiert und routiniert, ähnlich dem von Fabian und mir.

„Lukas und Faust, wir sind von der Kripo. Wir würden gerne mit der Stationsschwester sprechen.“

„Um was geht es denn?“ Die Augen des Mannes drücken eine Wachheit aus, als würde er hinter unserem Besuch direkt einen Mord vermuten. In diesem Falle hat er möglicherweise sogar recht. Ich gehe einen Schritt näher auf ihn zu. Sein Namensschildchen weist ihn als „Dr. Röhler“ aus, die kleinen schwarz-goldenen Buchstaben unterstreichen seine Autorität, auf die er aufgrund seines jungen Alters vielleicht nachdrücklich hinweisen muss. Dr. Röhler mustert mich kurz, dann schaut er wieder zu Fabian.

„Vor drei Monaten lag eine Vanessa Fassburst hier auf der Station“, sage ich umständlich. „Im Zusammenhang mit ihr sind wir noch einmal dabei, verschiedene Fakten zusammenzutragen.“

Der Arzt lässt sein Clipboard sinken. An seinem rechten Ringfinger glänzt golden ein dicker Siegelring. „Ja, ich erinnere mich. Ein junges Mädchen. Drogen. Wir konnten nichts mehr für sie tun. Das war tragisch.“

„Warum?“

„Nun, dieses Mädchen machte – zumindest auf mich – gar nicht den Eindruck, als sei es derart … dumm, sich solche Pillen einzuwerfen.“ Sein Tonfall ist meiner Ansicht nach bei dieser Aussage eine Spur zu arrogant.

„Warum machte sie nicht diesen Eindruck?“, frage ich. „Hat sie mit Ihnen gesprochen? Ich dachte, sie sei die ganze Zeit über bewusstlos gewesen?“

„Sprechen, das nicht, aber das … das Umfeld war außergewöhnlich: Die Eltern waren … nette … aber es ist ja sehr oft so, dass man mit allem rechnet, aber nicht mit dem Schlimmsten.“ Ich finde es einigermaßen konfus, was er da sagt, halte mich aber still.

„So ist das wohl“, sinniert Fabian und hält Ausschau nach der Stationsschwester. Augenscheinlich ist ihm der Doktor nicht besonders sympathisch.

„Ist Ihnen denn irgendetwas aufgefallen, als das Mädchen hier lag?“, frage ich ins Blaue hinein.

„Aufgefallen?“, wiederholt er, als müsste ihm die Bedeutung dieses Wortes erst klar werden. „Nein, da war alles in …“ Er stutzt. „Nein, warten Sie. Da war tatsächlich etwas, das nicht so recht ins Bild passte.“

„Ach“, sage ich, nur mäßig interessiert. Vermutlich hat Fabian Recht, der junge Kerl hat gerade Langeweile oder drückt sich vielleicht vor einer schwierigen Visite oder Darmspiegelung, deswegen versucht er krampfhaft, mit uns Konversation zu machen.

„Ja, da war dieser … nun ja, dieser etwas abgerissene Kerl, der sie einmal besucht hat. Ohne dass wir das zuerst bemerkt hätten. Unfreundlich, ungepflegt, das passte gar nicht. Obwohl … manchmal kann man nicht verstehen, wer so mit wem …“ Er lächelt mich vielsagend an, als wüsste ich genau, was er meint. Ich frage mich kurz, ob ich das als Beleidigung auffassen soll.

„Was meinen Sie?“, frage ich, ohne meine Mundwinkel nur um einen Millimeter zu heben. Im Augenblick habe ich keine Lust auf Zweideutigkeiten, selbst wenn sie von einem jungen, hübschen Arzt ausgesprochen werden.

„Der Junge war vielleicht 17, 18. Dicke Jacke mit Pelzkapuze … bei so einem Wetter wie heute!" Er schüttelt ungläubig den Kopf. „Und als ich ins Zimmer kam, stand Schwester Agatha neben ihm und der Vater des Mädchens war auch da, und die drei sahen aus, als würden sie jeden Augenblick aufeinander losgehen. Und eine der jungen Schwestern war auch noch da. Sie stand neben mir in der Tür, soweit ich mich erinnere."

„Was hatte der Junge denn gemacht?", frage ich und versuche mir mein Interesse nicht anmerken zu lassen. Auch Fabian hält nicht mehr Ausschau nach irgendeiner Schwester, sondern hört dem Arzt nun interessiert zu.

„Das müssen Sie sie selber fragen. Der Junge hat sie wohl … geschüttelt, ich weiß es nicht mehr genau. Na ja, auf jeden Fall haben wir ihn mehr oder weniger rausgeworfen. Der Vater war ziemlich außer sich, Schwester Agatha hat ihn noch festhalten müssen, und es ging dann hin und her und schließlich ist der Bursche stiften gegangen."

„Würden Sie den jungen Mann wiedererkennen?", frage ich.

Dr. Röhler druckst herum. „Also, ehrlich gesagt, der Junge war Syrer oder Araber oder Iraker oder so, auf jeden Fall kam er aus der Gegend. Ich weiß nicht, ob ich–"

Fabian hat in der Zwischenzeit erneut sein Handy aus der Tasche geholt und scrollt über den Bildschirm. Nach ein paar Sekunden Suche hält er dem Arzt sein Handy entgegen. „War es der hier?"

Dr. Röhler kneift die Augen etwas zusammen und reckt den Hals nach vorne. „Oh, der sieht aber gar nicht gesund aus. Wo haben Sie das Bild aufgenommen? In der Rechtsmedizin?"

„Ist das der Junge?", fragt Fabian, ohne eine Antwort zu geben.

Dr. Röhler murmelt ein „Kann ich noch einmal …?", beugt sich noch weiter zu Fabian und nickt mir dann zu. „Ja, das ist der Junge. Der war hier. Was ist mit ihm passiert? Ich meine, er macht hier nicht den Eindruck, als ginge es ihm besonders–"

„Oder ist es vielleicht doch dieser?" Fabian scrollt ein Foto weiter. „Oder der hier?"

„Mein Gott, sind die alle tot?" Ungläubig starrt der Arzt auf Fabians Handy.

„Welcher der drei war hier?", fragt Fabian ausdruckslos.

„Äh, also wie gesagt, der erste. Der erste, den Sie mir gezeigt haben." Jetzt schaut er mich an. „Was ist mit ihm?"

„Der Junge ist tot", sage ich. „Genau wie die anderen." Jetzt lächle ich ihn doch an. „Sie haben uns sehr geholfen. Aber könnten Sie uns jetzt Schwester Agatha holen? Sie sagten doch, sie habe sich mit dem Jungen unterhalten."

„Ja, natürlich, kleinen Augenblick!" Der junge Arzt hastet so schnell aus dem Glaskasten, dass sein weißer Kittel wie der Mantel eines Magiers um ihn her flattert.

Fabian hält mir sein Handy entgegen. Auf dem Foto erkenne ich Amir Essa, unseren Toten aus der Tiefgarage Oper.

Kapitel 36

Margot:

Stationsschwester Agatha entspricht absolut nicht dem Bild, das sich mir bislang von einer leitenden Schwester gemacht habe. Sie ist klein und pummelig. Nichtsdestotrotz macht sie einen energischen Eindruck. Vielleicht ist das auch das überlebensnotwendige Merkmal einer Krankenschwester: Stark sein, sich durchsetzen können, vor allem gegen den täglichen Widerstand und die Launen von Ärzten und Patienten.

„Was wollen Sie wissen?", begrüßt sie uns ohne Umschweife. Aus einer sehr altertümlichen weißen Kaffeekanne, die eher einer Miniaturgießkanne ähnelt, gießt sie sich pechschwarze Flüssigkeit in einen gelben Becher mit dem Aufdruck eines Herzmedikaments. Sie bemerkt meinen Blick. „Wollen Sie auch einen, junge Frau? Oder Sie?" Ihr Blick geht zu Fabian, der den Kopf schüttelt.

„Nein, danke", lehne auch ich artig ab. „Vielen Dank. Wir kommen wegen Vanessa Fassburst, beziehungsweise wegen des Besuchs, den sie bekommen hat. Sie erinnern sich, oder? Das war vor drei Monaten."

Sie nickt, während sie vorsichtig in ihre Kaffeetasse pustet. Vielleicht hätte ich doch einen Kaffee nehmen sollen. Aber eigentlich habe ich mehr Durst auf Mineralwasser, kann aber hier keins entdecken. Weder auf dem reichlich mit Blättern beladenen Schreibtisch noch auf den beiden Kommoden an der Wand, auf denen sich ebenfalls Papiere und Zeitschriften stapeln.

„Das ist schon etwas her, aber Ihr … Ihr Stationsarzt kann sich an einen jungen Mann erinnern, der nicht zur Familie des Mädchens gehörte." Ich warte einen Augenblick, ob sie mir soweit folgen kann.

Sie nickt und gießt sich aus einem Kunststoffdöschen etwas Milch in ihren Kaffee.

„Das junge Mädchen, das an einer Überdosis diverser … diverser Drogen gestorben ist …", ergänze ich zaghaft.

Schwester Agatha nippt an ihrem Kaffee. Als ich sie genauer betrachte, erkenne ich, dass sie sicherlich nicht viel älter ist als ich, vermutlich auch Mitte vierzig. Aber weil sie klein und rundlich ist, wirkt sie mütterlicher als ich. Und damit auch ein wenig älter. Zumindest bilde ich mir das ein.

„Jaja, natürlich, das Mädchen", sagt Schwester Agatha schließlich. „Solch junge Patienten haben wir auf der Station nicht oft. Natürlich erinnere ich mich." Sie nimmt noch einen Schluck. „Der Junge. Ja, ein unangenehmer junger Mann. Trug eine Jacke, obwohl wir wie heute sicherlich über 30 Grad hatten. Als ich ins Zimmer kam, stand er Vanessas Vater gegenüber und beide haben sich ange- … na ja, wie sage ich es am besten ... Sie haben nicht gebrüllt, schon allein wegen Vanessa nicht, aber angezischt haben sie sich. Zuerst habe ich gedacht, der Junge hätte dem Mädchen die Zugänge gekappt und der Vater hätte ihn dabei erwischt, aber dem war wohl nicht so." Sie schaut kurz zu Fabian, der sich an eine der beiden Kommoden lehnt und sicherlich jeden Augenblick einen Stapel Papier zum Umstürzen bringen wird.

„Die beiden haben mich zuerst gar nicht bemerkt, weil sie so in Rage waren, alle beide. Haben aufeinander eingeredet, obwohl die Kleine da ohne Bewusstsein lag, das war schon … irgendwie furchtbar." Sie seufzt. „Na ja, und dann haben sie bemerkt, dass ich an der Tür stand. Der Junge hat sich umgedreht und mich angestarrt, als wollte er mich gleich umbringen." Sie lacht empört. „Der Bursche hat mich doch tatsächlich gefragt, was ich hier mache, und ob ich nicht anklopfen könne." Sie schüttet noch etwas Milch in ihren Kaffee, der jetzt schon fast weiß schimmert. „Na, dem hab ich ein paar passende Worte gesagt. Hab die Tür aufgelassen, damit die anderen das mitbekommen, weil man nie weiß, ob da nicht einer doch durchdreht wegen eines Angehörigen, und dann ist ja auch Dr. Röhler dazugekommen und Schwester Farah."

„Und dann ist der Junge verschwunden?", fragt Fabian. Erstaunlicherweise wackelt bis jetzt noch keiner der Papierstöße auf der Kommode.

„Verschwunden?“ Schwester Agatha jongliert mit der Bedeutung des Wortes. „Wenn Sie so wollen … verschwunden. Aber ich würde eher sagen, abgehauen. Hat sich zwischen dem Vater, Dr. Röhler und Farah durchgeschlängelt und ist abgehauen. Das trifft's eher: abgehauen! Farah ist dann noch hinter ihm her, obwohl ich ihr zugerufen habe, sie solle hierbleiben.“

Sie stellt die Tasse ab, deren Inhalt eindeutig milchig aussieht. Das hat wirklich nichts mehr mit Kaffee zu tun.

„Man weiß ja nie“, schiebt sie hinterher. „Der Junge war sehr wütend, möchte ich mal sagen. Und Farah ist ja doch auch ein kleines Persönchen.“ Wieder denkt sie einen Augenblick nach. „Dr. Röhler und ich haben uns dann Vanessa angeschaut, haben die Zugänge nochmal geprüft und alle Daten, weil man ja nie weiß, ob da nicht jemand … Na ja, auf jeden Fall war soweit alles in Ordnung. Ich bin dann raus auf den Flur und habe Farah gesucht und bin sogar noch runter durchs Treppenhaus, weil ich nicht wollte, dass Farah mit dem Kerl eine Diskussion oder so was anfängt. Ihn zur Rede stellt und der dann durchdreht, das haben wir auch schon hier gehabt, kann ich Ihnen sagen. Aber sie stand dann nur unten vor der Eingangstür und hat dem Burschen nachgeschaut. Ich hab sie gefragt, ob alles in Ordnung sei, ob der Kerl noch etwas gesagt habe. Habe sogar geguckt, ob er sie vielleicht geschlagen hat, aber sie war ganz ruhig und hat nur gelächelt und den Kopf geschüttelt und wir sind wieder hoch.“ Sie breitet die Arme aus, um ihr Resümee zu unterstreichen. „So war das.“

„Und der Vater ist nicht hinter dem Jungen her?“, frage ich.

Schwester Agatha schüttelt den Kopf. „Nein, der ist bei uns geblieben, der war weiter im Zimmer. Hat sich dann auch wieder um seine Tochter gekümmert.“ Sie stutzt kurz. „Obwohl er auch sauer war. Meinte, der Junge sei vielleicht schuld an Vanessas Zustand und dass wir den nicht hätten gehen lassen dürfen. Aber wenn wir jeden hier festhalten würden, der nicht ganz koscher aussieht … dann hätten wir viel zu tun.“

„Und Schwester Farah, ist die heute da?“, fragt Fabian. Er starrt so lange auf die Kaffeekanne, bis Schwester Agatha erneut fragt, ob er vielleicht doch eine Tasse haben möchte. „Sehr gerne!" Fabian lächelt jetzt und auch ich nehme ebenfalls eine angebotene Tasse. Auf die Milch werde ich allerdings verzichten.

Während Schwester Agatha aus einer der Kommoden zwei Tassen samt Untertassen holt, sagt sie: „Ja, Farah ist heute auf Station. Ich kann sie gerne holen. Aber mehr wird sie Ihnen auch nicht sagen können. Denke ich zumindest." Die Stationsschwester schenkt uns eine Flüssigkeit ein, die tatsächlich so schwarz wie Kohle ist. Himmel, jetzt weiß ich, warum hier die Milch steht.

„Das wäre nett", sage ich und nippe vorsichtig am Kaffee. Das Zeug schmeckt noch scheußlicher, als es aussieht. Der Pieper an Schwester Agathas Brusttasche macht sich bemerkbar. Sie murmelt eine Entschuldigung und verlässt den Raum. „Komme gleich wieder!", ruft sie uns zu.

Ich schlucke den Kaffee herunter, den ich im Mund habe, den Rest kippe ich in den Ausguss des kleinen Waschbeckens und spüle mit ein wenig Wasser nach. Als ich mich umdrehe, sehe ich, wie Fabian den ersten Schluck Kaffee wieder zurück in die Tasse spuckt.

„Himmel, was soll das denn sein? Schmieröl?" Er verzieht das Gesicht.

Ehe ich irgendetwas Witziges antworten kann, steht Agatha mit einer noch kleineren Schwester im Raum. Das Mädchen ist nicht älter als Anfang zwanzig. Ihre Haare sind pechschwarz, ihr Teint ist cappuccinofarben, wenn man das heutzutage noch sagen darf. Ein schönes Mädchen mit dunklen, großen Augen. Sie begrüßt uns lächelnd und fragt, was wir wissen möchten.

„Farah ist erst seit anderthalb Jahren hier bei uns." Schwester Agatha lächelt stolz. „Aber sie ist mittlerweile eine der besten. Die Ausbildung läuft prima, sie spricht schon sehr gut Deutsch, im Schwesternwohnheim drüben ist sie beliebt und–"

Als Fabians Handy klingelt, nutze ich die Gelegenheit, um Agatha in ihrem Lobmarathon auf die junge Schwester zu unterbrechen. „Schwester Farah, haben Sie mit dem jungen Mann gesprochen, der bei Vanessa Fassburst im Zimmer war? Oder warum sind Sie hinter ihm hergerannt? Hat er noch etwas zu Ihnen gesagt?"

Die junge Frau schüttelt den Kopf. Ihre Haare haben einen blauschwarzen Glanz, der mich fasziniert. Durch ihren weißen Schwesternkittel verstärkt sich der Kontrast. „Nein, ich wollte nur sehen, ob er das Haus wirklich verlässt. Ich habe nicht mehr mit ihm gesprochen. Er war zu schnell." Sie spricht langsam, die Worte kommen stockend, aber klar.

Ich nicke ihr zu und lächle, sie lächelt zögernd zurück. Während Fabian telefoniert, wende ich mich erneut an Schwester Agatha. „Und Vanessas Vater? Ist der dem Jungen dann auch noch hinterher?"

Schwester Agatha schaut kurz zu Farah und beide schütteln den Kopf. „Nein", sagt Agatha. „Der Mann war zwar aufgelöst und wütend, aber wir konnten ihn wieder beruhigen. Er hat sich dann wieder zu seiner Tochter gesetzt." Sie überlegt kurz. „Ich weiß noch, er hatte ein Buch dabei und hat sich dann ans Fenster gesetzt und gelesen. Und … ja, ich musste dann auch wieder weg und wir sind dann weiter." Sie lächelt Farah an, ein Streicheln durch die Luft. Es ist nicht zu übersehen, dass die junge Frau zu ihren Lieblingsschwestern gehört.

„Ein gutes Stichwort!" Fabian hat aufgehört zu telefonieren und streckt Schwester Agatha die Hand entgegen. „Wir müssen dann ebenfalls weiter."

Nachdem wir uns verabschiedet haben, merkt Fabian, dass er seine noch fast volle Tasse Kaffee in der linken Hand hält. „Schade, den muss ich jetzt leider hierlassen", lacht er Agatha an, die die Hand ausstreckt und die Tasse entgegennimmt. Ich hatte schon ganz verdrängt, wie gut Fabian noch immer lügen kann.

Kapitel 37

Margot:

Die Sonne blendet und ich lasse mich tief in den Beifahrersitz des Cherokee sinken. „Wir müssen unbedingt mit Junis sprechen!“, sage ich mit geschlossenen Augen.

Die Hitze schafft mich, die Luft ist dünn, heiß und sicherlich ungesund. Neben mir höre ich, wie sich Fabian ebenfalls in den Wagen setzt, die Türe schließt und die Klimaanlage startet. Fast augenblicklich strömt kühle Luft durch unzählige Schlitze in den Innenraum des großen Wagens. Mein eigener, ein alter Simca 1200 S-Coupé, steht leider wieder in meiner Werkstatt in Beuel. Täglich telefoniere ich mit den Mechanikern von Auto Fuchs, vor allem, weil sie mein Okay für die Bestellung diverser Ersatzteile brauchen. Weil die Ersatzteile meist auf dem Markt nicht mehr zu haben sind und die findigen Mechaniker sie meist auf Schrottplätzen suchen müssen, brauchen sie mein Okay. Aber ich liebe meinen unorthodoxen Simca und bislang vergebe ich dem Oldtimer all seine Macken. Er wird sich an mich gewöhnen, da bin ich mir sicher.

„Sollen wir Junis aufs Präsidium kommen lassen?“ Fabians Stimme klingt so müde, wie ich mich fühle.

Ich verscheuche die Gedanken an mein Lieblingsauto, auch wenn es mir schwerfällt. „Nein, lass uns bei ihm vorbeifahren, als kleine Überraschung.“ Tatsächlich hoffe ich genau wie Fabian, dass wir ihn überrumpeln können.

Widerwillig nimmt der alte Motor Fahrt auf. Ich öffne die Augen und spüre, wie mir die Zunge am Gaumen klebt. In der Ablage rechts finde ich eine fast volle Flasche Mineralwasser. Ich trinke viel zu wenig. Das Wasser ist warm und fast ohne Kohlensäure, aber das ist mir egal. Als ich die Flasche wieder in der Ablage verstaue, ist sie fast leer.

Während der Fahrt zu Junis telefoniere ich mit B&B. Seit dem Morgen sind Bierganz und Braun wieder oben im Echsengarten in Königswinter. Gaby Rosenberg hat den kleinen Zoo heute zum ersten Mal wieder geöffnet und kann sich vor Besuchern kaum retten. Schon am frühen Morgen standen Dutzende Väter und Mütter mit ihren Kindern vor der Nibelungenhalle, um Karten zu bekommen, teilt mir Peter Braun mit. Als ob es keinen besseren Ort für kleine Kinder geben könnte als den Schauplatz eines Unfalls oder Verbrechens. Außerdem lungert dort oben immer noch ein Kamerateam eines Privatsenders herum, sagt Peter, das die Spaziergänger interviewt und nach dem Verlassen des kleinen Zoos nach ihren Eindrücken fragt. Wie originell.

Ich frage Peter, ob sie irgendeine Spur haben, aber Peter verneint kleinlaut. Ich seufze innerlich. Fabian und ich werden uns mit den beiden zusammensetzen müssen, um den Fall mit ihnen zu besprechen. Ehe sich von Blasierow einmischt und den beiden den Fall abnimmt.

Kapitel 38

Junis:

Junis sitzt am Fenster in der kleinen Küche und starrt auf den kleinen Vogel, der auf dem Kopfsteinpflaster zwischen den Sträuchern entlanghüpft. Ein kleiner schmuckloser brauner Vogel auf der Suche nach einem Krümel, einer Fliege, einem Käfer oder einem Würmchen, sorg- und ahnungslos. Denn was dieser Vogel bislang nicht bemerkt hat, ist die Katze, die knapp drei Meter hinter dem Vogel kauert und sich fast in Zeitlupe immer näher an ihn heranschleicht. Sanft setzt die Katze eine Pfote nach vorne, dann die andere, um sich lautlos dem Vogel zu nähern, dessen winziger Kopf ab und zu nach links oder rechts ruckt, der aber niemals nach hinten blickt. Jetzt ist die Katze anscheinend der Überzeugung, nah genug an ihrem Opfer zu sein, denn sie beginnt leicht mit dem Hinterteil zu wackeln. Ein Zeichen, dass das Raubtier kurz davor ist, anzugreifen, das weiß Junis. Es würde nur noch ein, zwei Sekunden dauern, dann würde das Tier blitzschnell nach vorne hechten, sich mit seinen Hinterpfoten abdrücken, seine Vorderpfoten strecken und versuchen, den kleinen Vogel mit seinen Tatzen auf den Boden zu drücken, um ihm dann in den Kopf zu beißen. Nicht töten, nur spielen … vorerst zumindest.

Einen kurzen Moment ist Junis versucht, sich weiter still zu verhalten, einfach zu beobachten, was passiert. Vielleicht schafft es der kleine Vogel ja zu entkommen, vielleicht spürt er im letzten Moment einen Luftzug, bevor die Tatzen der Katze ihm das Licht nehmen, die spitzen Krallen sich in seine Federn und seine Haut bohren und er zum Spielzeug dieser kleinen Bestie wird. Dann aber schnellt Junis doch mit seinem ganzen Körper nach vorne und klopft mit dem angewinkelten Zeigefinger seiner rechten Hand dreimal laut gegen die Scheibe. Fast gleichzeitig flattert der Vogel erschrocken davon. Die Katze blickt erstaunt in

Junis' Richtung, um dann dem entkommenen Vogel hinterherzuschauen. Junis lächelt und macht eine Geste der Entschuldigung in Richtung Katze. Das Tier leckt sich mit seiner Zunge über das kleine Maul, als sei ihm bei der Aussicht auf das bevorstehende Mahl schon das Wasser im Mund zusammengelaufen. Junis seufzt laut, dann lässt er sich zurück auf seinen Stuhl sinken.

Einen Augenblick noch denkt er an den kleinen Vogel, dem er das Leben gerettet hat, dann aber treiben seine Gedanken wieder zurück zu dem Gespräch, das Amir vor kurzem mit seinem älteren Bruder geführt hatt Da hat er ihm zunächst keine Bedeutung beigemessen. Es war in dem Schnellrestaurant an dem großen Platz, nur ein paar Schritte von ihrer Wohnung hier entfernt. Er hat nicht genau hingehört, was Amir und Tarek da besprochen haben, er hat lieber die Mädchen beobachtet, die draußen in der Hitze in ihren engen Röcken und Tops vorbeigegangen sind. Dabei war das Gespräch zwischen Amir und Tarek sehr wichtig, das weiß er jetzt. Seitdem Tarek tot ist, versucht er sich an die Einzelheiten dieses Gespräches zu erinnern, aber viel ist da nicht mehr vorhanden. Amir hat irgend so etwas erzählt, dass er jemanden getroffen habe, auf dessen Bekanntschaft er sehr gut hätte verzichten können. Aber gleichzeitig hat er auch gelacht und gemeint, dass keine Gefahr bestünde, was solle schon geschehen? Junis kann sich nicht mehr genau erinnern, um wen es ging, wie gesagt, er hatte eher Blicke und Gedanken für die Beine der Mädchen übrig. Er weiß nicht einmal, ob sein Bruder und Amir über einen Mann oder eine Frau oder eine ganze Gruppe gesprochen haben Dabei war das sehr wichtig, das weiß er jetzt – sehr, sehr wichtig.

Junis reibt sich die Augen. Als er sie wieder öffnet, fällt sein Blick erneut nach draußen. Die schwarze Katze ist mittlerweile verschwunden. Wahrscheinlich schleicht sie nur ein paar Meter entfernt erneut geduckt über die Pflastersteine, auf der Suche nach einem neuen Opfer, mit dem sie spielen kann. Junis lächelt traurig: Für die einen ist es Spaß, für die anderen ein Kampf auf

Leben und Tod. Es kommt immer darauf an, auf welcher Seite man steht. Man muss zusehen, dass man dort ist, wo gejagt und gewonnen wird, nie dort, wo die Verlierer sind. In dem Augenblick, als er aufstehen und sich einen Tee machen will, läutet es an der Tür.

Kapitel 39

Margot:

Als ich bereits geklingelt habe, weiß ich immer noch nicht, wie wir am besten vorgehen. Ist es sinnvoll, Junis unter Druck zu setzen und ihm Angst zu machen? Ihm zu drohen, dass es ihm genauso ergehen könnte wie Amir und seinem Bruder Tarek, wenn er nicht mit uns zusammenarbeitet und uns verrät, was er weiß? Oder sollen wir es auf die pädagogische, verständnisvolle Art versuchen, obwohl vor allem ich dazu nicht besonders fähig bin?

Als Studentin hab ich während eines der späteren Semester bei einer Telefonseelsorge gejobbt, allerdings nicht einmal einen halben Tag. Die Anrufer am Ende der Leitung hatten mich schnell davon überzeugt, dass sie Recht hatten mit ihrer Verzweiflung und ihrer Depression. Ich konnte einfach keine überzeugenden Argumente dafür finden, dass sie sich keine Kugel in den Kopf schießen sollten. Oder von der Brücke springen. Oder Tabletten nehmen. Nach anderthalb Stunden hat mich der Chef der Seelsorge entsorgt. Wahrscheinlich hatte ich an diesem Tag mehrere Suizide zu verantworten.

Eine Gruppe Radfahrer prescht an uns vorbei, bunt gekleidet und trotz der großen Hitze vernünftigerweise alle mit Helm. Sie klingeln eine Schar Kinder auf den Bürgersteig, nicht ohne den Jungen und Mädchen im Vorbeifahren zuzurufen, dass sie auf der Straße nichts zu suchen hätten. Ich schüttle den Kopf, weil mir Radfahrer in Bonn häufig über Gebühr selbstgerecht begegnen: Für sich nehmen sie jedes Recht in Anspruch, das sie besitzen, aber bei den Pflichten wird häufig ausgiebig diskutiert. Oder geschimpft. Regelmäßig fahren Radfahrer zum Beispiel unterhalb der Oper radelnd über den Zebrastreifen und regen sich maßlos auf, wenn ein Auto nur knapp einen Zusammenstoß verhindern kann. Dabei haben sie als Radfahrer auf einem Zebrastreifen gar kein Vorfahrtsrecht. Nach der Straßenverkehrsordnung – und da bin ich jetzt einmal ganz Beamtin – müssten sie absteigen und das Rad schieben. Jedes Mal, wenn ich das sehe, möchte ich den- oder diejenige anhalten und eine Ordnungswidrigkeit anmahnen, aber Fabian hat mich bislang immer zurückgehalten.

Die alte Holztür öffnet sich und Junis steht vor uns. Der schlaksige Junge wirkt müde und ungewaschen. Als wir an ihm vorbei in die Wohnung gehen, empfängt uns abgestandene, heiße Luft, angefüllt mit der Muffigkeit ungeöffneter Fenster. Trotz des Sonnenscheins wirkt die Wohnung dunkel. Fabian stolpert im Flur über einen Holzschemel, er flucht und hält sich sein Knie.

Junis hat bislang nichts gesagt außer einem leisen „Hallo“, jetzt folgen wir ihm in die Küche. Hier ist es etwas kühler. Auf dem kleinen Tisch stehen fünf Teetassen, die Flüssigkeit ist an vier von ihnen schon festgetrocknet. Daneben drei Teller mit diversen Essensresten, Reis, Nudeln, ein Gemüse, das blass-grün schimmert und vielleicht vor ein paar Tagen einmal Ähnlichkeit mit Broccoli besessen hat. Neben einem altmodischen Spültisch sind sieben oder acht Pizzakartons gestapelt, halboffen und ineinandergeschoben, als wollten sie sich gegenseitig auffressen. Dem Jungen liegt augenscheinlich nichts an wohnlicher Aufgeräumtheit, allerdings kann ich mir vorstellen, dass er seit einigen Tagen tatsächlich andere Sorgen hat, als sich um einen Vorzeigehaushalt zu bemühen.

Mit einer nachlässigen Handbewegung bietet er uns einen Platz am Tisch an, und Fabian und ich setzen uns dicht ans Fenster. Vorsichtig schiebe ich eine der schmutzigen Tassen beiseite. Auch diesmal bin ich von der Nähe der Stiftskirche beeindruckt. Der Vorplatz ist gesäumt mit Sträuchern, die wild zwischen dem welligen Kopfsteinpflaster hervorbrechen. Direkt angrenzend erhebt sich der mächtige Bau der Kirche.

Junis fragt uns, ob wir einen Tee wollen, aber Fabian und ich lehnen dankend ab. Wer weiß schon, welche der dreckigen Tassen er uns anbieten würde. Junis schaut uns abwechselnd an, er wirkt ruhig, fast abgeklärt.

„Wie geht es dir?“, breche ich die Stille. Schön wäre es, wenn Junis jetzt erzählen würde, was er nun ohne seinen Bruder macht, schön wäre es, wenn er davon erzählen würde, in was sein Bruder und Amir da hineingeraten sind, so dass sie sterben mussten. Schön wäre es, wenn der Junge uns vertrauen würde. Aber all das tut er natürlich nicht. Seine Ablehnung ist nun deutlicher zu spüren, jetzt, wo er nicht mehr ausweichen kann und uns still gegenübersitzt. Er wartet ab und fragt sich, warum wir hier sind. Aber natürlich weiß er es, es liegt klar auf der Hand: Sein Bruder ist tot, der Freund seines Bruders ebenfalls. Warum sollten wir sonst hierherkommen?

„Es geht mir gut!“, sagt er bestimmt und lächelt kurz. Seine Augen sind schwarz und lassen keine Gefühle erkennen. Die Finger beginnen einen schnellen Rhythmus auf seinen Oberschenkeln zu trommeln. Jetzt wirkt er doch etwas nervös. Außerdem spüre ich noch etwas anderes außer Nervosität und Abneigung: eine Furcht, die nicht uns, sondern etwas anderem gilt, oder … jemand anderem. Man muss kein Genie sein, um zu erkennen, dass er sich vor demjenigen fürchtet, der Amir und Tarek umgebracht hat. Und möglicherweise auch Aaron, den Tierpfleger.

Im Geiste gehe ich noch einmal durch, was ich von Junis weiß: Zusammen mit Amir und Tarek ist er vor zwei Jahren in Deutschland angekommen, in Bayern gelandet, dann nach Bonn transportiert worden; seitdem haben sich die Jungs hier durchgeschlagen. Amir und Tarek, vor allem Amir, besaßen tiefere Kontakte zur Drogenszene. Aber Junis? Die Kollegen konnten mir nichts über ihn erzählen, er ist nicht auffällig, geschweige denn straffällig geworden. Und über Aaron wissen wir noch weniger. Arthur und Peter erfahren heute hoffentlich mehr über den Tierpfleger.

„Was ist passiert?“, frage ich unvermittelt. Die Frage ist einfach herausgeplatzt, was nicht gut ist für eine erfahrene Hauptkommissarin, die in einem Mehrfachmord ermittelt. Aber nun ist es gesagt, und genau darum geht es ja auch: Was, verdammt nochmal, ist passiert?! Warum mussten Amir und Tarek sterben? In manchen Medien werden rechtsradikale Täter vermutet, auch intern haben wir diese These natürlich aufgestellt, aber keine unserer übergeordneten Behörden hat sich bislang eingeschaltet, und solange das nicht passiert, werden Fabian und ich diese Tötungsdelikte so normal behandeln wie jedes andere Tötungsdelikt auch. Sensibel, behutsam, ohne Vorurteile in die eine oder andere Richtung.

Junis hebt langsam den Kopf, seine Finger unterbrechen den Rhythmus auf seinen Oberschenkeln, er schaut mich an. „Was soll passiert sein?"

„Na, zum Beispiel, dass dein Bruder und ein Freund nun tot sind. Die beiden Menschen, mit denen du die vergangenen beiden Jahre wahrscheinlich am meisten zu tun hattest, die deine Familie waren. Ich sage es mal ganz einfach, Junis: Wir würden gerne wissen, ob du eine Erklärung dafür hast, dass die beiden tot sind. Warum sind sie gestorben? In was sind die beiden da hineingeraten? Mit wem haben sie sich angelegt?" Als Junis wieder zu trommeln beginnt, greife ich seine Hände und halte sie kurz fest. „Und vielleicht bist du ja auch da hineingeraten. Ist es so? Hast du Angst? Du machst mir nämlich ganz den Eindruck."

Ich lasse seine Hände los. „Also rede mit uns. Was ist passiert?"

Draußen schleicht eine schwarze Katze über den Kirchhof. Geduckt und vorsichtig bewegt sie sich vorwärts. Kurz bin ich abgelenkt, dann konzentriere ich mich wieder auf Junis. Aber der Junge sagt weiterhin nichts. Weder Fabian noch ich dringen zu ihm durch. Es ist, als habe er Angst, sein Schweigen zu brechen, als würde er damit etwas lostreten, das nicht losgetreten werden darf.

„Was hat Amir bei Vanessa Fassburst gewollt?", frage ich, nachdem ich sicherlich zehn Minuten über Amirs Drogengeschäfte gesprochen habe, ohne eine einzige Antwort von Junis zu bekommen. „Wollte er sich bei dem Mädchen für das entschuldigen, was ihr passiert ist? Hat er Angst gehabt, dass er der Kleinen die falschen Drogen beschafft hat? Und dass nun Leute hinter ihm her sein könnten, die noch eine Nummer skrupelloser sind als er?“

Junis schaut mich jetzt an, dann beginnt er tatsächlich zu sprechen. „Was für ein Mädchen?“, fragt er, und ich merke, dass ich sein Interesse geweckt habe.

„Ein 15-jähriges Mädchen, das halbtot am Hofgarten gefunden wurde. Sie ist eine Woche später in der Uniklinik gestorben. Das ist jetzt ungefähr drei Monate her und Amir – und vielleicht auch dein Bruder – hatten wahrscheinlich etwas mit dem Tod dieses Mädchens zu tun.“ Ich schaue ihn durchdringend an. „Vanessa hieß sie, hörst du? 15 Jahre war sie, 15!“

„Und Amir ist zu dem … dem Mädchen ins Krankenhaus?“, fragt Junis.

„Ja.“ Ich atme tief ein, vielleicht haben wir nun doch seine volle Aufmerksamkeit. „Ist wie gesagt schon eine Weile her.“

„Warum sollte sich Amir für etwas entschuldigen, was er nicht getan hat?“ Hohn schwingt in seiner Stimme mit und zum ersten Mal habe ich das Gefühl, dass ich den Jungen überschätzt habe. Junis lebt nicht in meiner Welt. Und wer bin ich, dass ich glaube, diejenigen, die auf die falsche Straße abgebogen sind, retten zu können? Noch dazu mit ein paar billigen, warmen Worten.

„Wen hat Amir denn getroffen im Krankenhaus?“, fragt Junis scheinbar uninteressiert, aber natürlich merke ich, dass er genau das wissen will. Seine Finger trommeln nicht mehr, ich besitze seine ganze Aufmerksamkeit.

„Niemanden!“, sagt Fabian. „Und das ist auch nicht wichtig, hörst du? Wichtig ist, dass du uns erzählst, was Amir und Tarek gemacht haben die vergangenen Wochen, mit wem sie sich getroffen haben, wem sie vielleicht auf den Geist gegangen sind, mit wem sie gestritten haben. All das, weißt du?“

„Gestritten?“ Wieder wirft er uns diesen verächtlichen Blick zu. „Mit jedem. Alle haben uns nicht leiden können.“ Er schnaubt, als habe er sich längst damit abgefunden, dass die ganze Welt gegen ihn ist. „Wer kann uns schon leiden?“

„Kennst du einen Roland Hambitz?“, wechsele ich das Thema.

Junis' Blick wandert zu mir. „Wer soll das sein?", fragt er verächtlich, aber seine dunklen Augen sind hellwach.

„Das ist ein Schüler, der in ziemlich großem Stil mit Drogen dealt. An der Gesamtschule Bonn-Beuel. Und der offenkundig Kontakt zumindest zu deinem Freund Amir hatte."

„Ah ja!", sagt er so gelangweilt, als hätte ich ihm gerade erklärt, dass die nächste Preiserhöhung für die Tickets der Bonner Stadtwerke nicht mehr lange auf sich warten lässt.

Ich seufze und versuche es ein letztes Mal. „Junis, es wäre gut, wenn du mit uns reden würdest", sage ich bittend und mache eine kurze Pause. „Dir ist schon klar, dass du wahrscheinlich in ziemlicher Gefahr bist, oder?"

Ein Lächeln zieht über Junis' Gesicht, sogar seine Augen lächeln jetzt. Es scheint, als habe er für sich eine Antwort auf all unsere Fragen gefunden, ohne sie jedoch mit uns teilen zu wollen.

Er ist ein zäher Junge, er hat schon viel erlebt und viel durchgemacht. Warum sollte er vor uns, zwei kleinen deutschen Beamten, in die Knie gehen? Ich habe die Befürchtung, dass er einen Plan besitzt, wie er mit der Situation umzugehen hat. Vielleicht haben sogar wir ihn darauf gebracht, befürchte ich einen Moment. Als wir aufstehen und die Wohnung verlassen, versuche ich die Information aus unserem Gespräch herauszufiltern, die für Junis vielleicht wichtig gewesen ist.

Kapitel 40

Margot:

Ich brauche ein paar Stunden Ruhe. Die Flut der Informationen der vergangenen beiden Tage hat mich müde gemacht. Aus einer Laune heraus habe ich Fabian angeboten, in zwei Stunden bei mir vorbeizukommen. Ich habe sogar angeboten, dass er seine Frau und seine Kinder mitbringen kann, weil ich sie alle zu einem Stück Käsekuchen einladen will. Daniel habe ich nicht erreicht, ihm aber auf die Mailbox gesprochen. Es ist bereits Abend, trotzdem krame ich in der Küche nach dem gelben Ordner mit den Rezepten meiner Mutter. Vor zwanzig Jahren hat sie mir diverse Kuchenrezepte notiert, in ihrer kleinen, runden Schrift, die so ausgeglichen wirkt und ruhig.

Als der Kuchen sich schließlich im Backofen befindet, lege ich mich auf mein Bett und bin wenige Minuten später eingeschlafen. Hausfrau sein macht müde.

Das schrille Scheppern meines Küchenweckers reißt mich aus dem Schlaf. Ich erwache in der Abenddämmerung, dem friedlichsten Licht des Tages. Die beginnende Dunkelheit wirkt sanft und beruhigend. Durch das gekippte Fenster höre ich Kinderlachen und Automotoren. Ich schwitze. Die Wärme des Tages hat es geschafft, auch in meine Wohnung zu dringen, obwohl ich in jedem der drei Räume jeweils einen großen Ventilator laufen habe. Ich öffne die Ofenklappe und der süße Duft des Kuchens schwallt mir inmitten einer Hitzewolke entgegen. Die Türschelle erschreckt mich so sehr, dass ich die Kuchenform beinahe fallen lasse und sie nur mit Mühe auf dem Herd abstellen kann. Ich öffne die Tür und sowohl Fabian als auch Daniel stehen vor mir, beide mit einem schelmischen Grinsen im Gesicht.

„Was ist?“, frage ich irritiert.

„Du siehst ein bisschen verpennt aus“, sagt Daniel und küsst mich.

Fabian drückt sich an uns vorbei in meine Wohnung. „Ah… genau richtig gekommen, hier gibt's was zu essen!"

„Wo ist Susanne?", frage ich und schaue kurz nach draußen auf den Flur. Ich hab nicht damit gerechnet, dass sie ebenfalls kommt, trotzdem möchte ich wissen, ob bei den Fausts zu Hause alles in Ordnung ist. Weil Fabian sich im Frühjahr für kurze Zeit eine Affäre zugelegt hat, war das Klima im Hause Faust lange nicht besonders gut. Ich sollte die Krise schlichten und hätte es beinahe geschafft, die beiden endgültig auseinanderzubringen.

Zwei Stunden später ist Fabian gegangen und Daniel und ich liegen auf der Couch im Wohnzimmer. Ich merke, dass mir Daniel etwas sagen will, seine Lockerheit ist in dem Augenblick verflogen, als Fabian die Tür hinter sich zugezogen hat. Als er mich dann stockend und schüchtern wie ein Schuljunge fragt, ob ich mir vorstellen könnte, zusammenzuziehen, setze ich mich überrascht auf.

„Zusammenziehen? Wir beide?" Ich kann mein Erstaunen leider nicht verbergen, was ihm gegenüber nicht sehr nett ist. Meine Reaktion muss ihn denken lassen, ich würde mir lieber einen Käfig im Neuwieder Zoo mieten als mit ihm eine Wohnung teilen.

Daniel schaut mich dementsprechend halb entsetzt, halb enttäuscht an. „Ja, zusammenziehen! Ist das so ein abwegiger Gedanke?" Ich spüre, er ist eingeschnappt. Aber nur kurz. Er zögert noch, dann streicht er mir ein paar Haare aus der Stirn, „Griechenland, das war … ich fand Griechenland so schön mit dir, es war … es war wirklich die schönste Woche des Jahres, und … natürlich würden wir zwei Wohnungen haben, schon allein für einen Rückzug und so, aber warum sollen wir es nicht versuchen? Margot, wir kennen uns jetzt drei Jahre, und mittlerweile … mittlerweile habe ich mich sogar an deinen Namen gewöhnt." Er lächelt. „Also, was willst du mehr?"

Ich bin zu verdattert, um überhaupt etwas zu sagen. Zusammenziehen, eine Wohnung teilen, gemeinsame Wäsche, gemeinsame Toilette, gemeinsame Dusche. Seit ich denken kann, lebe ich allein. Will ich das ändern? Tatsächlich merke ich, dass ich im Augenblick überfordert bin.

Als ich immer noch nichts sage, richtet er sich auf und zwängt sich an mir vorbei. „Hey, Margie, ich will dich nicht überfallen, okay?“ Er klaubt sein T-Shirt vom Boden auf. „Es war nur so ein Gedanke. Werd nicht panisch.“

„Danke, dass du mich gefragt hast!“ Ich versuche ein Lächeln. „Ich denke darüber nach, ja?“

„Mehr hatte ich nicht erwartet.“ Damit küsst er mich, streift seine Schuhe über und lässt mich allein. Er ist wirklich einer der wenigen Männer, die erkennen, wann es Zeit ist, zu gehen.

Kapitel 41

Junis:

Junis hat die halbe Nacht wach gelegen und darüber nachgedacht, was genau ihm Tarek über Amirs Besuch in diesem Krankenhaus erzählt hat. Er hat in seinem schmalen Bett gelegen, neben dem jetzt leeren von Tarek, und hat sich gefragt, was oder wen Amir dort gesehen hat. Denn dass Amir dort irgendetwas Wichtiges aufgefallen ist, davon ist Junis überzeugt. Junis glaubt nicht, dass es nur ein Zufall gewesen ist, dass Amir kurze Zeit später tot in der Opern-Tiefgarage lag. Oder hat Amir doch etwas vermasselt, das diesen Hambitz dermaßen aus der Fassung hat geraten lassen, dass er Amir bestraft hat? Unsinn! Ihn direkt umbringen? Niemals, unmöglich. Irgendetwas anderes muss passiert sein, und Junis ist der Überzeugung, dass es etwas mit Amirs Besuch in dem Krankenhaus zu tun hat, dem Krankenhaus, vor dem Junis nun steht.

Der Vormittag ist fast vorüber und die drückende Hitze der vergangenen Tage hat noch einmal merklich zugenommen. Am Horizont türmen sich riesige Gewitterwolken, weiß-grau, die allmählich dunkler werden, je höher sie sich auftürmen. Die Nachrichten im Radio sprechen vom heißesten Tag des Jahres, die Moderatorin warnt alle Hörer davor, ab 18 Uhr vor die Tür zu gehen, weil heftige Sturmböen bis zur Orkanstärke erwartet werden, dazu massive Regenfälle in der ganzen Region. Schon jetzt schüttelt vollkommen unvermittelt ein heftiger Windstoß die Bäume vor dem Krankenhaus durch und Junis schlendert durch die Eingangstür ins Johanniter-Krankenhaus.

Die Glastür gibt kühle Luft frei, die angenehm kühl auf Junis' Haut prickelt. An dem Getränkeautomaten zieht er sich eine Cola, dann setzt er sich in eine Sesselgruppe gegenüber der Information. Einen konkreten Plan hat er nicht, einfach, weil er nicht weiß, wo genau Amir hier bei seinem Besuch gewesen ist. Die

Frau hinter der Info-Theke lächelt ihn an und Junis lächelt zurück. Ein guter Anfang. Natürlich kann er nicht zu ihr gehen und sie fragen, auf welcher Station eine gewisse Vanessa Fassburst gelegen hat, damit würde er außer einem Stirnrunzeln nichts erreichen, sich im Gegenteil verdächtig machen, denn wer fragt schon nach einem Mädchen, das nicht mehr lebt?

Durch die Fensterfront blickt Junis nach draußen. Mittlerweile ist es noch etwas dunkler geworden, die Sonne kämpft gegen dicke Wolkenberge, die sie meist hinter sich begraben. Windböen wirbeln trockene Blätter und Papierfetzen über die Zufahrt des Krankenhauses. Der Rock eines jungen Mädchens wird hochgewirbelt und sie schreit spitz auf. Auf den Bänken vor der Türe ziehen drei Männer ihren Morgenmantel enger um die Schultern, lachend, weil sie das Mädchen beobachtet haben. Zwei von ihnen führen eine riesige grüne Batterie mit sich, einen Akku, den sie an einer Schlaufe über der Schulter tragen. Von diesem Gerät aus schlängeln sich dünne durchsichtige Schläuche unter die Morgenmäntel der Männer. Alle drei lachen immer noch, aber Junis kann das durch die Fensterscheibe nur sehen, nicht hören. Einer der drei muss offenbar husten, und Junis erkennt sogar hinter der Glasfront, wie der Kopf des Mannes dunkler wird. Die beiden anderen klopfen dem Hustenden auf den Rücken, doch der Mann krümmt sich weiter zusammen. Einer der beiden läuft nun durch die Eingangstüre, direkt auf die Information zu. Fast gleichzeitig steht die Frau hinter dem Tresen auf und greift nach einem Telefon, weil sie die Szene beobachtet hat. Nicht mal eine halbe Minute später stürmen zwei Ärzte mit einem orangefarbenen Koffer nach draußen. Der Hustende liegt mittlerweile am Boden, die Beine angewinkelt, die Arme vor den Bauch haltend. Einer der Ärzte stülpt ihm eine Sauerstoffmaske über Mund und Nase. Zwei weitere Männer, Pfleger, laufen mit einer Trage nach draußen, um den Hustenden in die Notfallambulanz zu bringen. Inzwischen haben sich mehr als ein Dutzend Besucher und Patienten vor dem Eingang versammelt und starren neugierig auf den liegenden Mann.

Auch die Frau an der Information reckt den Hals und versucht einen Blick auf den Vorfall draußen zu erhaschen.

Junis beobachtet das alles, dann steht er auf und schlendert auf die Info-Frau zu, die ihn erst nicht bemerkt, als er vor ihr steht. Dann lächelt sie wieder und Junis lächelt zurück.

„Entschuldigen Sie bitte", Junis schlägt schüchtern die Augen nieder, „wenn ich Sie störe, aber meine Mutter scheint sich verspätet zu haben. Meine Schwester ist heute Vormittag hier eingeliefert worden, wahrscheinlich eine Blinddarmentzündung, und wenn sie nicht kommt, meine Mutter, dann wollte ich schon mal alleine hochgehen zu meiner Schwester."

Erst jetzt fällt Junis auf, dass die Frau viel jünger ist, als sie auf die Entfernung wirkte. Sie ist höchstens dreißig, ihre Haare sind kurz geschnitten und so schwarz, dass sie gefärbt sein könnten. Sie ist ein bisschen pummelig, was sie mit einer weiten Bluse zu kaschieren versucht.

„Auf welcher Station liegt denn Ihre Schwester?" Die Frau setzt sich auf ihren Stuhl, der leise knarrt, und legt die Hände auf die Computertastatur, so als hätte Junis sie zum Diktat gebeten.

„Ja, das ist genau das Problem." Junis lacht entschuldigend. „Ich weiß das nicht, aber vielleicht könnten Sie nach Amira schauen, Amira Essa." Junis reibt sich das Kinn, als sei ihm das Ganze peinlich. „Wie gesagt, sie ist heute Vormittag eingeliefert worden und–"

Eins der beiden Telefone neben dem Computerbildschirm beginnt zu klingeln, aber die Frau ignoriert es und gibt den angegebenen Namen ein. Aber natürlich findet sie nichts.

„Nein, da ist nichts …", sagt sie zögernd, den Blick suchend auf den Bildschirm geheftet.

„Hm, das ist ja dumm. Vielleicht ist sie noch nicht … noch nicht registriert oder so?"

Die Frau schüttelt den Kopf. „Nein, das machen wir sofort, das kann ich mir beim besten Willen nicht vorstellen." Jetzt schaut sie zu Junis. „Wie war der Name, sagten Sie?"

„Amira. Amira Essa.“ Etwas anderes ist Junis nicht eingefallen und diesen Namen kann er sich gut merken. Die Frau sucht erneut, gibt etwas in den Computer ein und schüttelt dann wieder den Kopf. „Merkwürdig, das kann ich mir … also, das ist wirklich merkwürdig …“

Junis lächelt. „Na ja, sonst reicht es mir schon, wenn Sie mir die Station sagen, wo die Blinddärme üblicherweise so hinkommen.“

Es soll ein Scherz sein, aber die Frau registriert das nicht. Suchend betrachtet sie den Monitor, als habe sich der Name der gesuchten Patientin böswilligerweise in einer Ecke ganz klein versteckt.

„Das ist wirklich merkwürdig“, murmelt sie erneut, dann blickt sie an Junis vorbei, als der Mann mit dem Hustenanfall auf einer Trage durch die Eingangshalle geschoben wird. Auch Junis dreht sich um. Ein Pfleger geht neben der Trage her und hält einen Tropf in Kopfhöhe, der andere schiebt die Trage an den gaffenden Besuchern vorbei Richtung Aufzug. Die Sohlen ihrer Gummischuhe quietschen auf dem Steinboden der Empfangshalle

„Wirklich, machen Sie sich keine Arbeit, ich frage oben selber nach, das ist ja keine Mühe.“ Er lächelt wieder, obwohl es ihm zunehmend schwerer fällt. Warum gibt ihm die Frau nicht einfach den Namen der Station? Verdammt, ist das wirklich so wichtig für sie, ihre verfluchte Buchführung?

„Na, da muss meiner Vorgängerin wirklich was durchgegangen sein, oder die haben oben im Schwesternzimmer gepennt. Also, eine … nein, eine Amira Essa hab ich nicht.“ Sie tippt erneut auf ihre Maus und öffnet ein anderes Fenster auf dem Bildschirm.

Junis fällt auf, dass die Fingernägel der Frau ganz kurz und abgebissen sind. So wie bei ihm. Er kaut selbst die Nägel, seit er zwölf ist. Immer wieder will er aufhören, aber meist merkt er erst, wenn sie bluten, dass er wieder angefangen hat, an seinen Nägeln zu kauen.

„Ich gucke jetzt sicherheitshalber noch mal bei den Abgängen nach, kann ja sein, dass Ihre Schwester verlegt worden ist, aber, ehrlich gesagt …“ Ihre Augen heften sich auf den Monitor, dann wandern sie zurück zu Junis. „Nein, tut mir wirklich leid.“ Sie seufzt laut, als würde ihr die Arbeit unter diesen Umständen gar keinen Spaß machen. „Dann gehen Sie einfach bitte in die erste Etage auf die Station Petra. Dort wird Ihre Schwester wahrscheinlich liegen.“

„Danke!“ Junis' Lächeln ist nun wieder echt. „Vielen Dank.“ Er klopft mit dem Fingerrücken auf die Holztheke, das hat er einmal in einem Spielfilm gesehen und fand es ziemlich cool, dann läuft er Richtung Treppenhaus.

Ehe er die Glastür öffnen kann, hört er hinter sich erneut die Stimme der Frau. „Junger Mann, junger Mann!“ Junis dreht sich um. Die Frau wedelt wie wild mit ihrem rechten Arm. „Sagen Sie oben bitte Bescheid, dass die Ihre Schwester ins System speisen sollen, ja? Sonst weiß Ihre Mutter ja gleich auch nicht, wo sie hin soll!“

Junis reckt den Daumen nach oben, dann öffnet er die Tür zum Treppenhaus.

Es gibt keine Zufälle, heißt es, und manchmal kann man das wirklich glauben. Als Junis wenige Augenblicke später im Flur zu den beiden Krankenstationen steht, sogar einen Augenblick verharrt, weil ein geöffnetes Fenster und die noch offene Tür zum Treppenhaus einen kühlenden Durchzug verursachen, erblickt er in dem Augenblick, in dem sich hinter ihm die Tür schließt, genau die Person, durch die sich alles zu einem Ganzen fügt, durch die für ihn nun klar ist, was passiert ist in den vergangenen Tagen, warum Amir und Tarek sterben mussten. Fast ungläubig starrt er auf die Person, die ihn nicht bemerkt, sondern ihm etwa zehn Meter entfernt schräg gegenübersteht, das Gesicht zum Aufzug gewandt, der sich nun lautlos öffnet, und die Person, die Junis kennt, nun aufnimmt. Ungläubig bleibt Junis stehen, atemlos, erschöpft, weil ihn die Erkenntnis fast erschlägt, wo sie eigentlich doch so nahe lag. Nur hat er damit nicht gerechnet.

Man sagt, das Unheil trifft einen ganz unerwartet an einem Dienstag. Aber manchmal kann es auch ein Freitag sein.

Kapitel 42

Margot:

Ich betrachte die Vogelspinne und frage mich, inwieweit diese Tiere denken können. Gibt es da so etwas wie ein Bewusstsein bei ihnen? Oder ist da nur Trieb und Instinkt, nur Reaktion auf einen Reiz, dem man ohne Zögern, weil Zögern ja auch Denken beinhaltet, folgt? Ich gehe näher an das Glas und versuche zu ergründen, wohin dieses pelzige Etwas schaut. Sieht es mich an? Fragt es sich gerade, ob es mich beißen kann? Es kann mich ja nicht riechen, nur sehen, wenn überhaupt, und ich weiß nicht, ob solche großen Spinnen auf Geruch oder Bewegung reagieren. Sie spinnen sich ja kein Netz, sondern lauern ihrer Beute auf.

Regungslos verharrt die Spinne auf den flachen, dunkelbraunen Mulchplättchen. Ihre Beine wirken dünn und gebrechlich im Verhältnis zu dem massigen, haarigen Körper, der sich dick und reif auf diese Gliedmaßen stützt. Wenn ich mir vorstelle, solch ein Biest in der Hand halten zu müssen, überkommt mich ein Ekel, der größer ist als bei den Leichen, die Ben Mateus aus den Kühlschubladen in der Rechtmedizin zieht.

Ich warte auf die Chefin des Echsengartens, Gaby Rosenberg, die nur mal eben zu ihren beiden riesigen Alligatoren nach draußen wollte. Zwar hatte ich ihr gesagt, dass ich nur eine Frage habe, aber sie ließ sich nicht erweichen. Erst die Tiere, sagte sie und war auch schon verschwunden. Vorher meinte sie noch, ich könne ja mit hinauskommen, aber die Luft draußen ist unangenehm heiß, schwül und stickig, außerdem tanzen seit gestern Abend Myriaden kleine Gewitterfliegen durch die Luft, die mich verrückt machen.

Spätestens am Abend wird es ein kräftiges Gewitter geben, denke ich, die Luft ist schwer und angefüllt mit dem trockenen Staub und Schmutz der vergangenen Tage. Im Radio warnen die Meteorologen davor, nach 18 Uhr vor die Tür zu gehen, von

Windböen bis zu 160 Stundenkilometern ist die Rede. Ich gehe davon aus, dass es nicht halb so schlimm wird wie angekündigt, das wird es ja fast nie, es verkauft sich nur besser. Allerdings habe ich tatsächlich heute Morgen, als ich das Weinglas von gestern Abend in die Küche gebracht habe, die Tür zum Balkon geschlossen. Vielleicht haben die Wettermacher ja doch recht.

Nachdem ich hoffentlich bald mit Frau Rosenberg gesprochen habe, muss ich zurück ins Präsidium. Fabian versucht, während ich weiter auf die Echsengarten-Chefin warte, ein Observationsteam für Junis zu bekommen. Dass der Junge etwas über ein mögliches Mordmotiv wissen könnte und deswegen in Gefahr ist, dessen sind sich Fabian und ich sicher. Und da er uns nicht verraten will, was er weiß, müssen wir ihn observieren. Ich hoffe nur, dass wir die Freigabe für zwei Kollegen bekommen, die den Jungen zumindest von 18 Uhr bis morgen früh um acht im Auge behalten.

Plötzlich schrecke ich hoch. Irgendjemand hat meinen Namen gerufen. Ich zucke zurück, genau wie die Spinne. Zum ersten Mal bewegt sich das Vieh tatsächlich schnell und es ist beeindruckend. Ich hätte nie gedacht, dass diese Tiere so flink sein können. Blitzschnell hat sie sich in einen handbreiten Spalt zwischen zwei kleinen Felsstücken verkrochen. Wenn ich nicht wüsste, dass sie dort ist, würde ich sie nicht sehen.

„Frau Lukas!" Die Stimme kommt von draußen, eine Frauenstimme. „Frau Lukas!" Ich verabschiede mich von der Vogelspinne, klopfe kurz an die Scheibe und drehe mich in Richtung Außenbereich Echsengarten. Ich hoffe nur, dass Frau Rosenberg nicht ins Alligatorbecken geplumpst ist und mich nun bittet, ihr herauszuhelfen oder ihre Dinosaurier mit gezielten Kopfschüssen unschädlich zu machen, ehe sie die arme Frau in Einzelteile zerlegen.

Ich öffne die altersschwache, ächzende Holztür nach draußen und ein Schwall heißer, fast sauerstofffreier Luft schwappt mir wie ein Eimer mit siedendem Wasser entgegen. Der Sonnenschein blendet mich und ich verenge meine Augen zu schmalen Schlitzen. Wo habe ich schon wieder meine Sonnenbrille, verdammt!

Mit einem Stecken, der einer zwei Meter langen Pinzette ähnelt, fischt Gaby Rosenberg gerade eine tote Taube aus einem Bottich neben sich. „Frau Lukas, das dauert hier noch länger, tut mir leid. Die beiden hier wollen sich gegenseitig die Leckerlis wegschnappen, deswegen muss ich vorsichtig sein. Sonst beißen die sich wieder gegenseitig und dann hat einer wieder eine böse Infektion. Und weder ich noch der Tierarzt haben Lust, da unten reinzugehen und die beiden gesund zu pflegen."

Leckerlis? Mein ungläubiger Blick fällt auf die bluttriefenden toten Vögel in dem schwarzen Bottich, die den Kopf hängen lassen, weil ihre Hälse wahrscheinlich gebrochen wurden. Leckerlis! Allerdings: Was sollen vier Meter lange Alligatoren auch sonst verspeisen? Tiefkühlpizza? Currywurst mit Fritten? Wer sich so viel Natur ins Haus holt, weiß, worauf er sich einlässt. Und Frau Rosenberg weiß das. Ihre Tiere sind gewöhnungsbedürftig und man sollte ihnen nicht zu nahe kommen, aber sie sind in ihrer ganzen Exotik und Hässlichkeit auch irgendwie schön.

„Gesund pflegen?", frage ich und starre auf den riesigen offenen Rachen eines der Alligatoren. „Wie geht das denn? Sie können denen ja nicht ein Antibiotikum spritzen, oder?"

Gaby Rosenberg hält den Stab mit der toten Taube weiter ein paar Zentimeter über den Boden. „Nein, spritzen nicht, aber wir geben das Medikament dann ins Futter. Das hat bislang immer geklappt. Meine Kleinen hier fressen fast alles, da kommt das auf so ein paar Pillchen nicht an. Die verputzen auch die ganze Verpackung." Sie schaut mich strahlend an und hält den Stab mit der toten Taube über den Rand des Bassins.

Es ist ein eindrucksvolles Schauspiel: Der riesige Alligator schaut einen Augenblick lauernd auf die tote Taube, dann schnellt sein ganzer Vorderkörper nach oben und der tote Vogel verschwindet zwischen den riesigen Zähnen im Maul des Tieres. Der Alligator wirft den Kopf nach hinten, schluckt ein paar Mal, dann ist die Taube verschwunden.

„Frau Rosenberg“, beginne ich vorsichtig. „Wir haben unterschiedliche Aussagen dazu, wer denn nun die Morgenschicht am Tag des … des Unfalls machen sollte. Welcher Ihrer Pfleger war dafür eingetragen?“, frage ich.

Sie schaut mich verblüfft an, als sei sie das noch nicht gefragt worden. „Na, der Aaron. Wieso fragen Sie? Steht aber auch am Plan neben der Tür.“ Mit ihrem Stab versucht sie ein weiteres totes Tier aus dem Bottich zu klauben.

„Plan neben der Tür?“ Ich drehe mich um. „Welcher Tür?“

„Na, drinnen. An der Tür, aber drinnen. Da hängt immer der Wochenplan.“ Sie schaut mich kurz an. „Haben Sie den noch nicht gesehen?“

Der Alligator links wartet auf einen weiteren Happen und Frau Rosenberg lässt die Taube in den geöffneten Rachen des Reptils fallen. Mein Gott, sind diese Viecher gefräßig!

Ich drehe mich um und öffne erneut die alte Türe, die hinter mir ins Schloss fällt. Ein Wochenplan? Wo ist hier …? Dann entdecke ich den handgeschriebenen Zettel, der an einem Klemmbrett befestigt ist, das wiederum an einem rostigen Haken eingehakt ist. Ich nehme es vom Haken und vergleiche Datum und Namen.

Sie hat recht. Aaron Darzi hatte die Frühschicht. Haben Braun und Bierganz etwas falsch verstanden? Oder ich?

Während ich das Klemmbrett wieder auf den Haken stecke, lausche ich dem Zirpen der Grillen in den verschiedenen Terrarien. Aber meine Gedanken sind woanders. Eine große Anakonda schlängelt sich langsam zu ihrem kleinen Wasserteich am Terrariumboden. Ihre gespaltene Zunge ist immer wieder für Sekundenbruchteile zu sehen, als sei sie auf der Suche nach Nahrung. Das Plätschern der verschiedenen Pumpen hat etwas Mantrahaftes, etwas Entspannendes und ich werde müde. Oder ist es die Hitze, die mich schafft?

Erneut betrachte ich das Klemmbrett. Es für jeden hier zu sehen. Für jeden Angestellten des Echsengartens … und auch für jeden Besucher.

Kapitel 43

Margot:

Ich möchte schreien und etwas gegen die Wand werfen! Dass von Blasierow Arbeit im Allgemeinen und auch im Besonderen scheut und am liebsten schon mit Ende zwanzig in den Vorruhestand gegangen wäre, wusste ich bereits, nachdem ich eine Woche hier gearbeitet hatte. Lustlos hängt er von morgens bis abends in seinem Bürostuhl, döst oder schläft vor sich hin und lässt seine Mannschaft die Arbeit machen. Er bringt nicht einmal die Kraft auf, vor den Medien zu glänzen und unsere Erfolge vor der Presse als seine zu verkaufen. Aber dass er nun unsere Ermittlungen so offensichtlich torpediert? Für mich und Fabian ist klar, dass Junis eine wichtige Rolle bei der Aufklärung der Morde spielen wird. Junis ist derjenige, der die Opfer kannte, einer war sogar sein Bruder, und sein Verhalten bei unserem letzten Besuch lässt eindeutig den Schluss zu, dass er etwas weiß, das er für sich behalten will. Das aber höchstwahrscheinlich für unsere Ermittlungen oder vielleicht sogar für die Lösung des Falls wichtig ist. Also warum gibt uns von Blasierow kein Team, das Fabian und mich unterstützt? B&B können wir nicht weiter beanspruchen, die beiden krebsen sich seitwärts durch den Todesfall im Echsengarten. Eine überregionale Zeitung versucht, den Tod von Aaron Darzi als selbst verschuldeten Unfall zu deuten. Der Reporter der Zeitung ist mit Frau Rosenberg aneinandergeraten, weil er unerlaubt Fotos der anderen Pythons gemacht hat. Gaby Rosenberg hat ihn rausgeschmissen und nun versucht sich der Reporter auf diese Art zu rächen, indem er dem Echsengarten eine Mitschuld geben will. Die aber nach den jetzigen Erkenntnissen absolut nicht vorliegt. Das Terrarium des Python ist vorsätzlich geöffnet worden, es liegt keine Fahrlässigkeit vor.

Fabian beobachtet mich mit einem Gesichtsausdruck, als hätte er Magenschmerzen. Das Fenster in unserem Büro ist gekippt, von draußen nehme ich ein erstes Donnergrollen wahr. Ich schaue nach draußen: Wolkenberge türmen sich über dem Ennertwald; sie quellen dahinter empor wie der angestrengte kalte Atem eines Riesen im Winter, der jeden Augenblick seinen Kopf über den Rand des Berges recken wird.

Ich starre von Blasierow über seinen Schreibtisch hinweg an und hoffe, dass meine Blicke ausdrücken, was ich fühle: Verachtung und Wut! Verachtung und Wut über so viel Lethargie und Desinteresse.

„Es ist eindeutig Gefahr in Verzug!“ Ich versuche meine Stimme ruhig klingen zu lassen, auch wenn das alles andere als leicht ist. „Der Junge weiß etwas, das ist klar. Drei junge Männer sind gestorben. Einer davon war Junis’ Freund, einer sein älterer Bruder. Und alle drei Opfer – und Junis auch – sind vor zwei Jahren nach Deutschland gekommen. Nur diese vier sind gemeinsam hier in Bonn angekommen. Drei von ihnen sind tot, und Sie erwarten, dass wir hier einfach herumsitzen und warten, was passiert? Das kann nicht Ihr Ernst sein, oder?“

Von Blasierow rutscht unruhig auf seinem Stuhl herum, ein Zeichen, dass er sich unwohl fühlt. Wenigstens etwas. Trotzdem prallen meine Argumente an ihm ab. „Frau Lukas, Sie sollen hier nicht rumsitzen, das ist Ihnen schon klar, oder? Und auch wenn Sie es vielleicht noch nicht bemerkt haben: Ein Viertel Ihrer Kollegen ist krank oder in Urlaub, und wir haben wirklich nicht die Belegschaft, dass sich zwei Kollegen Tag und Nacht vor die Wohnung eines jungen Mannes setzen und ihn begleiten, wenn er Hamburger isst oder mit seinen Freunden über die neuesten Netflix-Serien diskutiert.“

Von Blasierow setzt sich aufrecht und schlägt einen grauen Ordner auf, der rechts von ihm liegt. Soll das etwa ein Zeichen sein, dass er so etwas wie arbeiten will? Dass ich nicht lache! Er will uns loswerden, sonst nichts. Als ob er sich jemals dezidiert mit einem unserer Fälle beschäftigt hätte. Meist lässt er sich eine Kurzversion geben, die er dann – gewollt oder ungewollt – eine halbe Stunde später schon wieder vergessen hat.

Ich starre ihn an. Soll ich noch weiterreden, versuchen, ihn zu überzeugen? Soll ich weiter meinen Atem vergeuden? Wie viel Borniertheit und Ignoranz kann ich ertragen, ohne dass ich anfange zu schreien?

Ich schaue zu Fabian, der seine Augenlider sinken lässt, um mir zu signalisieren, dass ich ruhig bleiben soll. Er steht am Fenster, die Hände in den Taschen, als würde ihn das alles nichts angehen. Als sei er nur zufällig hier, in die Szene gebeamt wie Captain Kirk. Dabei bin ich es, die sich in Blasierows Gegenwart wie auf einem anderen Planeten vorkommt, ohne Erfolg, mit den Aliens Kontakt aufzunehmen. Dabei weiß ich, dass es in diesem Moment in Fabian genauso brodelt wie in mir. Aber vielleicht hat er bereits einen Plan, wie wir aktiv werden können, auch ohne Blasierows Hilfe. Allerdings frage ich mich, wie dieser Plan aussehen soll. Wir können nicht abwechselnd vor Junis' Wohnung Wache schieben, wer sollte die weiteren Ermittlungen führen? Und B&B haben – wie ich vorhin erfahren habe – von der Leitstelle einen aktuellen Fall häuslicher Gewalt bekommen, der sie zusätzlich zum Tod im Reptilienzoo beschäftigen wird: Ein Uni-Professor hat seiner Frau beide Arme gebrochen, als die versuchte, seine Schläge abzuwehren. Außerdem hat die Frau durch einen Schlag einen Nierenriss erlitten, diverse Blutergüsse und einen Kapselriss an einem ihrer Zehen. Nachdem der Herr Professor seine Frau in die Bewusstlosigkeit geprügelt hatte, legte er sie am Fuß der Kellertreppe ab, um einen Sturz vorzutäuschen. Weinerlich hat er dann den Notruf gewählt und erklärt, seine Frau habe Einmachgläser im Keller verstauen wollen und sei wahrscheinlich über ihre eigenen Beine gestürzt. Der Notarzt hat dann allerdings nach ungefähr einer Sekunde festgestellt, dass die Verletzungen der Frau eher zu einer ausgeprägten Prügelattacke passen als zu einem Treppensturz. Auf entsprechende Andeutungen ist der Professor schluchzend zusammengebrochen, ehe die ersten Kollegen vor Ort waren. So ist es häufig: Das Opfer liegt blutend am Boden, tot oder im günstigeren Fall schwer verletzt, die Wut des

Täters ist verraucht, dahinter kommt allmählich der denkende Mensch wieder zum Vorschein, und der fragt sich nun, wie das alles passieren konnte. Und natürlich tut ihm alles furchtbar leid, weil er so ja eigentlich gar nicht ist. Wie oft habe ich das schon hören müssen! Wie unendlich langweilig sind solche Aussagen! Und wie falsch! Denn genau die, die sagen, sie seien ja gar nicht so, sind die, die zu dumm sind, zu erkennen, dass zumindest ein Teil von ihnen eben doch genauso ist.

Ach, was rege ich mich auf? Ich starre erneut zu von Blasierow, dann zu Fabian. Der nickt mir zu und wir verlassen den Raum. Vorher aber schnappe ich mir die Fernbedienung für den Fernseher und schalte auf einen Sportkanal, auf dem irgendein Fußballspiel in Asien oder Neuseeland übertragen wird. Die Fernbedienung werfe ich meinem Chef vor die Nase. Gute Unterhaltung, du Versager!

Kapitel 44

Junis:

Junis starrt auf den alten Röhrenfernseher, der in der verschrammten Schrankwand steht. Rechts und links dekorieren Dutzende Bücher das alte Gerät und gaukeln Literaturinteresse vor. Dabei haben Tarek und Junis bis heute keinen einzigen Blick in die Bücher geworfen. Stattdessen beschäftigen sie sich ausschließlich mit Fifa 20, Sims und anderen Konsolenspielen. Zwei Fernsteuerungen liegen achtlos auf einer zerfledderten Ausgabe von Dickens' Weihnachtsgeschichte, einem Buch, das bei dieser Hitze nicht deplatzierter sein könnte.

Junis sitzt in dem kleinen Raum neben der Küche und betrachtet seine Silhouette im Spiegelbild der dunklen Mattscheibe. Von seiner Umwelt nimmt er so gut wie nichts wahr. Nicht das Läuten der Glocken, das durch die gekippten Fenster hell und feierlich in die Wohnung fließt, nicht das Bellen zweier Yorkshire-Terrier, die sich auf dem Kirchvorplatz mit Inbrunst ankläffen und anknurren, natürlich in der Gewissheit, dass es ihre Frauchen niemals zum Kampf kommen lassen würden. Und auch nicht das aufgeregte Geschwätz der beiden Frauchen, die sich jammernd und doch insgeheim zufrieden darüber auslassen, dass ihre Männer – welch ein Zufall – im Frühjahr beide an einem Herzinfarkt verstorben sind. Gerade tauschen sie aus, dass es bei dem Ehegatten der einen der zweite Infarkt, beim Ehegatten der zweiten schon der dritte Infarkt gewesen ist, der die beiden in einem Abstand von nur 48 Stunden hinweggerafft hat. Zufälle gibt es, die gibt es gar nicht. Fast müssen die beiden lachen, als sie sich das kopfschüttelnd erzählen. Aber natürlich unterdrücken sie dieses aufkommende Glucksen, das ihre Kehle sprengen will, obwohl der Tod ja schon einen gewissen Witz haben kann, wie man sieht. Ist es nicht so? Und wie heißt es hier doch so schön: Wat fott es, es fott!

All diese mehr oder weniger lauten Geräusche dringen nicht in Junis' Bewusstsein. Im Geiste sieht er nur immer wieder diese Person im Krankenhaus. Und mit ihr ist alle Erinnerung zurück und auch alle Schuld. Jedes Verdrängen der vergangenen Monate war vergebens, das weiß er jetzt, und nun weiß er auch, warum Aaron, Amir und Tarek nicht mehr hier sind. Mechanisch nippt er an einem Pfefferminztee, den er sich vor einer Viertelstunde aufgebrüht hat und der leider mittlerweile fast kalt geworden ist.

Was soll er tun? Weglaufen? Vielleicht sogar zur Polizei gehen? Kurz hat er sogar daran gedacht, aber nein, das wäre das Letzte, was er tun würde. Sich dieser Frau und diesem Dicken anvertrauen? Niemals. Er lächelt. Stattdessen wird er selbst in die Offensive gehen. Etwas vorbereiten. Bereit sein, gewappnet. Denn er geht davon aus, dass er nicht mehr lange allein sein wird, dass bald jemand auftauchen und nur darauf warten wird, ihm gegenüberzustehen.

Deswegen erhebt er sich nun aus seinem alten Sessel und sucht im angrenzenden Schlafzimmer seine Badehose. Er wird sich nicht fangen lassen wie ein Küken, er wird hier nicht sitzen und warten, bis jemand kommt und ihn umbringt wie ein wehrloses Karnickel in einem Käfig. Nein, er wird den Spieß einfach umdrehen und die Person selbst jagen, er wird ihr eine Falle stellen. Wissen ist Macht, hat sein Lehrer vor ein paar Wochen gesagt, und in seinem Fall stimmt das sogar. Statt überrumpelt zu werden, wird er selbst überrumpeln. Und seine Freunde rächen. Denn er weiß, was ihn erwartet. Und wer.

Kapitel 45

Margot:

Die Berliner Freiheit ist Richtung Beuel gesperrt, am Boeselager Hof hat ein Autofahrer einen Mann auf einem E-Skooter angefahren, der ihn rechts überholt hat. Der Autofahrer wollte rechts abbiegen in die Oper-Tiefgarage, soweit ich den Kollegen verstanden habe, der den Unfall aufgenommen hat. Der Autofahrer steht unter Schock und wird im Augenblick vom Notarzt behandelt. Der schwer verletzte E-Skooter-Fahrer ist auf dem Weg in die Uni-Klinik. Ich frage mich, wie leichtsinnig man sein muss, um mit einem derart schnellen Zweirad wie einem E-Skooter hier unterwegs zu sein. Sogar ich weiß, dass Bonn zu den eher fahrradfeindlichen Städten gehört, auch wenn Verwaltung und Rat gerne das Gegenteil behaupten. In Bonn sollte nur derjenige Rad fahren, der ledig und ohne Kinder ist. Und über eine sehr gute Unfallversicherung verfügt. Und über mindestens neun Leben.

Wegen der Sperrung kommen wir nicht weiter, Fabian hat den Cherokee gegen die Fahrtrichtung in der kleinen Einbahnstraße abgestellt, die von der Oper wegführt. Der Stau wird immer länger, diverse Hupen übertönen die im Leerlauf wartenden Motoren. Passanten stehen in Garnisonsstärke am Bürgersteig und versuchen einen Blick auf den zermalmten E-Scooter zu erhaschen.

Wir sind noch einmal auf dem Weg zu Junis. Ein letzter Versuch, ihn davon zu überzeugen, uns das zu sagen, was er weiß. Denn ich bin mir sicher, dass er in Gefahr ist. Soweit ich das beurteilen kann, waren die drei (vielleicht auch vier, falls man Aaron dazuzählen kann) eine verschworene Gemeinschaft, Freunde in einem fremden Land. Die vieles gemeinsam erlebt haben. Das nehme ich zumindest an. Und deswegen ist Junis in Gefahr. Was er auch wissen wird, denn er ist nicht dumm. Und wenn er es weiß und uns trotzdem nichts sagt, kann das nur bedeuten, dass er die Sache selbst in die Hand nehmen möchte. Was wiederum nicht gut wäre, nein, das wäre alles andere als gut. Und genau deswegen möchte ich mit Junis reden und ihn davon zu überzeugen, uns zu vertrauen.

Wir sind noch fünfzig Meter von der Stiftsgasse entfernt, als wir den Jungen über die Kölnstraße laufen sehen. Zufall? Nein, es gibt keine Zufälle! Zuerst erkenne ich ihn gar nicht, weil er eine dunkelblaue Basecap trägt, aber als er kurz in unsere Richtung schaut, um die Geschwindigkeit der Autos abzuschätzen, erkenne ich seine dunklen Augen und sein schmales, hübsches Gesicht. Unter dem Arm hält er ein zusammengerolltes dunkelblaues Handtuch. Außer der Basecap trägt er nur ein weißes T-Shirt und eine rote Shorts, an den Füßen ein Paar Turnschuhe.

Junis hat uns nicht bemerkt, er rennt über die Straße, dann über das bucklige Kopfsteinpflaster des kleinen Parkplatzes an der Rechtsmedizin. Ein alter, roter VW-Käfer zieht aus einer Parklücke und Junis springt zur Seite, ehe ihn der runde Kotflügel des Wagens streifen kann. Der Junge dreht sich um, aber wir stehen im Schatten eines Baumes, er kann uns nicht sehen.

Ab der Baustelle Beethovenhalle schlendert Junis die Römerstraße entlang. Nach seinem Outfit und dem Handtuch unter seinem Arm zu urteilen, ist er auf dem Weg ins Römerbad.

Kapitel 46

Junis:

Noch hat Junis niemanden hinter sich gesehen, aber er ist sich sicher, dass ihn jemand beobachtet. Es könnte gut sein, dass sich die Person hinter parkenden Autos, anderen Passanten, Bäumen oder in den Nischen der Hauseingänge versteckt hält und ihm in geringem Abstand folgt. Er verlangsamt seinen Schritt, denn er will nicht, dass die Person ihn verliert. Unter keinen Umständen.

Schlendernd geht er an der Aral-Tankstelle vorbei, dessen Pächter diesen Sommer mit Kaltgetränken das Geschäft seines Lebens macht. Mehr als das Doppelte hat er dieses Jahr bereits verkauft, seit Beginn des Monats hat er die Preise für alle Dosen und Flaschen um 50 Cent erhöht. Der Klimawandel hat eindeutig auch seine guten Seiten!

Die Sonne verschwindet immer wieder hinter riesigen graudunklen Wolkentürmen, das Donnergrollen ist näher gekommen. Der böige Wind trocknet den Schweiß auf Junis' Stirn. Papierfetzen fliegen durch die Luft, es ist drückend schwül. Vorboten des aufziehenden Gewitters.

Junis weiß nicht genau, was er tun wird, wenn er im Freibad sein wird, er weiß nur, dass er die Person hervorlocken will. Deswegen hat er sich auf den Weg gemacht. Seine Rechnung ist ganz einfach: Im Freibad hat die Person keine große Chance, ihn mit einem Werkzeug zu erschlagen oder mit einem Messer zu erstechen, einfach, weil dort jeder so gut wie nackt herumläuft. Auch weiß er noch nicht, ob er die Person, sollte sie sich ihm zeigen, selbst angreifen wird oder nicht. Er hat ehrlich gesagt noch gar keine Vorstellung davon, was er machen wird. Er hofft nur, dass es nicht zu bald zu regnen anfangen wird.

Am Eingang des Römerbades kommen ihm Dutzende Jugendliche entgegen, die das Bad vor den ersten Regentropfen verlassen wollen. Schnatternde Mädchengruppen in kurzen Röcken und engen Tops, kleine Kinder, die in Begleitung ihrer Eltern auf dem Weg zum Parkplatz sind und Mühe haben, ihre aufblasbaren Gummitiere zu bändigen, die sich im böigen Wind immer wieder selbstständig machen wollen, und eine Horde Halbstarker, der Junis aus dem Weg geht, ehe er sich die obligatorischen dummen Sprüche oder dämlichen Tierlaute wie das Schreien eines Affen anhören muss.

Der Mann an der Kasse weist ihn darauf hin, dass das Bad bei Gewitter sofort geschlossen wird, aber Junis nickt nur. „Ich will nur schnell noch ein paar Bahnen ziehen!", lächelt er und wundert sich gleichzeitig, dass ihn der Mann überhaupt noch ins Wasser lässt. Das Donnergrollen ist schließlich nur ein paar Kilometer entfernt. Es kann ganz schnell gehen, bis der Bademeister sie alle aus dem Wasser scheucht. Aber noch ist es nicht soweit.

Junis schlendert langsam an den Duschen vorbei auf das große Becken zu. Er stellt sich neben einen der Startblöcke, die Augen auf die lange 50-Meter-Bahn gerichtet. Er will der Person die Möglichkeit geben, ihn wiederzufinden, sollte sie ihn an der Kasse oder im Getümmel an den Drehkreuzen verloren haben. Ruhig steht er da, abwartend und ganz entspannt. Scheinbar Beute, denkt er, tatsächlich aber Jäger.

Kapitel 47

Margot:

Der Junge irritiert mich. Was macht er da, was soll das? Scheinbar desinteressiert steht er dort am Beckenrand und starrt auf das Wasser. Beobachtet er die Schwimmer? Oder die kleineren und größeren Angeber auf dem Sprungturm, die sich lautlos oder mit Schrei ins Wasser stürzen?

Fabian neben mir schnauft. „Verdammte Hitze!" Schweißtropfen rollen seine Stirn herunter. „Und jetzt?", fragt er.

„Ich habe nicht die geringste Ahnung!", gebe ich zu. Zwischen all den jungen Menschen komme ich mir deplatziert vor, außerdem sind Fabian und ich (außer Junis) die einzigen, die Straßenkleidung tragen. Okay, die Schuhe mussten wir ausziehen, darauf hat die Oberaufsicht am Beckenrand bestanden, trotzdem fühle ich mich wie eine Clownsgestalt auf dem Wiener Opernball. Unsere Pistolen liegen im Kofferraum des Cherokees.

Der Junge rührt sich immer noch nicht. Beide Hände in die Hüften gestemmt, drückt seine ganze Gestalt Entschlossenheit aus. Aber *wozu* ist er entschlossen? Ich schaue mich unauffällig um, kann aber niemanden entdecken, dessen Gesicht oder Gestalt ich schon einmal gesehen habe. Ein besonders mutiger (oder auch leichtsinniger) junger Mann hat gerade einen zweifachen Salto vom Sprungturm gemeistert. Sogar sehr gut, die Wasserfontäne, als er eintaucht, ist nicht der Rede wert. Die anderen Springer, die unten am Beckenrand sitzen, die Beine noch halb im Wasser, klatschen anerkennend, als er wieder auftaucht. Wieder einmal frage ich mich, warum viele Männer aus allem einen Wettkampf machen müssen. Langeweile? Eine Überdosis archaischer Erinnerungen? Zu kleine primäre Geschlechtsteile?

Junis macht keine Anstalten, sich umzuziehen. Sein Badetuch klemmt weiterhin unter seinem Arm. Er steht dort, als beobachte er jemanden, als warte er darauf, dass ihm jemand aus dem Wasser zuwinkt, so dass er zurückwinken kann. Ist vielleicht jemand im Wasser, den er kennt? Fabian und ich stehen viel zu weit weg, um etwas Konkretes erkennen zu können.

„Warte kurz!", raune ich Fabian zu, dann laufe ich vorsichtig, so dass ich auf dem teilweise nassen und glitschigen Boden nicht ausrutsche, zur Aufsichtskabine neben den Umkleiden. Ich klopfe an die halb geöffnete Glastür. Ein junges Mädchen, vielleicht zwanzig, und ein ebenso alter Junge, lümmeln sich auf gegenüberliegenden Seiten eines großen Schreibtisches, der mit unglaublich vielen Handtüchern, Badekappen und anderen Schwimmbadutensilien bedeckt ist. Die beiden lachen und nehmen mich gar nicht wahr. Ich räuspere mich, aber die beiden haben nur Augen füreinander. Ich klopfe erneut gegen die Türscheibe. Erschreckt schaut das junge Mädchen auf, erhebt sich und kommt auf mich zu.

„Was kann ich für Sie tun?" Sie trägt ein rotes T-Shirt, dazu eine weiße Badeshorts. Sie ist blond und sehr hübsch – kein Wunder, dass mich der junge Mann nicht gehört hat.

„Ich brauche auch solch eine Montur!", sage ich, als sei es das Selbstverständlichste der Welt.

Jetzt kommt auch der junge Mann auf mich zu. Sein Blick verrät mir, dass er vermutet, ich habe einen schweren Sonnenstich oder sei zumindest dehydriert. „Wie bitte?" Seine blauen Augen wirken stechend, als er mich prüfend anschaut.

„Ich meine, ich benötige so ein T-Shirt und eine Hose wie Sie anhaben!" Während ich das sage, ziehe ich meinen Ausweis aus der Hosentasche. „Lukas, Kripo Bonn."

Beide schauen sich an, als würde das die Situation nicht erklären, sondern im Gegenteil noch weiter verschlüsseln.

„Warum?", fragt der Mann. Sein Gesicht drückt vollkommene Ratlosigkeit aus.

„Warum was?", frage ich ungeduldig.

„Warum wollen Sie ein T-Shirt von uns?"

„Und eine Shorts!", füge ich hinzu.

„Ja, warum?“ Jetzt schaltet sich auch das Mädchen ein. Ich mag es üblicherweise, wenn unsere Jugend neugierig und erst einmal misstrauisch ist, aber im Augenblick empfinde ich das als überflüssig und nervend.

„Weil…“, beginne ich, aber das Mädchen kommt mir zuvor, weil sie begriffen hat.

Triumphierend schaut sie den Jungen an: „Weil sie inkognito sein will, klar!“ Sie sagt das so, als würde ihr Leben ausschließlich aus Situationen wie diesen bestehen. „Einen Augenblick bitte!“ Damit beginnt sie in einer Kunststofftruhe zu wühlen, die randvoll mit Kleidung ist. Nur ein paar Sekunden später wirft sie mir ein T-Shirt und eine kurze Hose zu. Ich schaue den jungen Mann kurz an. Noch während er sich umdreht, öffne ich meine Jeans und beginne, mich in eine Bademeisterin zu verwandeln.

Kapitel 48

Junis:

Das Messer, das Junis in sein blaues Badetuch gepackt hat, ist nicht zu spüren. Als er aus der Wohnung gekommen ist, hat er noch kurze Zeit Angst gehabt, es könnte klimpernd auf die Straße fallen, aber er hat es dann – versteckt in einem Hauseingang – so geschickt in das Tuch eingewickelt, dass das jetzt unmöglich passieren kann. Es sei denn, jemand rempelt ihn an und er verliert das Gleichgewicht und lässt das Handtuch fallen. Dann natürlich ja.

Junis' Blick wandert nun von den Schwimmern im Wasser zu den Wolkenbergen, die immer näher kommen. Dunkelgrau quellen sie in der Mitte massig aus sich selbst heraus, am Rande werden sie feiner und nehmen einen ungesunden grau-gelblichen Farbton an. Warum holen die Bademeister die Leute nicht aus dem Wasser? Nur weil es noch nicht geblitzt hat? Oder weil der Donner immer noch weiter entfernt scheint? Junis würde sich jetzt gerne umdrehen und schauen, ob er die Person findet, die ihm hoffentlich gefolgt ist, diejenige, die er zuletzt im Krankenhaus gesehen hat. Aber Junis dreht sich nicht um, noch nicht. Geduld ist jetzt wichtig. Seinem Gegner Zeit geben, sich positionieren, sich an die Situation gewöhnen und ihn seinen Plan entwickeln lassen. Der allerdings an einem Ort umgesetzt wird, den Junis ausgewählt hat.

Vom Sprungturm fällt ein dicker Junge formlos wie ein Kartoffelsack ins Wasser. Die Wasserfontäne ist gigantisch. Auch Junis wird nass. Warum macht jemand so etwas, fragt sich Junis. Überall lachen Badegäste und der Applaus der Saltospringer ist überheblich und höhnisch. Aber so ist es nun einmal: Es gibt Gewinner und Verlierer. Junis schließt die Augen. Gewinner und Verlierer. Manche überleben, manche nicht. Das ist so, daran kann niemand etwas ändern. Niemand. Auch wenn das die Person, die Aaron, Amir und Tarek getötet hat, anders sieht.

Kapitel 49

Margot:

Die Hose zwickt und ich komme mir vor, als wäre ich nackt. Dafür ist das Shirt umso weiter und droht mir ständig über die linke Schulter zu rutschen. Natürlich trage ich heute einen meiner alten hautfarbenen BHs, nicht gerade die attraktivste Farbe. Gutes Timing, Frau Lukas.

Für einen kurzen Augenblick starrt mich Fabian entgeistert an, dann lacht er laut. „Was ist denn mit dir passiert?"

„Halt die Klappe! Ich muss näher ran!", raune ich ihm zu, schärfer als beabsichtigt. Aber warum macht er sich auch lustig über mich? Außer T-Shirt und kurzer Hose hat mir der junge Mann in der Aufsichtskabine noch ein dunkelgrünes Baseballcap gegeben, das ich mir tief in die Stirn gezogen habe. So kann mich Junis unmöglich erkennen, denke ich, die Verkleidung ist nahezu perfekt. Nun habe ich die Möglichkeit, mich näher an ihn heranzupirschen, obwohl ich gar nicht pirschen muss. Im Gegenteil, eine Bademeisterin, die versucht, unsichtbar zu sein, ist unglaubwürdig. So als hätte sie ihre Rettungsscheine gefälscht und müsste nun jedem Ertrinkenden unbedingt fernbleiben, damit ihr Betrug nicht auffliegt, wenn ihre Wiederbelebungsmaßnahmen ins Leere greifen.

Ich stelle mich ungefähr zehn Meter von Junis entfernt ebenfalls an den Beckenrand. Jetzt fällt mir auf, dass ich keine Trillerpfeife habe. Langsam wende ich den Kopf in Junis' Richtung, als mich etwas an der Hand zupft. Ein ungefähr fünfjähriges blondes Mädchen in einem winzigen weiß-rosafarbenen Bikini schaut mit zusammengekniffenen Augen zu mir hoch: „Ich muss mal auf die Toilette!" Ihre Stimme ist hell und alles andere als schüchtern. Die knallroten Schwimmflügelchen an ihren schmalen Oberarmen wirken so riesig wie zwei Schlauchboote. Hilfesuchend schaue ich mich um, kann aber keinen Erwachsenen entdecken, der zu der Kleinen gehört. Langsam gehe ich in die Hocke.

„Wo ist denn deine Mama?“, frage ich. „Oder dein Papa? Hmmm? Hast du die denn schon gefragt, ob die nicht mit dir gehen können?“ Ich versuche ein Lächeln, während ich abwechselnd die Kleine anschaue und die Umgebung nach demjenigen Elternteil absuche, das seiner Aufsichtspflicht nicht gerade enthusiastisch nachzukommen scheint. Kinder als Freizeitgestaltung, ich liebe das! Aber bitte nur werktags zwischen 17 und 20 Uhr. In allen anderen Fällen wenden Sie sich bitte an die Großeltern. Oder, wenn das nicht klappt, ans Jugendamt!

Eine kleine Göre, die dringend auf die Toilette muss, hat mir gerade noch gefehlt! Im Augenblick habe ich wirklich anderes zu tun, und das ist in diesem Fall keine dumme Ausrede. Ein kurzer Blick zu Junis verrät mir, dass er weiterhin das Becken nach etwas oder jemandem absucht, die kleine Episode zwischen der hilfsbereiten Bademeisterin und dem Kind mit der übervollen Blase scheint er nicht registriert zu haben.

„Mein Papi hat gesagt, ich soll zu der Frau in dem roten Hemd gehen, die wüsste Bescheid!“, sagt die Kleine. An Selbstvertrauen scheint es dem Mädchen nicht zu mangeln.

„Wo ist dein Papa denn jetzt?“, frage ich, obwohl ich nicht ernsthaft vorhabe, mich mit dem Erziehungsberechtigten auf eine Diskussion, worüber auch immer, einzulassen. Ich würde ihm die Kleine einfach nur gerne übergeben, wortlos, aber mit einem bösen Blick, der beinhaltet, dass er seine Familienangelegenheiten gefälligst allein erledigen soll, möglichst in der Familie selbst. Denn woher, zum Teufel, soll ich wissen, wo hier die Kinderklos sind? Oder gibt es in einem Freibad gar keine Kinderklos? Benutzen die Kinder hier die Toiletten der Erwachsenen?

Ich riskiere erneut einen Blick nach links. Junis steht weiterhin still wie eine Statue am Rande des Beckens. Der aufkommende Wind zerrt an seinem T-Shirt, aber das scheint er nicht zu bemerken. Der Himmel verdüstert sich zusehends, die Sonne ist den vergangenen fünf Minuten gänzlich hinter den Wolkenbergen verschwunden. Ich sehe, wie der Bademeister von seinem Aufsichtstürmchen herabklettert, kurz stehenbleibt und dann langsam in meine Richtung schlappt. Na prima, ein Kollege, das hat mir gerade noch gefehlt!

„Hey, Kollegin, kannste kurz–“ Er stutzt, als er erkennt, dass er mich eben nicht erkennt. Ich bin eine Fremde für ihn, auch wenn ich die Kluft einer Rettungsschwimmerin trage. Ich nicke ihm zu, ohne etwas zu sagen, tippe nur kurz an meine Kappe. Soll er mal reden. Was er auch macht.

„Ja, also, ich meine, ich wollte jetzt rübergehen und den Chef fragen, ob wir nicht Schluss machen sollen. Das Gewitter kommt immer näher und die App …“ Er fingert aus einer Tasche seiner Shorts ein riesiges Mobiltelefon. „Die App sagt auch, dass wir hier gleich ordentlich einen drüberkriegen.“

„Ja, gute Idee!“ Ich tippe in alter LKW-Fahrer-Manier erneut an meine Kappe und denke gleichzeitig, dass ich ziemlich größenwahnsinnig bin.

Kurz schaut er mich an, und ich sehe, wie er grübelt, ob er mich schon einmal irgendwo gesehen hat. Und ob er mir trauen kann. Dann donnert es erneut und er verschwindet Richtung Chef, wo immer der ist.

„Kein Problem, ich passe auf!“, möchte ich ihm noch hinterherrufen. Allerdings, mal ganz ehrlich: Wie und vor allem auf wen will ich hier aufpassen? Ich habe eine kleine Göre neben mir stehen, die keinen Schritt von meiner Seite weicht und dringend auf Toilette muss, einen jungen Mann, der möglicherweise ein Verbrechen plant oder selbst Opfer eines Verbrechens werden könnte, einen Haufen verrückter Angeber, die sich halsbrecherisch von einem Sprungturm schmeißen und eine Horde Schwimmer, die weiterhin ameisenkolonnenhaft durch das Wasser pflügen. Wo bitte schön soll ich anfangen aufzupassen, und wo soll ich aufhören? Oder soll ich einfach nur Ruhe und Souveränität vortäuschen? Aber ich bin doch kein Politiker!

„Ich muss jetzt wirklich mal“, quengelt die Kleine an meiner Hand. Ihr Gesichtsausdruck ist noch angespannter als vor einer Minute, und ich erinnere mich, wie schmerzhaft und vor allem stressig es ist, auf die Toilette zu müssen und nicht zu können.

„Weißt du was? Wir machen heute Abend das Wasser hier wieder ganz sauber. Wenn du willst, dann kannst du einfach jetzt hier reingehen … dann machst du einfach in das große, große Wasser hier, okay?" Erwartungsvoll strahle ich sie an, als habe ich ihr damit ein ganz besonderes Geschenk gemacht.

Allerdings schaut mich die Kleine an, als habe ich sie gerade aufgefordert, sich rücklings aufs Drei-Meter-Brett zu stellen und ins Becken zu kacken. „Das möchte ich nicht!", lehnt sie mein Angebot ganz schmucklos ab. Ich kann gerade noch verhindern, dass ich meine Augen verdrehe. Manchmal ahne ich, warum ich mich nicht zu Kindern habe durchringen können.

„Aber *ich* möchte das!", sage ich, hebe die Kleine hoch und setze sie ins Wasser. „Mach schnell, lass einfach laufen, das sieht doch keiner!"

Natürlich beginnt die kleine Göre augenblicklich zu weinen, ich hätte drauf wetten können! Ihr Mund verzieht sich zu einem zackigen Strich, und sie kneift die Augen zusammen, aus denen augenblicklich kleine Tränen hervorspritzen. Als sie den Mund öffnet und ihr Weinen lauter zu werden beginnt, hebe ich sie wieder aus dem Wasser und stelle sie auf den Boden. Triefnass und tropfend steht sie vor mir, aber zumindest guckt sie wieder normal. „Ich will auf eine richtige Toilette!", quengelt sie und zieht wieder an meiner Hand.

Ich seufze und drehe mich kurz zu Fabian, der halb versteckt hinter einer Kinderrutsche steht, wo er möglicherweise bald Gefahr läuft, als potentieller Pädophiler von Helikopter-Müttern angegriffen zu werden. Himmel, ist das anstrengend!

Ich gebe Fabian ein Zeichen, dass ich Junis kurz aus den Augen lassen muss, weil meine Begleitung dringend ein WC aufsuchen möchte, dann nehme ich die Kleine an die Hand und gehe mit ihr in winzigen Schritten Richtung Ausgang. Irgendwo werden diese Toiletten schon sein, und irgendwann werden wir sie auch finden. Ich kann nur hoffen, dass Junis immer noch am Beckenrand stehen wird, wenn ich zurückkomme.

Kapitel 50

Junis:

Zeit, zu gehen. Und Junis weiß jetzt auch wohin: Richtung Umkleidekabinen. Er hat lange genug am Rand des Schwimmerbeckens gestanden und hierhin und dorthin gestarrt; mittlerweile muss selbst der untalentierteste Verfolger ihn entdeckt haben.

Junis drückt seinen Oberarm gegen das Handtuch und erneut spürt er unter dem Stoff das harte Metall des Messers. Einen Moment bleibt er noch stehen. Und wenn ihm nun niemand gefolgt ist, denkt er? Wenn das, was er sich gedacht hat, was er schlussgefolgert hat, nun gar nicht stimmt? Wenn weit und breit niemand da ist, der ihn im Visier hat? Was dann? Geht er dann wieder zurück in seine Wohnung und wartet bis morgen? Bis dann vielleicht dort jemand auf ihn lauert und ihm ein Messer in den Bauch stößt oder eine Spritze mit einem tödlichen Gift in den Hals jagt?

Er atmet tief ein, wirft einen letzten Blick in den düsteren Himmel und geht langsam Richtung Umkleiden. Wie häufig war er mit Tarek hier? Wie häufig lagen sie Handtuch neben Handtuch auf der großen Wiese und haben sich die Mädchen angeschaut – oder einfach nur geredet. Meist war auch Amir dabei, und ab und zu diese Deutschen, aber dann wurde es immer schnell geschäftlich und Junis verschwand meist im Wasser. Diese Deutschen wollten ihn nicht dabeihaben und er wollte nichts von diesen Geschäften wissen. Schlimm genug, dass sich Amir darauf einlässt … eingelassen hat.

Ein ungefähr zwölfjähriger Junge rempelt ihn an, weil er auf der Flucht vor einer schreienden Horde Mädchen mit Wasserpistolen ist, und noch während des Rempelns entschuldigt sich der Kleine. Junis lächelt und geht weiter auf die Kabinen zu. Der Himmel wird immer dunkler.

Das Römerbad wurde kurz vor Beginn des Zweiten Weltkriegs eröffnet, mittlerweile ist es also über achtzig Jahre alt. Und einen solchen Eindruck machen auch die Umkleidekabinen, obwohl sie erst vor ein paar Jahren erneuert worden sind. Allerdings nutzen vor allem jugendliche männliche Badegäste den Umkleidebereich häufig zu einem ersten Ausflug ins Unterrichtsfach Sexualkunde, indem sie in die Kabinenwände kleine Löcher bohren, um Mädchen beim Umziehen, besser gesagt beim Ausziehen, beobachten zu können. Auch die Schlösser sind beliebte Objekte von undefinierter Gewalt, so dass die schmalen Zellen aussehen, als wären sie durch eine nicht weit entfernte Bombendetonation zu Schaden gekommen.

Je näher Junis den Kabinen kommt, desto mehr fragt er sich, warum er genau hierhin geht. Dieses Areal ist nicht gut für einen Angriff. Es sei denn, jemand passt genau den Augenblick ab, in dem Junis in eine Kabine geht und gerade die Türe schließen will. Dann könnte ihn jemand anspringen und ihn verletzen. Allerdings würde Junis sofort anfangen zu schreien, sei es aus Angst oder aus Schmerz. Dieser Ort, dem er sich nun trotzdem nähert, eignet sich eigentlich gar nicht gut für einen Überfall. Viel besser wäre … ja genau, viel besser wäre ein Angriff im Wasser! Zwischen all den kreischenden, schreienden, schnatternden, lachenden Menschen, die mit sich selbst zu tun haben, um nicht unterzugehen. Die im Nichtschwimmerbecken Fangen spielen oder tauchen oder einfach nur herumstehen und sich unterhalten.

Junis bleibt stehen. Soll er zurück und ins Wasser? Aber sollte ihn jemand mit einer Spritze außer Gefecht setzen wollen, möglicherweise unter Wasser, so dass es keiner der Umstehenden sieht, dann hätte er vielleicht gar keine Möglichkeit, sich zu wehren. Niemand sieht eine Spritze unter Wasser. Und wenn ihn das Gift bewegungsunfähig machen würde, dann könnte ihn jemand ganz ohne Mühe unter Wasser drücken, ihn vielleicht sogar nur mit dem Fuß unten halten, so dass er erstickt, ohne dass es jemand in all dem Trubel um ihn herum bemerkt.

Junis schüttelt den Kopf und setzt sich wieder in Bewegung. Zu gefährlich, das Wasser ist eindeutig zu gefährlich. Zuerst wird er es mit den Umkleiden versuchen, und wenn er sich langsam bewegt, gibt er seinem Angreifer eine gute Chance, sich ihm zu nähern. Und Junis will ihn so nahe herankommen lassen, bis er ihn überwältigen kann. Wozu hat er sein Messer?

*

Zwei Meter sind es bis Junis, und noch fünf bis zu den Umkleiden. Die Gestalt, die bis vor einer halben Minute wartend im Schatten einer der Bäume in der Nähe des Eingangs gesessen hat, ist nun fast bei Junis angelangt. Und sie hat Glück, denn zwischen Junis und ihr schlendern drei Mädchen in Tops und kurzen Röcken, die sich gegenseitig die Handyfotos dieses Tages zeigen. Alle drei stecken die Köpfe zusammen, so dass die Gestalt hinter ihnen auch unbemerkt bleiben würde, sollte sich Junis umdrehen. Aber der Junge dreht sich nicht um. Ein wenig langsam, suchend fast, passiert er die erste Reihe der Kabinen und taucht in den dunklen zweiten Gang. Irgendwo knallen mehrere Kabinentüren und vier Jungen, vielleicht neun oder zehn Jahre alt, rennen lachend und schreiend Richtung Schwimmbecken. Wahrscheinlich haben sie durch eines der Gucklöcher eine weibliche Brust entdeckt und wissen nun gar nicht, wie sie dieses einschneidende Erlebnis verarbeiten sollen.

Die rechte Hand der Gestalt verschwindet in der Tasche, die sie bei sich trägt. Ihre Finger fühlen den Kolben der Spritze, sie atmet tief durch. Sie kann ihr Herz spüren, es klopft laut gegen ihren Brustkorb.

*

Junis wirft einen Blick auf die kleinen Jungen, die ihm schreiend entgegenkommen. Er bleibt stehen, damit die Kinder ihn nicht umrennen. Der Geräuschpegel in dem engen Gang ist atemberaubend. Junis versucht jeden Laut wahrzunehmen und einzuordnen, versucht zu fühlen, ob sein Leben davon bedroht sein könnte, oder ob die Angst wieder einmal um ein Vielfaches größer ist als die reale Gefahr.

Seine linke Hand greift das Handtuch, seine andere Hand schiebt sich an das Messer unter dem Stoff heran. Junis spürt den hölzernen Griff, er umfasst ihn kurz und lässt ihn wieder los.

Vor ihm öffnet sich eine Kabinentür. Eine junge Frau blickt ihm kurz ins Gesicht, dann schiebt sie sich an ihm vorbei Richtung Ausgang.

Betont langsam schiebt er die Kabinentür weiter auf. Er ist auf alles vorbereitet, denkt er. Dann erhält er einen Stoß in den Rücken und stürzt kopfüber in die kleine Kabine. Sein Messer fällt klappernd zu Boden.

Kapitel 51

Margot:

Ich wusste nicht, dass kleine Kinder über eine so große Blase verfügen. Seit gefühlt fünf Minuten sitzt die kleine Göre auf dem viel zu großen Klo, schaut aus riesigen und jetzt dankbaren braunen Augen zu mir hoch, während unter ihr das Wasser in das Klo gluckert. „Was hast du denn alles getrunken, um Gottes Willen?“, frage ich fassungslos.

„Mein Papa hat eine große Flasche Fanta mitgenommen!“, sagt sie. Das Gluckern wird stockend und verebbt dann schließlich. Na, Gott sei Dank!

„Und die hast du ganz alleine ausgetrunken?“, frage ich. Muss eine verdammt große Flasche gewesen sein, denke ich, während die Kleine vom Klositz klettert.

„Nein“, sie lacht mich an, „aber das meiste. Schmeckt so gut.“ Die Göre hat sich abgeputzt und ihr winziges Unterteil wieder hochgezogen.

Dankbar öffne ich die Klotüre und schiebe sie zum Waschbecken. Eine halbe Minute später öffne ich die Tür zum Außenbereich und sehe einen Tumult vor den Umkleidekabinen. Paralysiert schiebe ich das Mädchen beiseite und beginne zu rennen.

Fabian:

Fabian ist froh, als er sein Versteck bei der Kinderrutsche endlich verlassen kann. Die misstrauischen Blicke dieser Über-Mütter sind von Minute zu Minute nervenaufreibender geworden, so dass er ihnen am liebsten etwas erklärt hätte, was er überhaupt nicht erklären muss: Nein, er ist kein Kinderschänder, nein, er schaut keinen kleinen Mädchen auf den Po, nein, er fasst niemanden an, der das nicht will, nein, er verteilt auch keine Bonbons an kleine Jungs, nein, so etwas macht er nicht, hat es nie getan, nein, nein, nein! Himmel, er ist selbst Vater, Jesus noch einmal. Passend dazu donnert es jetzt laut.

Junis ist mittlerweile in einem der Gänge zwischen den Umkleiden verschwunden, Zeit also, dass Fabian ihn wieder ausfindig macht. Eine Horde kleiner Jungs kommt ihm schreiend entgegen, sie führen sich auf, als sei der Leibhaftige hinter ihnen her, nur lachen und kreischen sie dabei.

Ah, da ist Junis, er kann ihn sehen, er steht vor einer Kabine, die sich gerade öffnet. Eine junge Frau schiebt sich an Junis vorbei und kommt Fabian entgegen, eine ausnehmend hübsche Frau. Und – hey, was ist das? – sie lächelt ihn an. Ja, ihn, Fabian, wie kann das denn sein? Fabian lächelt zurück, verdutzt, erfreut, überrascht. Die Frau geht an ihm vorüber, ihr Blick zieht nun weiter, auch wenn ihr Lächeln bleibt, und so ein Lächeln kann einem wirklich den ganzen Tag verschönern, was sag ich, die ganze Woche, wenn … wenn da nicht diese schnelle Bewegung gewesen wäre, die Fabian jetzt wahrnimmt, diese Hektik dort, wo gerade eben noch Junis gestanden hat und wo Fabian genau in diesem Augenblick eine kleine Person in der Kabine hinter Junis verschwinden sieht.

Junis:

Junis fällt und schlägt mit dem Kopf gegen das Ablagebrett in der Kabine. Er hört seinen Schädel gegen den Kunststoff knallen, kurz dreht sich alles um ihn, er spürt einen stechenden Schmerz an der Stirn, aber er weiß, wenn er jetzt das Bewusstsein verliert, dann wird er wahrscheinlich nie wieder aufwachen. Er versucht, mit den Armen Halt zu finden, trotzdem sackt er auf dem Boden zusammen, kann sich nur noch herumrollen und nach oben starren. Blut läuft in sein linkes Auge und brennt. Verzweifelt tastet er mit der rechten Hand nach dem Messer, mit der linken versucht er einen möglichen Angriff abzuwehren, wie immer der auch aussehen mag. Sein Auge brennt wie Feuer, jetzt ist auch etwas in sein rechtes Auge gelaufen, aber verdammt, er muss die Augen offenhalten, sonst ist er verloren. Er ruft nicht, er schreit nicht, er ist viel zu sehr damit beschäftigt, etwas zu sehen, etwas zu suchen und etwas abzuwehren.

Junis versucht das Blut wegzuzwinkern, hektisch fährt er sich mit Daumen und Zeigefinger der linken Hand über die Augen, aber das macht die Sache eher schlimmer. Sein Messer hat er aufgegeben, er wird es nie finden.

Plötzlich ist sein Blick wieder klar, und er kann sie erkennen, die, die er erwartet hat, und jetzt weiß er, dass er sterben wird. Das hat sie ihnen ja allen versprochen. Und wie es scheint, kann sie ihr Versprechen halten.

Fabian:

Fabian rafft sich nun zu etwas auf, wozu er sich tatsächlich nur äußerst selten durchringen kann: Er rennt. Zehn Meter sind es von ihm bis zur Umkleidekabine, in der Junis und die kleine Person hinter ihm gerade verschwunden sind. Fabian spurtet los, er rast, er eilt, er flitzt! Eine ältere Dame mit einer ulkig aussehenden Blumenbadekappe und einem knallgelben Badeanzug rennt er fast über den Haufen, aber er kann sie gerade noch am Umfallen hindern, indem er sie kräftig an den Schultern packt und wieder ins Gleichgewicht bringt.

Dann ist er vor der offenen Kabine und starrt auf die junge, dunkelhaarige Frau, die ihm den Rücken zukehrt, und die alles andere als furchterregend aussieht, wäre da nicht diese Spritze in ihrer Hand.

Zu ihren Füßen, stark blutend, liegt Junis, und nur einen halben Meter links von ihm liegt ein großes Messer, dessen blitzende Klinge furchterregend groß und scharf wirkt. Ohne zu überlegen, greift Fabian nach dem Unterarm der Frau, drückt zu, zieht den Arm an sich, und dreht der Frau mit der anderen Hand die Spritze aus den Fingern. Dann stößt er sie leicht nach vorne, so dass sie fast auf Junis fällt. Fabian stellt seinen rechten Fuß auf das Messer.

Er atmet durch und spürt sein Herz, das wohl noch nie so schnell geschlagen hat. Im nächsten Augenblick spürt er eine Hand auf der Schulter. Er dreht sich um. Margot starrt ihn an, erschrocken, aber auch erleichtert.

Ein kühler Wind fegt durch die engen Gänge und lässt die Kabinentüren zuschlagen. Draußen fallen mit einem klatschenden Geräusch die ersten dicken Regentropfen. Etwas weiter entfernt hört Fabian eine Stimme aus einem der Lautsprecher: Die Badegäste sollen sofort das Wasser verlassen!

Fabian betrachtet die Frau genauer, die sich aus seinem Griff herauszuwinden versucht: Es ist die junge Krankenschwester aus dem Johanniter-Krankenhaus. Margot neben ihm erinnert sich sogar an ihren Namen: Farah. Das ist arabisch und bedeutet Glück, Heiterkeit und Freude.

Kapitel 52

Margot:

Wenn wir die Frage nach dem *Warum* persönlich an Täter oder Täterin stellen, können sich Fabian und ich meist nicht mehr lange auf den Beinen halten. Der Fall ist abgeschlossen und wir fühlen uns erschöpft, ausgelaugt und müde. Das ist heute nicht anders.

Farah sitzt uns beiden im Vernehmungszimmer gegenüber. Sie wirkt unglaublich zerbrechlich auf der anderen Seite des Tisches. Junis liegt mittlerweile in einem Krankenhaus, ich weiß nicht, ob es das Johanniter ist, es würde einer gewissen Ironie nicht entbehren. Er ist nicht schwer verletzt, die Kopfwunde ist nicht tief, sie hat nur stark geblutet, so wie das so gut wie alle Kopfwunden tun.

Anders als bei den meisten unserer Fälle bin ich, was das Motiv angeht, noch vollkommen ahnungslos. Farah hat etwas getrunken, nun sitzt sie hier, und wir warten darauf, dass sie zu schweigen aufhört. Als sie dann zu sprechen beginnt, ist ihre Stimme leise, aber fest. Und etwas Stolz schwingt mit. Zumindest bilde ich mir das ein.

Eine Viertelstunde erzählt sie von ihrer Flucht aus Syrien und der Möglichkeit, nach Europa zu fliehen. Zweitausend Euro hatten Farahs und Adams Eltern bezahlt, damit ihre beiden Kinder auf einem Tiertransportschiff mitgenommen würden. Farah erzählt uns, dass das Schiff schon bald nach dem Auslaufen voll Wasser lief und langsam sank. Und nur zwei Rettungsboote an Bord hatte. Für 150 Flüchtlinge. Die meisten Männer waren zwischen 20 und 30 Jahren, aber auch Kinder wie Adam und junge Erwachsene wie Farah waren an Bord.

„Aber ihr beide habt es geschafft auf eines der Boote, ja?“ Ich schaue das Mädchen an und frage mich, welche Geschichte sie uns nun erzählen wird. „Ihr beide habt euch einen Platz erkämpft, nehme ich an." Ich mache eine kurze Pause. „Und dann? Was passierte dann, Farah?"

Lange herrscht Stille in dem kleinen Raum, in dem wir sitzen, und mir ist unwohl, denn natürlich wird sie uns nun eine Tragödie erzählen, etwas Furchtbares, denn was hätte sie sonst dazu bewegen können, drei Menschen zu töten.

„Dann", sagt sie leise, „dann kam ein Sturm. Schon am Nachmittag, kurz nachdem wir das Schiff verlassen mussten. Es wurde dunkel, und je dunkler es wurde, desto höher wurden die Wellen. Immer mehr Wasser schwappte zu uns ins Boot hinein, und ich konnte nicht helfen, das Wasser wieder herauszuschippen, weil ich … weil ich doch Adam festhalten musste. Seine Finger waren so furchtbar klamm. Alles war so kalt und nass an ihm, und er konnte sich nicht halten, weil er etwas in der Mitte saß, zwischen all den anderen, die zuletzt in das Boot geklettert waren, und auch, weil seine Finger so kalt waren."

Ich beobachte sie, aber sie schaut mich nicht an, malt nur mit dem rechten Zeigefinger unsichtbare Figuren und Kreise auf die graue Tischplatte. Den Kopf hat sie in die linke Hand gestützt, so als säße sie in einer besonders langweiligen Unterrichtsstunde und könnte sich kaum wachhalten.

„Und dann?", frage ich, als mir das Schweigen doch zu lang wird.

Kurz schaut sie mich an. „Dann wurden die Wellen noch höher. Das Boot hat wild hin- und hergeschaukelt, es gab keine Richtung, in die es nicht ging." Wieder beginnt sie zu malen. „Es war nicht so, wie man sich das vorstellt, dass Wellen von vorne kommen oder von hinten, so wie das eher bei einem Fluss ist … Die Wellen kamen von überall und in ganz kurzen Abständen, so dass wir uns gar nicht darauf einstellen konnten. Wir hatten immer mehr das Gefühl, dass wir eher fliegen, so als seien wir schwerelos, wenn wir wieder in ein Wellental fielen, und dann …"

Erneut schaut sie kurz zu mir hoch und jetzt sehe ich, dass ihre Augen voller Tränen sind.

„Was ist dann passiert, Farah?“, frage ich leise. „Sag mir, was dann passiert ist.“

Eine Träne fließt ihr über die Wange herab, eine dicke Träne, die an ihrem Kinn kurz innehält, ehe sie auf die Tischplatte tropft.

„Adam … Adam … er war plötzlich weg … einfach weg.“ Ihr Finger malt nun keine Figuren oder Kreise mehr. Farah ist ganz still, ganz ohne Bewegung, so als würde sie im Geiste diese schrecklichen Sekunden noch einmal erleben, und ich sehe nur diese Träne, die auf der Tischplatte glänzt und die sie nun mit ihrem Ärmel wegwischt.

„Er war einfach fort, einfach fort. Wir … wir waren plötzlich alle unter Wasser, und als ich … als ich die Augen wieder aufmachen konnte, da war er nicht mehr da. Er war einfach nicht mehr da.“

Wieder tropft eine Träne auf die Tischplatte, und diesmal wischt sie sie nicht weg. Ich schaue kurz zu Fabian, der erschrocken wirkt. Traurig, aber vor allem erschrocken.

Farah blickt mich wieder an, länger diesmal. „Und dann habe ich ihn gehört. Ich habe ihn schreien gehört, obwohl die Wellen so laut waren und der Wind, ich habe ihn trotzdem gehört.“ Sie macht eine kurze Pause und ihr Zeigefinger malt kurz wieder ein paar Kreise auf den Tisch.

„Und ich habe geschrien, dass sie das Ruder drehen sollen, weil er schon hinter uns war, aber … aber die vier Jungs neben mir haben mich angeschrien, das sei unmöglich.“ Sie schüttelt den Kopf und schaut wieder kurz zu mir. „Aber es war nicht unmöglich. Die hatten diese Paddel. Vier Paddel! Wir hätten … wir hätten das vielleicht geschafft ... trotzdem.“ Wieder tropft eine Träne auf die Tischplatte. „Aber sie haben es nicht einmal versucht. Nicht einmal versucht. Obwohl er geschrien hat. Sie haben alle gehört, dass er geschrien hat …“

„Hatte Adam keine Rettungsweste an?“, frage ich leise, obwohl ich nicht weiß, ob so eine Weste bei einem Unwetter auf See tatsächlich hilft.

Farah schüttelt den Kopf. Sie murmelt etwas, das ich nicht verstehe, und ich bitte sie, es zu wiederholen. „Die haben sie ihm abgenommen, bevor er ins Boot kam. Haben ihm gesagt, die stehe ihm nicht zu, außerdem hätte ja ich eine“, sagt sie leise.

„Wer hat das gesagt?“, frage ich, obwohl ich die Antwort schon kenne.

„Amir und Aaron.“ Wieder schaut sie mich kurz an, und all die Trauer, die vor wenigen Augenblicken noch ihre ganze Person eingenommen hat, ist vollkommen verschwunden. Ihr Blick ist nun böse. Böse und voller Hass.

„Und warum hast du Aaron mitten in der Nacht in den Reptilienzoo gelockt?“

Sie zuckt mit dem Mund, als sei das vollkommen unerheblich. „Zuerst wollte ich ihn … betäuben wie die anderen und dann ins Alligatorenbecken werfen. Aber dann habe ich die Schlangen gesehen und ich wusste, dass das schlimmer sein würde.“

„Aber warum in der Nacht? Aaron hatte ohnehin Frühdienst, er wäre auch so gekommen, nur etwas später.“

Sie lächelt. „Ich wollte der Schlange Zeit geben, aus ihrem Terrarium zu kommen.“

„Und wenn sie sich gar nicht bewegt hätte, obwohl du das Fenster aufgehebelt hattest?“, frage ich. „Was dann?“ So viele Unbekannte sind in diesem teuflischen Plan gewesen, und trotzdem ist alles genau so gekommen, wie sie es wollte.

Farah zuckt die Schultern. „Dann hätte ich ihn genauso gespritzt wie die anderen.“ Ihr Lächeln ist kalt und ich merke, dass sie nichts von dem, was sie getan hat, bereut.

Ich atme tief durch. Zum Teil, weil mich ihre Kaltblütigkeit fassungslos macht, zum anderen, weil sie mir trotz alledem leidtut.

„Und Sie wollen sicher auch wissen, wer am Ruder saß, oder?“, fragt sie und funkelt mich an.

Ich nicke.

„Tarek und Junis. Die beiden Brüder.“ Energisch wischt sie die Tränen vom Tisch.

Wieder nicke ich. Dann erinnere ich mich an das Gespräch

mit Junis, als Fabian und ich ihm von Vanessa Fassburst erzählt haben, davon, dass Vanessa in dem Krankenhaus lag, in dem Farah als Krankenschwester arbeitet.

„Und du hast einen der vier im Krankenhaus wiedererkannt, oder?"

Ganz langsam nickt sie, und ihre schwarzen Haare fallen ihr ins Gesicht. Jetzt wirkt sie wieder klein und zerbrechlich. „Ja. Zwei Jahre hat es gedauert, aber ich wusste, dass ich sie wiedersehen würde. Irgendwo. Es war vorbestimmt."

Sie sagt das so feierlich, als sei diese Fügung ein Glücksfall gewesen.

Ausklang

Kapitel 53

Margot:

Wieder starrt mich diese große Spinne an. Zumindest kommt es mir erneut so vor, als seien ihre schwarzen Augen genau auf mich gerichtet. Rings um uns herum plätschert wie gewohnt Wasser aus Schläuchen und Pumpen in die kleinen und größeren Bassins, und zum ersten Mal nehme ich bewusst die Schönheit auf, die von diesem kleinen Echsengarten ausgeht. Er scheint aus der Zeit gefallen, ein Relikt des früheren zwanzigsten Jahrhunderts. Klein, aber voller Hingabe und Liebe gestaltet, obwohl seine Bewohner alles andere als liebevoll wirken. Aber mir gefällt es. Es ist anders.

Fabian und ich sind gekommen, um die Chefin des kleinen Zoos über die Aufklärung des Falles zu informieren. Weniger umständlich ausgedrückt: Wir haben Gaby Rosenberg mitgeteilt, warum ihr Pfleger sterben musste. Die Chefin des kleinen Zoos steht gerade an einem der beiden größeren Becken und spritzt mit einem Wasserschlauch über das Dutzend kleiner Kaimane, die die Nässe zu genießen scheinen. Gaby Rosenberg hat nicht viel gesagt, als wir ihr Farahs Geschichte erzählt haben, sie hat sich nicht anmerken lassen, ob sie im Nachhinein von ihrem Pfleger enttäuscht ist, sie hat nur genickt und weiter die Kaimane abgespritzt. Es scheint fast, als könnten die Menschen sie nicht enttäuschen.

Ein junger Mann, den ich hier noch nie gesehen habe, schiebt eine Schubkarre an uns vorbei. Sein Nicken ist kurz und schüchtern. Er trägt eine grüne Latzhose und ein T-Shirt.

Gaby Rosenberg folgt meinem Blick. „Ehe Sie fragen: Ja, das ist mein neuer Pfleger. Gregor. Ich habe keine Ahnung, wo der herkommt, Ukraine, Russland, Moldawien … Hauptsache, der kann arbeiten.“ Sie lächelt. „Und das kann er.“

Ich nicke und gebe Fabian zu verstehen, dass ich gehen möchte. Auch wenn ich den Echsengarten mag, will ich mich nicht von jedem Tier einzeln verabschieden. Außerdem ist es hier noch heißer als draußen. Vielleicht komme ich im Winter wieder.

Wenig später sitzen wir ein paar hundert Meter entfernt in jener Gaststätte, in der wir uns vor ein paar Tagen mit Arthur und Peter getroffen haben. Ich genieße den Schatten der Bäume, das beruhigende Rauschen der Blätter. Eine Wespe schwirrt immer wieder um meine eisgekühlte Cola. Ich drohe ihr an, sie zu erschießen. Sie fliegt davon.

Ich schließe die Augen. Vom Lemmerzbad dringt das Lachen, Kreischen und Johlen hunderter Menschen zu uns herauf. Mir kommt die Kleine in den Sinn, die gestern im Römerbad so dringend auf Toilette musste und sich weigerte, ins Becken zu pinkeln. Ich muss lächeln. Dann denke ich an Farah und ihren Bruder, und ich werde wieder ernst.

Weitere Fälle von Margot Lukas:

Museumsmord
248 Seiten
ISBN: 978-3-96058-295-3
9,99 €

Marie – Ein stiller Tod
272 Seiten
ISBN: 978-3-96058-200-7
9,99 €

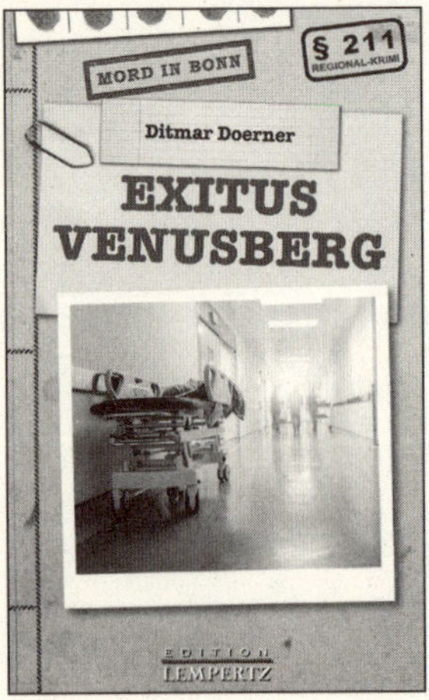

Exitus Venusberg
272 Seiten
ISBN: 978-3-96058-988-4
9,99 €